BODY GUARDS

Image de couverture :
© LUMEZIA – iStock
© Zen Rial – Getty Images
Couverture : Camille Decoster

Collection créée par Hugues de Saint-Vincent et dirigée par Arthur de Saint-Vincent
Ouvrage dirigé par Camille Léonard
© 2022, New Romance, Département de Hugo Publishing
34-36, rue La Pérouse
75116 Paris
www.hugopublishing.fr

Dépôt légal : octobre 2022
ISBN : 9782755662436
Imprimé en France par CPI Brodard et Taupin en juin 2023
N° d'impression : 3053478

NEW ROMANCE®

TOME 1 *Lennon*

BODY GUARDS

LAURA S. WILD

Hugo Roman

« Les filles ne devraient jamais avoir peur d'être intelligentes. »

Emma Watson

PLAYLIST

Taylor Swift – *...Ready for it?*
John Williams – *Hedwig's Theme*
Billie Eilish – *bad guy*
Ariana Grande – *God is a woman*
Harry Styles – *Adore You*
Little Mix ft. Stormzy – *Power*
Alicia Keys – *Girl on Fire*
Taylor Swift – *Don't Blame Me*

INSTITUT ET AGENCE WESTWOOD

Protéger et défendre, quoi qu'il en coûte

LENNON

Bodyguard
Missions sous couverture
Gestionnaire de l'institut

Cape Cod, Massachussetts
214-444-444

PROLOGUE

Rochester, État de New York

Le vent souffle étonnamment fort, ce soir. Par la fenêtre, je regarde les arbres se balancer de gauche à droite, les feuilles s'arracher de leurs branches et s'envoler dans la nuit sombre.

D'ordinaire, un temps pareil ne m'aurait pas empêchée de dormir, mais ce soir, c'est différent.

Parce que, à l'autre bout de la ville, trois petits êtres sans défense sont livrés à eux-mêmes.

Il y a quelques heures, j'ai quitté le taudis dans lequel je vis et j'ai grimpé dans ma vieille voiture qui a peiné à démarrer, avant de me rendre dans les beaux quartiers. Je me suis garée devant une magnifique maison et je suis restée un long moment à observer la demeure en imaginant ses propriétaires.

Ensuite, j'ai pris mes bébés dans les bras pour la dernière fois et je les ai déposés sur le pas de la porte.

Au fond de moi, je sais que c'était la seule solution. Élever ces enfants à vingt et un ans était un combat de tous les instants. Je n'aurais jamais pu les nourrir à leur faim année après année, leur garantir un toit au-dessus de leur tête ni même un foyer aimant.

Parce que l'amour, chez moi, ça n'existe pas.

Le vent souffle de plus en plus fort. Un craquement résonne et les murs de ma petite maison tremblent. Les joues baignées de larmes, je me rends dans la cuisine. Je jette un œil à la pendule. Plus que trente minutes.

Il est temps.

J'ouvre un placard et me sers un verre de scotch puis je m'empare du flacon de somnifères caché derrière la poubelle. Lentement, je fais tomber des comprimés dans la paume de ma main en les comptant mécaniquement.

Un.

Deux.

Trois...

... Douze.

Le doute m'assaille. Suis-je vraiment obligée d'en arriver là ?

L'aiguille de la pendule avance, me donnant la réponse que j'attends. Bientôt vingt heures, plus que vingt-sept minutes avant que, comme chaque jour, le monstre qui partage ma vie ne revienne. Plus que vingt-sept minutes avant que les insultes, les menaces, les coups ne pleuvent. Plus que vingt-sept minutes avant que cet homme qui est devenu mon bourreau ne me batte assez fort pour me laisser au bord de l'inconscience. Plus que vingt-sept minutes avant qu'il ne découvre que ses enfants ont disparu et qu'il devienne fou de rage.

Alors non, il n'est plus temps de douter.

J'avale les somnifères, les yeux fermés, l'image de mes bébés en mémoire. La seule chose que j'espère, c'est qu'ils grandiront entourés d'amour et deviendront respectés et respectables.

Plus que tout, j'espère qu'ils seront heureux.

J'ai saisi ma seule chance de leur offrir un bel avenir. En les abandonnant, je leur sauve la vie.

Et en m'ôtant la mienne, je me libère.

1
Lennon

Cape Cod, vingt-six ans plus tard

Un dossier sous le bras, je toque aux portes des chambres du dortoir tout en déclarant d'une voix forte :

– Je veux voir tout le monde réuni au milieu du stand de tir dans cinq minutes.

Aussitôt, j'entends des mouvements précipités d'un bout à l'autre de l'étage, ce qui me fait sourire. Je poursuis mon chemin, atteins un escalier et descends d'un niveau. Des bruits de combat me parviennent à mesure que je m'approche de l'une des salles d'entraînement. Lorsque je pénètre à l'intérieur, j'y trouve sans surprise une vingtaine de bodyguards en plein effort. Certains cognent dans des sacs de frappe quand d'autres répètent leurs prises de désarmement.

Au loin, je repère Sawyer, en train de donner ses instructions. Il me remarque, et je n'ai besoin que d'un signe de tête pour lui faire comprendre que nous sommes attendus.

– Très bien, les gars, on fait une pause, annonce-t-il avant de traverser la salle d'entraînement et de m'emboîter le pas.

Nous quittons le bâtiment pour rejoindre le stand de tir extérieur, au milieu duquel nous attend déjà Cruz. Nous le saluons, puis nous nous plaçons tous les trois côte à côte tandis qu'arrivent, au pas de course, plusieurs jeunes hommes et femmes qui se placent devant nous en rang presque militaire. J'attends que le silence s'installe avant de commencer :

– Bienvenue à l'institut Westwood, le plus sélectif des centres de formation aux métiers de la sécurité rapprochée. Ici est entraînée l'élite, la crème des bodyguards de ce pays.

Je me tourne vers Cruz, qui enchaîne :

– Autant vous le dire tout de suite, les mois qui vous attendent n'auront rien d'idyllique. Vous allez être testés, poussés dans vos retranchements, et même quand vous serez épuisés, il faudra continuer. Le but de cette formation est de vous préparer au pire.

– Tant que vous serez entre ces murs, vous aurez le droit de vous tromper ou d'échouer, poursuit Sawyer, mais une fois votre diplôme obtenu, la moindre erreur vous sera interdite. Les clients qui font appel à nos services sont des célébrités, des hommes d'affaires puissants, des politiciens, des membres de familles royales, ou tout simplement des anonymes qui se trouvent dans une situation critique. Aussi, lorsque vous serez sur le terrain, il faudra assurer, en toutes circonstances.

– Être bodyguard, je reprends, c'est protéger nos clients coûte que coûte. Nos corps leur servent littéralement de bouclier, ce qui signifie qu'en cas d'attaque c'est nous qui sommes en première ligne. C'est pour cela qu'à la fin des douze mois de formation qui vous attendent, nous ne choisirons que les meilleurs d'entre vous pour rejoindre l'agence Westwood et intégrer notre équipe de bodyguards en service.

Je laisse passer quelques secondes, afin que les nouvelles recrues intègrent bien ces informations, avant d'ajouter :

– Je comprendrais parfaitement que certains prennent peur ou se rendent compte qu'ils se sont engagés dans la mauvaise voie, et c'est pour cela que nous allons vous laisser la possibilité de vous en aller.

– Réfléchissez bien, dit Sawyer. Êtes-vous prêts à donner votre vie pour vos futurs clients ? Si ce n'est pas le cas, mieux vaut pour vous que vous nous quittiez maintenant.

Personne ne bouge. Mon regard scrute chaque visage pour y déceler la moindre étincelle de doute ou d'appréhension, mais il semblerait que ces petits nouveaux soient vraiment motivés… Malgré tout, je sais qu'au moins un abandon sera à prévoir après les premiers tests d'aptitude. Jamais cette étape n'a eu lieu sans pertes.

– Bien, fais-je en ouvrant mon dossier. Vous allez commencer par remplir ces documents et les signer, puis votre formation débutera sur-le-champ avec un premier test ici même, sur le stand de tir. Je vous présente Jessie, votre instructrice spécialisée en armes à feu.

La jeune femme, qui attend près des cibles, lève un bras. Avant que nous ne lui laissions la main, Cruz intervient de nouveau :

– Et maintenant, voyons si vous avez retenu la devise de l'agence Westwood. Prêts ?

Instinctivement, les épaules des potentielles recrues se carrent, les visages deviennent plus sérieux. Dans un bel ensemble, ils entonnent :

– Protéger et défendre, quoi qu'il en coûte.

Protéger et défendre… Voilà l'essence même de notre métier. En effet, être bodyguard, ce n'est pas seulement se placer devant un client pour lui servir de bouclier, c'est aussi attaquer en premier, prendre de court les assaillants potentiels pour les maîtriser au plus vite.

Je distribue les documents au groupe, qui se disperse pour les remplir. Le visage dur et les mains croisées dans le dos,

Jessie attend ses nouveaux élèves de pied ferme. Elle a beau être petite et menue, elle en impose, et c'est tant mieux : la majorité de nos recrues s'apprête à tenir une arme à feu pour la toute première fois, alors il vaut mieux qu'ils soient encadrés par quelqu'un de directif.

– On était vraiment obligés de venir *tous les trois* pour faire ce petit speech ?

Je reporte mon attention sur Cruz et lui rappelle :

– On accueille les nouvelles promotions tous ensemble depuis des années. Ça en impose plus et ça donne tout de suite le ton.

– Je sais, répond mon frère en étouffant un bâillement, mais j'aurais bien aimé me reposer un peu aujourd'hui avant d'entamer ma prochaine mission. Tu sais, à Los Angeles, auprès de la femme de l'émir et ses enfants.

– Qui as-tu pris en back-up ?

– Erika et Paolo.

– Bon choix, je commente, approbateur.

Cela fait sourire Cruz. Narquois, il réplique :

– Je fais toujours le bon choix.

Sawyer et moi ricanons. J'enchaîne en demandant à mon autre frère :

– Et pour toi, Sawyer, quel est le programme du jour ?

– Je vais retourner superviser l'entraînement des équipes en service, avant de faire venir les petits nouveaux pour voir ce qu'ils ont dans le ventre.

Nous nous taisons un instant pour les examiner alors qu'ils s'alignent sur le stand de tir.

– Cinquante dollars qu'il y en a deux qui quittent le navire avant la fin de la journée, je lance.

– Tenu, répond Cruz.

– Moi, je parie qu'il n'y aura qu'un abandon, intervient Sawyer.

– Et moi, je mise sur trois, s'écrie une voix derrière nous.

Jaxon, l'un des meilleurs bodyguards de l'institut, nous rejoint à petites foulées, un sourire aux lèvres.

– Dans mes bras, bande de salopards, éructe-t-il en fonçant sur nous.

Je le repousse immédiatement en levant les yeux au ciel.

– On t'a vu hier, je lâche. Tu n'as pas eu le temps de nous manquer.

– Mais vous, vous m'avez manqué, mes petites biches.

– Comment ça se fait que tu sois déjà levé ? demande Cruz. T'étais pas censé émerger à midi, comme presque tous les jours ?

– Figure-toi que je ne me suis pas encore couché, répond Jax, goguenard. J'ai fait la fermeture du nouveau club qui a ouvert en ville et j'étais très bien accompagné, si tu vois ce que je veux dire.

– Effectivement, on voit tous parfaitement… soupire Sawyer.

– Bon, enchaîne Cruz, j'adorerais écouter l'histoire trépidante que Jaxon s'apprête à nous raconter…

– Non, c'est faux, je rectifie.

– Exact, je n'en ai absolument rien à faire, m'approuve-t-il. En revanche, j'ai une équipe à briefer avant mon départ pour Los Angeles demain, alors bonne journée, les gars.

Cruz gratifie Jaxon d'un coup de poing à l'épaule puis s'éloigne d'un pas sûr. Sawyer l'imite en nous informant :

– Je dois vous quitter aussi, mes gars vont se refroidir si je ne les rejoins pas bientôt.

Laissés seuls, Jaxon et moi nous dévisageons un instant avant qu'il n'écarte les bras, l'œil pétillant.

– Maintenant qu'ils sont partis, je vais avoir droit à mon câlin ? me lance-t-il.

Son sourire narquois me fait secouer la tête. Je considère Jaxon Perry comme mon meilleur ami, et même beaucoup plus que cela : il fait partie intégrante de ma famille. Il est mon frère, au même titre que Cruz et Sawyer, et je sais que ces derniers ressentent la même chose à son égard. Nous ne partageons peut-être pas le même ADN ni le même nom, mais ce qui nous lie transcende tout cela.

Je le bouscule alors qu'il s'approche de moi, ce qui le fait rire, puis il m'emboîte le pas tandis que je traverse la grande pelouse en direction du bâtiment principal de l'institut. En forme de U, il s'élève sur trois niveaux. Le rez-de-chaussée renferme les pièces de vie communes, le réfectoire ainsi que, dans l'aile est, les bureaux de l'administration de l'agence Westwood. Au premier étage, on trouve les dojos, l'armurerie ainsi que les salles de fitness et de musculation. Quant au dernier étage, il abrite le dortoir.

La formation de bodyguard dure douze mois, et nous attendons un investissement total de la part de nos élèves. C'est pour cela que nous avons créé un internat pour les accueillir. Nous les libérons de toute obligation seulement deux week-ends par mois, pour qu'ils puissent passer du temps avec leurs proches.

Au cours de l'année, les recrues sont testées et évaluées dans quatre domaines différents : la forme physique, les techniques de combat, le maniement des armes et la conduite de tous types de véhicules. Au terme de la période d'apprentissage, nous étudions attentivement les notes et les appréciations laissées par les instructeurs sur chaque postulant pour sélectionner ceux qui seront admis à rejoindre l'agence Westwood. Tous les ans, plus d'une centaine de candidats intègrent l'institut, mais à la fin, seuls quelques-uns sont retenus pour faire partie de notre équipe de bodyguards. Deux, trois, cinq, dix, peu importe : nous n'avons pas de quota à respecter. Ce qui compte à nos yeux, ce n'est pas la quantité, mais les qualités des hommes et des femmes que nous choisissons, et pour cause : nous voulons les meilleurs, capables de faire face à tous les dangers et de protéger coûte que coûte la vie de nos clients.

Ce n'est pas à la portée de tout le monde.

Jax et moi nous dirigeons vers l'ascenseur, dans lequel nous grimpons tous les deux.

– Est-ce que tu es sur une mission particulière aujourd'hui ? je lui demande alors que les portes de la cabine se referment.

– Tu le sais mieux que moi, non ? répond-il. C'est toi qui es chargé du planning.

– D'où ma question. Tu es censé être en repos aujourd'hui, et comme tu viens d'avouer avoir fait une nuit blanche, il serait peut-être temps que tu ailles dormir.

Jaxon croise les bras sur son torse imposant en souriant.

– Je monte justement faire un somme dans les dortoirs, affirme-t-il. Ensuite, je comptais passer un peu de temps au parc automobile.

Je m'esclaffe. L'agence dispose de nombreux véhicules pouvant être utilisés dans le cadre des missions qui nous sont confiées. Ils sont tous équipés de carrosseries et de vitres blindées ainsi que d'armes disséminées un peu partout dans l'habitacle afin de nous permettre de faire face à n'importe quelle situation.

Jax, féru de bolides, traîne souvent au parc. Il donne même un coup de main à nos mécanos de temps en temps.

Le *ping* de l'ascenseur retentit. Alors que je m'apprête à quitter la cabine, mon téléphone sonne dans ma poche.

– Mon père m'attend dans son bureau, j'annonce après avoir lu le message que je viens de recevoir. Je dois redescendre.

– On boit un verre ensemble ce soir ? me propose Jaxon.

– Pour risquer de me retrouver à nouveau à tenir la chandelle dans l'un de tes rencards improvisés avec une fille que tu ne connais que vaguement ? Sans façon !

– Ce n'est arrivé qu'une fois, Lennon, tu pourrais passer à autre chose, s'il te plaît ?

– Passer à autre chose ? dis-je en retenant les portes de l'ascenseur à l'aide de mon pied. Alors que tu m'as collé Emily la psychopathe dans les pattes ? Mec, il arrive qu'elle m'envoie encore des messages… plus de six mois après ce plan foireux.

Jaxon tente de garder son sérieux, mais il échoue lamentablement. Je finis par rire avec lui tout en lui faisant un doigt d'honneur.

Bientôt, je sors à nouveau de l'institut. Plusieurs détonations résonnent du côté du champ de tir lorsque je traverse la pelouse. Tout en poursuivant mon chemin, j'observe les nouvelles recrues. Casques anti-bruit sur les oreilles et arme à la main, ils tentent tant bien que mal d'atteindre les cibles sous le regard sévère de Jessie.

Ils n'en mènent pas large.

Un petit sourire aux lèvres, je rejoins l'aile est, dont je déverrouille l'entrée grâce à mon pass d'accès. Une fois devant le bureau de mon père, je toque à la porte puis pénètre à l'intérieur.

Confortablement installé sur sa chaise, Oscar Westwood est concentré sur l'étude d'un dossier. Dès qu'il m'aperçoit, il se lève et vient à ma rencontre, tout sourire. Comme chaque fois que son regard croise le mien ou celui de n'importe lequel de ses enfants, une lueur d'amour s'allume immédiatement dans ses prunelles. Il tapote doucement ma joue en guise de « bonjour » avant de m'inciter à m'installer en face de lui. Je souris en détaillant le mur du fond, sur lequel figurent une multitude de photos encadrées de Cruz, Sawyer et moi, ainsi que de notre petite sœur, Billie. Les sourires d'enfants édentés que nous arborons m'amuseront toujours…

Mon père capte mon regard, et il pivote pour observer les clichés lui aussi.

– C'était une merveilleuse période, commente-t-il. Je me rappelle encore comment Cruz, Sawyer et toi affirmiez à qui voulait bien l'entendre que vous n'étiez pas des frères, mais des triplés.

– *Les* triplés, je le corrige.

– C'est vrai, s'esclaffe-t-il. Les gens ne vous croyaient pas toujours, parce que vous n'êtes pas tout à fait identiques, mais il leur suffisait de vous observer quelques instants pour voir à quel point vous étiez liés. À quel point vous ne faisiez qu'un.

Je me cale contre le dossier de ma chaise en souriant. Certains pensent que leurs parents radotent lorsqu'ils se mettent à évoquer des souvenirs d'enfance. Moi, j'adore entendre ces histoires.

– Votre mère et moi sommes extrêmement fiers de voir que, vingt ans plus tard, vous êtes toujours aussi unis, poursuit mon père. Que vous êtes restés *les* triplés.

– On le sera toujours.

Nous nous regardons un instant avant de nous reprendre et d'afficher à nouveau un air professionnel.

– En quoi puis-je t'aider, papa ? je demande.

– Nous avons une nouvelle cliente.

– Je t'écoute, dis-je en attrapant une tablette sur le bureau de mon père, prêt à prendre des notes.

– Dovie Bennett, une étudiante de vingt et un ans, a reçu plusieurs lettres anonymes au cours de ces derniers mois. Des lettres de menace, évidemment.

– Qu'est-ce qu'elles disent ?

– Toutes pareil, à peu de chose près.

Mon père en sort une du dossier devant lui et me la tend. Je la déplie pour en découvrir le contenu :

CESSE TES RECHERCHES OU TU LE PAIERAS.

Loin d'être déstabilisé, je rends le morceau de papier à mon père. Des lettres de menace, j'en vois passer beaucoup dans mon métier : c'est le moyen de pression le plus utilisé contre nos clients, l'une des raisons principales pour lesquelles ils font appel à nos services.

– Des empreintes ont-elles pu être relevées ? je demande.

– Aucune.

– Est-ce qu'on a une idée de ce que signifie cette mise en garde ? De quelles recherches est-il question ?

Mon père se cale contre le dossier de sa chaise et croise les mains devant lui avant de m'indiquer :

– Dovie étudie au MIT, l'une des meilleures universités au monde pour les sciences et la technologie. Elle est l'une des plus jeunes étudiantes à y avoir jamais été admise, et elle travaille maintenant sur une thèse, qu'elle doit soutenir à la fin de l'année. Son travail serait susceptible de révolutionner le domaine de la recherche en astrophysique. Ne me demande pas d'entrer dans les détails, je n'en sais pas plus. Toujours est-il qu'il y a quelques mois, elle a reçu une première lettre de menace, avant que d'autres ne suivent. Quelqu'un semble avoir entrepris de tout faire pour la déstabiliser.

Je prends rapidement des notes tout en assimilant les informations.

– Qui est au courant de la situation ? je m'enquiers.

– De ce que j'en sais, ses parents ainsi que la doyenne de l'université.

– Est-ce que des mesures ont déjà été prises ? A-t-on assigné quelqu'un à sa surveillance au moins de façon temporaire ?

– Il a été décidé d'éloigner Dovie du campus, m'indique mon père. Elle a été transférée dans une maison de banlieue la semaine dernière. Un chauffeur se charge de la déposer chaque matin à l'université et de la ramener chaque soir, mais il est temps qu'une équipe soit dédiée à sa protection.

– Très bien. Combien de temps devrait durer la mission ?

– Trois mois, jusqu'à ce que l'année universitaire se termine et que le maître chanteur soit mis, je l'espère, hors d'état de nuire. D'ici là, il faudra à notre cliente un bodyguard sept jours sur sept, vingt-quatre heures sur vingt-quatre.

Je hausse les sourcils et lâche :

– Ah, quand même. C'est un lourd dispositif pour quelques lettres anonymes, tu ne trouves pas ? Si encore cette jeune femme avait subi une agression, je pourrais comprendre, mais là…

– Le problème, c'est que Dovie évolue dans un environnement très peuplé. Le MIT compte près de dix mille étudiants. Si on ne met pas en place une surveillance constante, celui ou celle qui lui en veut pourrait agir à tout moment.

– Ça signifie que le bodyguard principal devra vivre avec la cliente, n'est-ce pas ?

– C'est exact. Nous sommes en relation avec la doyenne depuis deux semaines déjà, et nous en sommes venus à la conclusion que celui qui assurera la protection de Dovie devra le faire sous couverture.

– Tu veux dire qu'il se fera passer pour un étudiant ?

Mon père hoche la tête, amusé. Pour ma part, je ricane :

– Eh bien, voilà qui serait inédit.

J'imagine déjà confier cette mission à Jaxon simplement pour l'emmerder, mais en faisant défiler son planning, je comprends qu'il ne pourra pas se libérer pour une aussi longue période. Je continue donc à réfléchir à voix haute :

– Il faut quelqu'un d'assez expérimenté pour donner le change durant plusieurs mois, et qui soit prêt à s'engager dans une mission de longue durée… Je te propose Eleanor comme bodyguard principal, avec Diego et Jaxon en back-up pour venir effectuer la sécurisation du domicile ainsi que les vérifications hebdomadaires… Qu'en dis-tu ?

La moue sceptique que mon père arbore à cet instant me surprend. Il ne remet généralement jamais mes choix en cause.

– Quelque chose cloche ? je demande.

– Disons que j'avais déjà formé ma propre équipe dans ma tête. Eleanor est très douée, mais les missions sous couverture ne sont pas son point fort. Je pense que quelqu'un d'autre ferait bien mieux l'affaire pour celle-ci.

– Qui ça ?

– Toi !

Mes sourcils se haussent de surprise.

– Moi ?

– Toi !

Je soupire.

– Papa, on en a déjà parlé. Les missions de protection rapprochée commencent à me lasser, je préfère passer plus de temps à l'institut. Depuis que tu as accepté de m'affecter à l'organisation, j'apprécie de plus en plus de gérer les plannings, d'accueillir les recrues et de m'assurer que tout fonctionne parfaitement.

– Et tu fais du très bon travail, vraiment, réplique mon père, mais tu es aussi un excellent bodyguard, Lennon. Tu sais comme moi que nous avons plus de demandes que d'effectifs disponibles. Sur nos quatre-vingt-douze gardes du corps en service, quarante-cinq sont sous contrat annuel.

– En mission longue durée pour les clients VIP, je sais.

– Tu sais aussi, puisque tu gères le planning, que la plupart des quarante-sept autres bodyguards ont déjà pris des engagements pour les six prochains mois – sauf Diego, Solange et Mara, que je me garde sous le coude pour les interventions sensibles, comme d'habitude. Je ne peux pas me permettre de conserver l'un de mes meilleurs éléments ici dans ces circonstances. Surtout que les missions d'infiltration sont l'une de tes spécialités. Je croyais que tu les aimais bien, en plus ?

– Quand elles sont excitantes, mais pas pour jouer l'étudiant.

Je soupire de nouveau et me cale contre le dossier de ma chaise tandis que mon père insiste :

– Écoute, si je te préviens à la dernière minute, c'est parce que j'ai d'abord cherché une solution qui ne nécessiterait pas de t'impliquer. Je me suis même tourné vers tes frères, mais Jaxon a déjà sept missions différentes prévues sur les trois prochains mois, Cruz aussi a un planning plein à craquer et je ne peux pas demander à Sawyer parce que… eh bien, tu sais pourquoi. Ce qui fait qu'il ne me reste plus que toi. Tu sais quoi ? Passons un marché. Tu t'engages dans cette mission, et de mon côté, je fais de mon mieux pour te trouver une relève, même s'il faudra la jouer fine pour gérer ton remplacement sous couverture. Ça te convient ? Tu veux bien faire ça pour moi, mon grand ?

Je secoue la tête, amusé. Mon père sait comment faire craquer ses enfants… Et puis, au-delà de notre lien familial, il reste le big boss, je me dois de lui obéir. L'agence, l'institut, c'est *son* idée, *sa* création. Lui-même ancien bodyguard, il a décidé de raccrocher et de former les futures générations il y a vingt-cinq ans déjà. Nous tous, dans l'équipe qu'il a constituée, avons une confiance aveugle en son jugement. Alors, s'il estime que je suis le mieux placé pour accomplir cette nouvelle mission, je le ferai.

– Quand est-ce que je commence ?

Mon père me sourit en guise de remerciement avant de me demander :

– Peux-tu te rendre au domicile de la cliente dans deux jours au plus tard ? Je sais que ça ne te laisse pas beaucoup de temps pour tout préparer, mais…

– J'ai déjà dû gérer des délais bien plus serrés, pour des missions plus périlleuses que celle-là. Ce ne sont pas quelques lettres anonymes et des étudiants sur un campus qui vont me donner du fil à retordre. Ne t'inquiète pas, je vais m'en sortir.

– En ce qui concerne le reste de l'équipe, je te propose qu'Eleanor et Jaxon soient tes back-up, déclare mon père lorsqu'il me voit me lever.

Je me fige.

– Travailler avec Eleanor ne te posera pas de problème, n'est-ce pas ? ajoute-t-il en me dévisageant.

– Aucun, je réponds.

– Parfait. Dans ce cas, je te fais parvenir le contrat au plus vite. Je pense que tu seras satisfait du salaire que je t'ai négocié.

– Tu étais si sûr que j'accepterais ?

Mon père se contente de hausser les épaules avec un sourire énigmatique sur les lèvres. Je me dirige vers la porte lorsqu'il me hèle à nouveau :

– Je sais que tu aspires à une vie plus calme, Lennon, et je te promets de tout faire pour respecter ton choix. Mais en attendant, je te remercie d'accepter de me rendre service.

Je jette un œil aux photos sur le mur puis je reporte mon attention sur mon père.

– La famille, c'est fait pour ça, je lâche en souriant.

2
Lennon

Je remonte le grand couloir du premier étage de l'institut, le nez collé à mon téléphone dans l'optique d'organiser ma nouvelle mission au plus vite. Tout en marchant, je fais défiler le contrat que mon père vient de me transmettre et étudie les clauses qui nous lient désormais, l'agence, ma nouvelle cliente et moi. Je suis surpris de découvrir un montant à six chiffres lorsque j'en arrive à la partie qui concerne ma rémunération pour les trois mois à venir. Pour une étudiante, cette Dovie a des moyens surprenants…

Pour chaque mission, l'agence établit un contrat différent, sur mesure. Nous veillons à répondre aux besoins de nos clients de la façon la plus individualisée possible. Chez nous, rien n'est irréalisable, tout simplement parce que nous disposons d'une équipe de bodyguards on ne peut plus professionnelle et parée à faire face à toutes les épreuves. Chacun de nous a des prédispositions différentes, que la formation à l'institut nous permet d'identifier afin d'affecter ensuite les recrues aux missions qui leur conviendront le mieux. Il y a ceux qui sont immédiatement à l'aise avec les armes à feu et que nous affectons aux contrats qui impliquent une menace directe : c'est le cas de Sawyer, par exemple. Il y a ceux qui sont réactifs, de redoutables adversaires en *close combat*, qui se verront confier majoritairement la protection de personnes célèbres, comme Cruz. Il y a aussi les méthodiques, ceux qui analysent et qui ont fait de leur discrétion leur point fort. Jaxon entre sans hésiter dans cette catégorie.

Et puis il y a les couteaux suisses, les caméléons. J'aime faire partie de cette catégorie : cela m'a permis d'enchaîner des contrats variés au cours des sept dernières années. J'en ai rencontré, du monde ; parfois beau, mais le plus souvent mauvais. D'ailleurs, c'est peut-être parce que j'ai l'impression d'avoir fait le tour de mon métier que je commence à me lasser des missions de terrain. Aujourd'hui, veiller au bon fonctionnement de l'institut me convient et me comble. J'aurais préféré y rester pour les prochains mois, mais maintenant que j'ai promis à mon père que je me chargerai de la protection de Dovie Bennett, je ne reviendrai en aucun cas sur ma parole.

Tandis que je bombarde de textos les équipes à l'agence pour tout organiser, Eleanor et Jaxon viennent à ma rencontre.

– On a reçu ton message, commence Jax. Tu reprends les missions ?

– Juste celle-ci. Vous serez mes back-ups, alors j'ai besoin que vous prépariez tout l'équipement de surveillance.

– On part quand ? demande Eleanor.

– Nous devons nous présenter au domicile de la cliente dans deux jours, je déclare. Jaxon, j'aimerais que tu ailles au parc automobile pour me réserver une berline. Assure-toi qu'elle soit équipée de tout le matos nécessaire.

– C'est comme si c'était fait, répond-il.

– Prends-en une aussi pour Eleanor et toi. Celle que tu voudras.

Jaxon s'éloigne, heureux comme un gosse, et je pivote vers mon autre coéquipière pour lui indiquer :

– Vous ne resterez qu'une journée, pour installer les dispositifs de sécurité. Ensuite, vous viendrez faire un check-up toutes les semaines pour analyser les enregistrements et ajuster si besoin. Je te laisse récupérer des caméras et les préparer. Prends aussi tes armes, tu ne devrais pas avoir à t'en servir, mais on ne sait jamais.

Ayant une multitude de choses à préparer avant mon départ, je ne m'éternise pas et pars déjà à grandes enjambées vers l'ascenseur.

– Lennon, attends.

Je me tourne à nouveau en direction d'Eleanor qui me dévisage, une lueur d'espoir dans le regard.

– Merci de m'avoir choisie pour intégrer ton équipe, commence-t-elle, c'est…

– Mon père qui l'a décidé, je la coupe.

– Oh…

Un court silence s'installe entre nous. Je le brise en déclarant :

– Écoute, ce n'est vraiment pas le moment, là, Eleanor. J'ai une tonne de choses à faire.

– Je sais, mais j'espérais qu'on pourrait discuter tous les deux de… enfin, tu sais… ça fait longtemps qu'on n'a pas pris le temps de parler un peu.

Je soupire et hausse les épaules avant de répliquer :

– Moi, je pense qu'on s'est tout dit la dernière fois.

Eleanor déglutit et baisse rapidement la tête. J'ajoute :

– Mon père a décidé de nous mettre dans la même équipe parce que tu es une excellente bodyguard, mais je comprendrais qu'étant donné la situation cette mission te mette mal à l'aise. Je peux très bien demander à quelqu'un d'autre de…

– Non, c'est bon, affirme-t-elle en se reprenant. Je vais gérer.

– Tu en es sûre ?

– Certaine !

– Parfait.

Sans remords, je la laisse là et quitte l'étage.

Ne jamais mélanger travail et vie privée.

C'est un adage que mon père nous a répété, à Cruz, Sawyer, Jaxon et moi, dès que nous avons commencé à travailler avec lui. J'ai toujours pensé qu'il exagérait… jusqu'à Eleanor, et notre rupture dont je dois gérer encore aujourd'hui les conséquences sur le plan professionnel.

J'ai retenu la leçon : désormais, je suis bien décidé à ne plus jamais faire sauter les barrières qui maintiennent les différentes parties de ma vie cloisonnées.

••••

Le soir commence à tomber lorsque je quitte l'institut. Sur la route de la maison, je me laisse aller à observer le paysage, comme souvent.

Cape Cod est comme un cocon entouré par l'océan Atlantique et d'immenses étendues de sable. Il y règne une douceur de vivre que beaucoup nous envient, particulièrement les habitants de Boston, à une heure de trajet d'ici. Chaque week-end, de nombreux citadins débarquent pour s'offrir une parenthèse hors de leur quotidien.

Moi, j'ai la chance de ne jamais devoir quitter bien longtemps cet endroit incroyable.

J'emprunte une route qui mène sur les hauteurs de la péninsule, là où les maisons ordinaires laissent place à des demeures luxueuses. Le manoir que possède ma famille n'est d'ailleurs rien de moins qu'une piqûre de rappel de la chance que j'ai d'être un Westwood.

Je ralentis en arrivant à hauteur de la vitre d'une cabine. L'agent de sécurité à l'intérieur me salue d'un signe de la tête avant d'actionner l'ouverture de l'imposante grille en fer forgé, m'autorisant le passage. Au pas, ma voiture remonte l'allée de bitume bordée d'arbres parfaitement taillés. La pelouse est coupée au millimètre près, tout ici est arrangé avec goût.

Plus les mètres défilent, plus apparaît, imposant et impressionnant, le manoir Westwood. La demeure dans laquelle j'ai grandi et dans laquelle je vis encore. Dans laquelle nous vivons tous ensemble.

Avec ses nombreuses ailes et son dédale de couloirs, quiconque n'étant pas familier des lieux pourrait facilement s'y perdre.

Je dépasse une fontaine sculptée puis gare mon véhicule sur le parking prévu à cet effet, à côté de la voiture de ma sœur, déjà stationnée. J'extrais ensuite mon grand corps de l'habitacle, grimpe les quelques marches en pierre qui mènent à la porte d'entrée et salue le majordome qui m'ouvre.

– Bonjour, Michel.

– Comment allez-vous, Lennon ?

– On ne peut mieux.

Je lui serre la main tout en pénétrant dans le hall. Au service de notre famille depuis bientôt quinze ans, Michel est l'homme à tout faire du manoir. N'étant ni marié ni père de famille, il vit avec nous, installé dans la dépendance, et je dois dire que sa présence nous est indispensable. Avec notre rythme de vie atypique, nous n'avons pas le temps d'effectuer les tâches quotidiennes nécessaires à l'entretien d'une si grande demeure. Pour cela comme pour la préparation de nos repas, Michel est une vraie perle.

– Ma sœur est ici ? je lui demande.

– À l'extérieur, côté sud, Monsieur.

Je traverse le hall ainsi que la salle à manger au sol de marbre rutilant, puis je franchis les grandes portes vitrées menant à la terrasse qui surplombe la baie. Dehors, le soleil est en train de rejoindre l'horizon, les oiseaux gazouillent avec nonchalance et les vagues s'écrasent paresseusement sur les rochers en contrebas. L'ensemble a quelque chose d'apaisant qui me touche aussitôt.

Assise dans un fauteuil, un livre ouvert sur les genoux et un cahier de notes dans sa main, Billie a les sourcils froncés, concentrée. J'embrasse le dessus de sa tête avant de m'installer face à elle. En me voyant, elle me sourit tendrement.

– J'attendais que l'un de vous rentre pour ne pas avoir à dîner seule, me dit-elle. Est-ce que tu sais si les autres arrivent bientôt ?

– Cruz et Sawyer ne devraient pas tarder, mais pour ce qui est de Jax, je n'en ai aucune idée. Quant à papa, il rentrera tard, il a beaucoup de travail. Sur quoi tu planches ?

– J'ai un examen dans deux jours qui portera sur les troubles cognitifs, émotionnels et comportementaux.

– Je parie que tu vas assurer, comme toujours.

– On verra bien… Mon prof est hyper exigeant, il ne laissera rien passer.

– Rappelle-toi que si tu échoues en tant que psychologue, tu pourras toujours te reconvertir dans l'élevage de loutres.

Ma sœur soupire, mais un petit sourire apparaît au coin de ses lèvres.

– J'avais huit ans quand j'ai émis cette idée, Lennon.

– Et c'est certainement l'une des meilleures que tu aies jamais eues…

Ma réflexion me vaut une tape sur le bras, ce qui me fait rire. Billie reprend :

– De toute façon, je n'ai pas l'intention de louper mes études. Je vais tout déchirer, parole de Westwood.

À vingt et un ans, ma sœur est une acharnée de travail… comme tout le reste de la famille, à vrai dire. Mais Billie est la seule à avoir persévéré dans des études supérieures. De notre côté, mes frères et moi avons arrêté l'école après le lycée pour devenir bodyguards. Suivre les traces de notre père nous semblait logique, et comme Sawyer, Cruz et moi avons un lien spécial, emprunter tous les trois la même voie professionnelle nous a paru naturel.

Voir Billie réussir nous rend tous très fiers. À mes yeux, ma sœur est la personnification de la détermination… en plus d'être drôle et solaire.

– Et sinon, quoi de neuf? je lui demande.

– Pas grand-chose.

– Tout roule à l'université? Comment s'est passée ta journée?

Billie redresse la tête et fronce les sourcils.

– Comment ça?

– Parle-moi de ta vie d'étudiante. Tes habitudes, tout ça…

– Pourquoi est-ce que ça t'intéresse?

– Tout ce que tu fais m'intéresse! je réplique.

– Je sais, mais ça fait trois ans que je suis à la fac, alors pourquoi tu me demandes ça maintenant?

Je soupire, croise les bras et avoue:

– J'ai accepté une nouvelle mission dans une université. Je vais devoir protéger une jeune femme vingt-quatre heures sur vingt-quatre en me faisant passer pour un étudiant.

Ma sœur me dévisage un instant, puis ses joues se gonflent comme celles d'un hamster et elle éclate de rire.

– Oh, pardon, fait-elle. C'est juste que t'imaginer suivre des cours, toi qui as fui le système scolaire dès que tu as pu… c'est beaucoup trop drôle.

– Crois-moi, ça ne m'enchante pas plus que ça, je grogne. Mais j'ai promis à papa que je me chargerai de cette mission et je tiendrai parole. Ce serait sympa si ma petite sœur adorée me mettait au parfum et me donnait quelques tuyaux pour survivre là-bas.

– Lenny… Ce n'est pas pour toi que je suis inquiète, c'est pour les autres étudiants ! Tu vas leur coller une de ces trouilles…

Billie rit à nouveau tandis que je fronce les sourcils.

– Qu'est-ce que ça veut dire ?

– Mais tu sais bien, dit ma sœur en faisant un geste dans ma direction. Tu es une montagne de muscles et tu as souvent un air revêche sur le visage.

– Je n'ai rien de revêche, je m'indigne.

– D'accord, alors disons bourru, plutôt.

– Je ne suis pas… Bon, laisse tomber.

– Non, attends ! lance Billie en venant s'installer près de moi. Excuse-moi.

J'attire ma petite sœur contre moi et lui ébouriffe les cheveux, ce qui la fait râler.

– Pour commencer, ne fais jamais ça à une fille, proteste-t-elle en se recoiffant. Ni à n'importe qui d'autre, d'ailleurs.

Je m'esclaffe face à sa moue boudeuse. Sur un ton plus sérieux, elle ajoute :

– En réalité, je n'ai aucun conseil à te donner, Lenny. Tu es un garçon posé et intelligent : tu réussiras cette mission comme tu as réussi toutes les autres.

Billie pose sa tête contre mon épaule et je la serre un instant contre moi. J'aime cette môme plus que je ne serais capable de l'exprimer. Chez nous, la famille, c'est *le* pilier, *le* centre de notre univers. Les liens entre nous sont d'une solidité à toute épreuve.

Face à l'adversité, ensemble, toujours. Voilà la devise du clan Westwood.

– Ah si, reprend ma sœur, il y a quelque chose que tu dois savoir : à l'université, il y a des fêtes organisées presque tous les soirs. Si ta cliente aime y participer, tu vas devoir te coltiner des étudiants surexcités dans le meilleur des cas, ou bien complètement saouls et défoncés.

– Génial… Je vais prier pour avoir affaire à une casanière, dans ce cas.

Soudain, je me tourne vers Billie en plissant les yeux.

– Rassure-moi, tu ne sors pas tous les soirs ? je l'interroge.

– Évidemment que non, réplique-t-elle. Un jour sur deux, c'est le rythme idéal pour tenir la distance.

Je grogne sans pouvoir m'en empêcher alors qu'elle éclate à nouveau de rire.

– Au fait, finit-elle par me demander, dans quelle université vas-tu effectuer ta mission ? J'espère que tu ne t'éloignes pas trop…

– Je vais poser mes valises à une heure d'ici, au MIT.

Billie hausse les sourcils, impressionnée.

– Waouh… ce n'est pas n'importe quelle fac. On dit qu'elle est tellement grande qu'elle ressemble à une ville et qu'elle abrite un nombre incroyable de petits génies au mètre carré.

À cet instant, Cruz, Sawyer et Jaxon déboulent sur la terrasse, nous interrompant dans notre discussion. Mes frères embrassent notre petite sœur sur la tête ; quant à Jax, il s'installe à côté d'elle.

– Alors comme ça, vous partez en mission tous les deux ? lance Sawyer en nous dévisageant, Jaxon et moi.

– *Je* pars, je précise. Jaxon et Eleanor ne seront là qu'en back-up.

– Eleanor ? réagit Billie.

– Quoi qu'il se soit passé entre nous, elle fait un excellent travail et c'est tout ce qui m'importe, j'affirme. En ce qui me concerne, le sujet est clos.

– T'es assez grand pour gérer, Lenny, déclare Cruz en haussant les épaules.

– Mais est-ce qu'*elle* le sera… souffle Jaxon.

– On est adultes, elle et moi, j'insiste. Je suis passé à autre chose et elle finira bien par le faire elle aussi.

Après avoir échangé un coup d'œil, Cruz, Jax, Saywer et Billie récitent d'une même voix :

– Ne jamais mélanger travail et vie privée.

Je lève les yeux au ciel. C'est alors que Michel débarque sur la terrasse, les bras chargés d'un large plateau rempli d'encas.

– Voici quelques petites mises en bouche, nous dit-il, souriant. Le dîner sera servi dans vingt minutes.

– Merci, Michel, répondons-nous à l'unisson.

Nous grignotons tout en discutant des missions qui se profilent. Billie, elle, se replonge dans son bouquin de cours, Jax lui passant un toast de temps à autre. Cela fait dix ans maintenant que lui et moi sommes amis et qu'il est considéré par nous tous comme un membre de la famille à part entière ; cela fait également dix ans qu'il a fait la connaissance de ma petite sœur et qu'il a décidé d'endosser pour elle le rôle du quatrième grand frère. Ces deux-là entretiennent une amitié profonde, bien éloignée des relations habituelles entre Jaxon et la gent féminine. Parce que son nombre grandissant de conquêtes lui donne raison, Jax est persuadé d'avoir un charme irrésistible. Cela vient peut-être de sa confiance en lui qui se remarque à des kilomètres, de ses cheveux châtains ou de sa cicatrice au menton qui se transforme en fossette lorsqu'il sourit : je n'en sais rien, et à vrai dire je m'en cogne. Heureusement, avec Billie, il ne se comporte pas en séducteur – de toute façon, Cruz, Sawyer et moi ne le tolérerions pas.

– Au fait, lance Cruz, vous nous devez cinquante dollars, à Lennon et moi. Deux recrues ont abandonné la formation cet après-midi.

En grommelant, Jaxon et Sawyer tirent quelques billets de leur porte-monnaie. Je m'empare de mon gain en souriant avant de demander :

– C'est Jessie qui leur a foutu la trouille ?

– Disons qu'elle a grandement participé, et qu'Alice a fini de les terroriser avec leur premier cours de conduite.

À cet instant, Michel réapparaît sur la terrasse pour nous inviter à passer à table. Nous allons nous installer dans la salle à manger et, très vite, de nombreux plats nous sont proposés.

– On va être une nouvelle fois séparés, fait remarquer Billie en se servant quelques pommes de terre. Cruz va s'envoler pour L.A., Lennon part à Boston…

– Jaxon et moi, on reste ici, rappelle Sawyer en se servant un verre de vin.

– Je sais, mais j'aime quand on est tous ensemble, réplique ma sœur. Je déteste que l'un de vous soit loin de moi.

Distraitement, Billie joue avec la chevalière à son index. La petite pierre noire incrustée en son centre accroche les rayons de lumière. Je baisse les yeux sur mon majeur, qu'entoure l'exacte même bague. Nous la portons tous les cinq.

– Tu ne t'y es pas encore habituée, depuis le temps qu'on travaille avec papa ? je lance.

Billie se contente de hausser les épaules, et tous autour de la table, nous comprenons parfaitement son point de vue.

En tant que triplés, Cruz, Sawyer et moi sommes unis par une relation fusionnelle que la naissance de Billie n'a pas ébranlée, au contraire. Nous avons toujours eu à cœur de faire sentir à notre sœur qu'elle est aimée et spéciale ; au fil du temps, nous avons créé avec elle aussi un lien unique.

Nous éloigner les uns des autres est l'une des choses que nous détestons le plus et je suis fier de la force qui se dégage de notre fratrie lorsque nous sommes ensemble.

Rien ne pourra jamais séparer la famille Westwood.

3
Dovie

– Tout ce que je dis, c'est que l'exploration spatiale a ses limites, lance Felix.

– Et lesquelles exactement ? je réplique.

Mon ami et moi traversons le campus en direction de notre spot préféré pour déjeuner : au pied d'un grand arbre centenaire qui nous offre ombre et fraîcheur lorsque, comme aujourd'hui, la chaleur est un peu trop écrasante.

– Météorologiques, d'abord, affirme-t-il. Avoue que c'est une véritable contrainte de ne pas pouvoir observer quand on le veut.

Je soupire tout en m'installant sur la pelouse tandis que mon ami prend place face à moi.

– Oh, Felix, dis-je en déballant mon déjeuner. Parmi toutes les difficultés que tu aurais pu citer, tu choisis celle-ci : « L'astronomie a ses limites parce qu'il y a des nuages dans le ciel, de la pollution et que parfois il pleut » ?

Je pioche dans ma salade de pâtes en secouant la tête, avant d'ajouter :

– Je t'ai connu bien plus incisif, et surtout, avec de meilleurs arguments. Tu te relâches, mon pauvre.

Felix s'esclaffe à son tour avant de croquer dans son sandwich à pleines dents. Amis depuis six ans, lui et moi avons un passe-temps favori : tenter de déstabiliser l'autre quant au choix de sa matière principale – l'astronomie pour moi, la biochimie pour lui. Nous savons pertinemment que nous sommes bien trop passionnés par ce que nous faisons pour en être détournés, mais nos joutes verbales nous plaisent.

À cet instant, un rire retentit au loin, et je n'ai pas besoin de lever la tête pour savoir de qui il provient. Je souris tandis que Viola, ma meilleure amie, débarque main dans la main avec son copain Zack. Chaque fois que je les regarde, je ne peux m'empêcher de me dire qu'ils font sensation tous les deux. Zack a les cheveux qui lui arrivent aux épaules, des jeans déchirés et des rangers dont il ne se sépare jamais. Quant à Viola, elle a fait des couettes hautes et des t-shirts à message sa marque de fabrique. Celui qu'elle porte aujourd'hui attire d'ailleurs particulièrement mon attention puisqu'il est orné de l'inscription « Avada Kedavra », une référence à *Harry Potter* – la grande passion de notre groupe d'amis, au même titre que les sciences et l'astronomie.

– … mais si tu me pousses à bout, je serai obligée de te rappeler le théorème de Bell, lance ma meilleure amie en pointant un doigt menaçant en direction de Zack.

Ce dernier passe un bras autour des épaules de Viola et l'attire contre lui en riant. La jeune femme oublie bien vite sa contrariété et se laisse aller en souriant malicieusement.

Lorsque je suis arrivée au MIT en première année de licence, je ne connaissais personne. Je m'étais faite à l'idée que mes années universitaires seraient certainement solitaires, pour la simple et bonne raison que j'étais décidée à ne pas me laisser distraire par quoi que ce soit. Mais ça, c'était sans compter sur l'administration du campus, qui a eu la merveilleuse idée de me faire partager une chambre avec Viola Malone. Notre coup de foudre amical a été immédiat. Puis très vite, à force de partager des cours avec lui, Viola est tombée amoureuse de Zack. Felix, meilleur ami de ce dernier, est naturellement venu se greffer à notre groupe et c'est ainsi que, depuis plus de six ans, nous sommes l'équivalent des Quatre Fantastiques… sans les pouvoirs magiques et en bien plus *nerds*.

Viola prend place à mes côtés avant de rouler des épaules et de détendre sa nuque.

– Ce cours m'a tué ! s'exclame-t-elle en acceptant la bouteille d'eau que Zack lui tend. Les première année étaient tellement dissipés… Il y en a même deux qui ont passé toute l'heure à s'embrasser au fond de l'amphi.

– Qu'est-ce que tu leur enseignais aujourd'hui ? demande Felix.

– La physique quantique, répond-elle. C'est pourtant tellement passionnant…

Nous acquiesçons tous vivement.

– Ça a été de votre côté ? intervient Zack en ouvrant sa lunch box.

– On a bossé sur notre thèse, rien de bien nouveau, je déclare.

– Je m'étonne que tu n'aies pas déjà terminé la tienne, fait remarquer Viola.

– On est à trois mois de la soutenance orale, pourquoi est-ce que j'aurais déjà terminé ? je lui renvoie.

– Parce que ton cerveau est plus gros que Saturne, Dovie, c'est un fait, lâche ma meilleure amie.

– Impossible. Saturne a une superficie de 42,7 milliards de km^2, donc mon cerveau ne peut décemment pas être plus gros qu'elle.

Pour la peine, j'ai droit à un regard assassin de la part de Viola, ce qui me fait éclater de rire.

– Tu m'énerves quand tu joues à Sheldon Cooper, à tout prendre au pied de la lettre, gronde-t-elle en piochant dans ma salade.

– Je sais, je réplique, tout sourire. C'est pour ça que je le fais !

– 782 fois 334, me lance soudain Felix.

– 261 188, je réponds machinalement.

– Incroyable ! éructe mon ami. J'ai beau te connaître depuis des années, je n'arrive toujours pas à me faire à tes capacités. Mais je continuerai à essayer de te piéger, Dovie, je ne vais pas lâcher l'affaire.

– Tu peux effectivement perdre ton temps si ça te plaît, Felix, mais je suis imbattable en calcul mental et tu le sais parfaitement.

– Que veux-tu ? soupire-t-il. Je suis un scientifique, je ne peux pas m'empêcher de faire des expériences.

– Ravie d'être ton cobaye, je ricane.

Entre piques amicales, discussions sur la science et débats pour savoir qui est le meilleur héros Marvel, nos déjeuners se déroulent presque toujours de la même façon, et ils passent à une vitesse folle !

Au bout d'une heure, Felix, Zack, Viola et moi traversons le campus en direction d'un amphi dans lequel j'anime un cours d'astronomie pour les deuxième année. Ce qu'il y a de bien lorsqu'on est en doctorat, c'est que notre emploi du temps organisé autour de la rédaction de notre thèse est très flexible. Mes amis et moi en profitons pour assister à certains cours en auditeurs libres, juste parce que nous ne nous lassons jamais d'apprendre. Et cerise sur le gâteau, nous avons saisi l'opportunité d'en donner certains. Dans la mesure du possible, nous essayons de nous rendre à ceux des autres, si bien qu'aujourd'hui mes amis seront tous présents dans l'amphi pour me soutenir.

Avant de le faire, je n'avais pas imaginé un instant qu'enseigner pourrait me plaire. Il faut dire que j'ai tellement d'envies et d'objectifs que je rêve d'atteindre… Leur point commun, c'est qu'ils tournent tous autour de l'astronomie, ma passion.

– Au fait, vous avez trouvé vos déguisements pour la soirée *Harry Potter* qu'organise Bobby ? je demande tandis que nous arpentons les couloirs.

– Rogue, pour ma part, annonce Felix.

– Vi et moi, on sera Bellatrix et Voldemort, renchérit Zack.

– Et moi je serai…

– Hermione ! terminent mes amis à ma place, ce qui nous fait rire.

Alors que nous nous apprêtons à pénétrer dans l'amphithéâtre, je vois monsieur Fernandez, mon directeur de thèse, en sortir.

– Installez-vous, j'arrive, dis-je au reste du groupe.

Puis je m'écrie :

– Professeur Fernandez !

Il pivote et je trottine dans sa direction tout en levant les bras en l'air pour qu'il puisse me repérer dans la foule des étudiants. Un sourire engageant naît sur son visage dès qu'il me voit. Tout juste entré dans la cinquantaine, le professeur Fernandez est l'un des plus appréciés du campus. Sa proximité avec ses élèves, sa patience et sa passion pour la transmission de son savoir rendent ses cours passionnants à suivre. Je ressens une profonde admiration pour lui : il m'a tant appris, tant aidée… Lui et moi avons une relation privilégiée que je chéris beaucoup.

– Comment vas-tu, Dovie ? me demande-t-il.

– Bien, merci. Je me demandais si vous pouviez m'accorder un peu de votre temps dans les jours qui viennent pour que nous puissions discuter de mes recherches. J'ai trouvé deux articles très intéressants qui, selon moi, méritent notre attention et pourraient peut-être me permettre de creuser mes questionnements de la dernière fois. J'aimerais que nous y jetions un œil ensemble.

– Encore en train de courir plusieurs lièvres à la fois, on dirait, déclare le professeur. Et si tu te concentrais sur ta thèse? La soutenance a lieu dans moins de trois mois maintenant...

– Je serai prête, soyez-en sûr: vous savez aussi bien que moi que je fais passer mes études avant tout, j'affirme. Mais je ne peux pas me résoudre à abandonner une piste de recherche qui me paraît prometteuse, même si elle dépasse le cadre de mon doctorat.

– Je comprends.

Fernandez sourit à nouveau avant d'ouvrir son porte-documents et d'en sortir son planning.

– Voyons voir... Demain, c'est impossible, je donne une conférence à New York et j'y resterai pour la journée. Disons dans deux jours? Tu n'auras qu'à me retrouver à l'observatoire après mon dernier cours. Je t'accorderai une heure.

– Parfait, je m'exclame, ravie. Merci, professeur.

– Tout le plaisir est pour moi, répond-il, souriant. Je t'ai promis il y a déjà dix ans de t'emmener aussi haut que tes capacités te le permettent, et je continuerai à tenir ma parole. Tu vas faire de grandes choses, Dovie, je crois en toi.

Le rouge aux joues, je le salue d'un signe de tête avant d'entrer dans l'amphithéâtre, sur les bancs duquel sont déjà installés Zack, Viola et Felix.

– Tu es encore allée fayoter? me glisse ce dernier alors que je passe devant lui. Je savais bien que c'est grâce à ça que tes notes ont toujours été si bonnes...

– Persuade-toi de ce que tu veux pour te rassurer, mon pauvre Felix…

Nous rions, avant que je me dirige vers l'estrade et y dépose mon sac pour en sortir mes affaires.

– Bonjour à tous, j'annonce d'une voix forte.

Le brouhaha qui règne dans l'amphi se calme peu à peu et les regards se braquent dans ma direction. Comme chaque fois, une bouffée d'excitation me parcourt à l'idée d'apprendre à mes élèves quelque chose de nouveau – si je parviens à maintenir leur curiosité et leur attention éveillées, bien sûr.

– Lors du dernier cours, je commence, nous avons étudié le milieu interstellaire. Quelqu'un peut-il me rappeler ce que c'est, en quelques mots? Jordan?

Un jeune homme assis au premier rang prend la parole:

– Le milieu interstellaire, c'est la matière qui remplit l'espace entre les étoiles. Il est composé en grande majorité d'hydrogène ainsi que d'hélium.

– C'est exact. Qu'est-ce que tu peux me dire concernant le calcul de sa température?

– On le divise en plusieurs phases, déclare mon élève. Froid, de l'ordre de quelques dizaines de Kelvin, chaud, mesuré en milliers de Kelvin, et très chaud, mesuré en millions de Kelvin.

Je lui souris, satisfaite de sa réponse, puis je m'empare d'un feutre et me dirige vers le tableau blanc.

••••

– Je te dis que tu lui as tapé dans l'œil!

– N'importe quoi, Vi.

– Je t'assure! Tu n'as pas remarqué qu'il cherche toujours à participer pendant tes cours?

– Parce qu'il a des connaissances et qu'il s'intéresse à ce que je dis ! Tu te fais des films, Viola.

Ma meilleure amie lève les yeux au ciel. Persuadée que Jordan, l'étudiant que j'ai interrogé tout à l'heure, en pince pour moi, elle me pousse à tenter une approche. Sauf que je suis son enseignante deux fois par semaine, ce qui crée un léger conflit d'intérêts ; et surtout, il ne me plaît pas.

Je ne dirais pas que j'ai un genre d'homme précis : ce qui m'attire, moi, c'est un feeling, une connexion ; l'immédiat, le waouh au premier regard. Cela m'entraîne parfois dans de longues périodes de célibat, comme c'est le cas depuis bientôt huit mois. Mais je m'en accommode. Je n'ai pas *besoin* d'un homme dans ma vie, et je refuse de me lancer dans une longue et harassante quête pour rencontrer la perle rare. Celui qu'il me faut finira bien par trouver le chemin qui le mènera jusqu'à moi… à moins que ce ne soit moi qui croise sa route la première.

– Tu viens avec nous au bar ? me demande Zack alors que nous quittons l'université.

– Pas ce soir, je dois rentrer pour bosser sur ma thèse.

– Franchement, Dovie, tu devrais relâcher un peu la pression, lance Felix. Tu passes ton temps le nez dans tes bouquins ou à faire des recherches.

– Parce que ce n'est pas en me laissant distraire que j'atteindrai mes objectifs ! je réplique.

– Quand même, je pense que tu devrais t'accorder quelques pauses, insiste mon ami.

– Une autre fois, promis.

Viola me jette un discret coup d'œil mais garde le silence, ce que j'apprécie.

– Au fait, tu te plais dans ta baraque ? enchaîne Zack.

– Ça va, fais-je en haussant les épaules. C'est plus spacieux qu'une chambre sur le campus, mais c'est loin de vous…

– Je n'en reviens toujours pas que la doyenne t'ait demandé de libérer une place pour accueillir des étudiants du programme de découverte, râle Felix.

– Je me suis portée volontaire, rien ne m'a été imposé, je déclare. Et puis, une maison pour moi toute seule, même si vous manquez, ça ne pouvait pas se refuser.

– Mais…

– Bon, c'est quoi cet interrogatoire ? intervient Viola. Laissez Dovie tranquille. Et puis tiens, partez devant. Nous avons quelques petites confidences à nous faire, elle et moi.

Je salue les garçons, qui s'éloignent d'un pas traînant. Puis je me tourne vers ma meilleure amie et lui adresse un sourire reconnaissant.

– Merci de couvrir mes arrières, lui dis-je.

– Toujours, me répond-elle. Comment tu te sens ? Est-ce que tu as reçu une nouvelle lettre de menace ?

– Pas depuis la dernière, il y a trois semaines. Je me sens mal de t'obliger à mentir à Zack et à Felix…

– Hé, tu ne m'obliges à rien du tout, d'accord ? me rassure Vi en prenant ma main. Tu es victime d'intimidations de la part d'un malade qui est jaloux de ta réussite, et pour assurer ta sécurité, tu as dû être éloignée de l'université. Jamais je ne prendrai le risque de te mettre en danger en dévoilant une information que j'ai promis de garder secrète. J'aime Zack de tout mon cœur, mais tu es ma meilleure amie, Dovie. Je veille sur toi.

J'attire Viola dans mes bras et la serre un instant contre moi. Je n'aurais jamais imaginé un jour me retrouver dans une telle situation, mais il faut croire qu'il y a un début à tout. On ne s'attend jamais à recevoir des lettres de menace glissées sous sa porte, et pourtant, c'est ce qui m'est arrivé un beau matin. Je me souviendrai toujours de la surprise et de l'effroi que j'ai ressentis en lisant ces mots pour la première fois :

CESSE TES RECHERCHES OU TU LE PAIERAS.

Si j'ai fait le choix d'ignorer ces messages au départ, il m'est rapidement devenu impossible de fermer les yeux à mesure qu'ils se sont multipliés. J'ai fini par me résoudre à en parler à la doyenne, qui a averti mes parents. Ils en sont tous les trois venus à la même conclusion : quelqu'un en veut à mon travail, quelqu'un qui est certainement à l'université, avec moi… Je n'étais donc plus en sécurité sur le campus.

La mort dans l'âme, j'ai dû accepter de m'éloigner un peu du MIT.

Bien sûr, il m'était impensable de ne pas mettre Viola dans la confidence. D'abord parce que nous étions colocataires et qu'elle m'a vue recevoir les lettres anonymes ; ensuite parce que, profondément ébranlée, j'avais besoin d'un soutien, d'une confidente.

– Bon, je dois y aller, fait-elle en brisant notre étreinte. Tu m'appelles si tu as le moindre problème, c'est compris ? Et je veux que tu m'envoies un message pour me prévenir dès que tu seras en sécurité chez toi.

– Compris, chef !

Viola dépose un baiser sur ma joue puis rejoint les garçons qui l'attendent plus loin. Je les regarde s'éloigner et, dès qu'ils disparaissent à l'angle du bâtiment, je prends la direction opposée.

D'aussi loin que je me souvienne, intégrer le MIT a toujours été un rêve pour la passionnée d'astronomie que je suis. Je me souviens parfaitement du jour où j'ai reçu ma lettre d'admission. J'étais consciente de la chance que j'avais d'intégrer l'une des meilleures universités du monde, si ce n'est *la* meilleure. Et puis, au-delà des connaissances que j'allais acquérir, l'idée de mener une vie d'étudiante me réjouissait et j'ai adoré chaque instant de ces six dernières années... Seulement, voilà que tout s'effondre. J'ai quitté les dortoirs du campus pour une maison en banlieue, j'ai quitté mes amis pour vivre seule. Tout ça à cause d'un détraqué qui a décidé de m'en vouloir parce que j'ai entamé des recherches pointues qui, si elles aboutissent, pourraient bousculer le monde de l'astrophysique.

Comme chaque jour depuis une semaine, je me dirige vers un taxi qui m'attend le long du trottoir. Commandé par l'université, il a pour mission de me déposer chez moi en toute sécurité.

Je salue le chauffeur et m'installe à l'arrière. Les rues de Boston défilent sous mes yeux tandis que nous rejoignons le quartier résidentiel dans lequel se trouve la petite maison ancienne que j'occupe à présent. Elle est loin d'être bien entretenue, mais puisque c'est l'université qui prend le loyer en charge, je ne vais pas me plaindre. Et puis, il y a au moins un avantage : j'ai bien plus de place pour installer mes affaires que dans la chambre que Viola et moi partagions.

Le taxi se gare devant la clôture blanche de ma maison. Je quitte l'habitacle, remercie le chauffeur et emprunte la petite allée en gravier qui me sépare du seuil.

Au moment où je grimpe les trois marches du perron, des jappements ainsi que le bruit de petites griffes qui râpent contre le bois de la porte me parviennent. Un sourire aux lèvres, je m'empresse de déverrouiller la serrure, et dès que j'entre chez moi, des aboiements m'accueillent.

– Bonjour, mon Voldi, dis-je en m'accroupissant et en prenant une voix d'une niaiserie sans nom. Oh oui, tu es resté enfermé toute la journée alors tu as trouvé le temps long, je sais.

Une langue humide me lèche les joues, me faisant éclater de rire, puis mon petit bouledogue français s'élance à travers la salle à manger en direction de la porte-fenêtre, que je viens lui ouvrir pour qu'il puisse sortir.

À l'instant où il quitte l'habitation, le silence m'oppresse. En soupirant, je dépose ma veste ainsi que mon sac de cours par terre et je me laisse tomber dans le canapé. Je ne peux m'empêcher de penser à mes amis, qui sont certainement en train de s'installer à une table, prêts à se lancer dans de longs débats passionnés tout en enchaînant les verres de bière.

Abattue, je me dirige à l'étage pour rejoindre ma chambre. La maison a beau être petite, j'ai l'impression d'avoir bien trop d'espace pour moi toute seule. Alors je m'allonge sur mon lit et je fixe un instant le plafond, sur lequel j'ai dessiné le système solaire.

L'astronomie m'a toujours passionnée, et je ne me sens véritablement sereine que lorsque j'observe les planètes. Depuis ma naissance, j'ai la tête dans les étoiles et je suis fascinée par tout ce qui se passe dans le ciel et plus haut encore. Quand j'étais bébé, mes parents avaient installé au-dessus de mon berceau un mobile avec des dizaines d'astres qui tournaient lentement et scintillaient. Les grands yeux émerveillés que j'ouvrais pour les contempler ne m'ont jamais quittée.

Si je n'aimais pas autant ce que je fais, si je ne croyais pas autant en mon projet, j'aurais déjà abandonné, cédé aux pressions de mon corbeau.

Sauf que je refuse de plier. Ce n'est pas de cette façon que j'ai été élevée.

Je me redresse d'un bond lorsque la sonnette de l'entrée retentit… avant de me figer, méfiante.

Qui ça peut bien être ?

Immédiatement, je fais défiler dans ma tête la liste des personnes qui savent où je vis. Elle est très courte : mes parents, mais généralement, ils me préviennent avant de passer me voir ; Viola, évidemment, sauf que je viens de la quitter ; et enfin, la doyenne de l'université, qui n'a aucune raison de me rendre visite.

La sonnette retentit à nouveau. Cette fois, je quitte ma chambre et descends l'escalier en me faisant la plus discrète possible, pour éviter de trahir ma présence à mon visiteur.

Lorsque je me hisse sur la pointe des pieds pour regarder à travers le judas de la porte d'entrée, j'aperçois de l'autre côté un livreur qui tient une pizza dans la main. Je suis décidée à ne pas lui ouvrir, mais un *ding* annonçant l'arrivée d'un message retentit depuis la poche de mon jean.

Bon appétit, mon petit génie.

L'émoji cœur qui accompagne le message de Viola me fait sourire… et, toute crainte dissipée, j'ouvre la porte.

– Dovie Bennett ? demande le livreur.

– C'est moi.

Il me dépose le carton de pizza dans les mains et s'éclipse immédiatement sur son scooter. Je vais me poser dans le canapé tout en répondant à Vi pour la remercier.

L'odeur délicieuse qui s'échappe du carton lorsque je l'ouvre fait gronder mon estomac. J'allume alors la télé et lance aléatoirement l'un des huit *Harry Potter*, que j'ai déjà tous vus des dizaines de fois mais que je ne me lasse pas de regarder.

Malgré tout, je ne peux m'empêcher de me sentir seule loin de mes amis, en colère aussi de devoir être celle qui se cache et qui se prive de moments de bonheur alors que je n'ai rien à me reprocher.

L'injustice de cette situation m'est de plus en plus difficile à supporter.

Alors j'espère que la personne qui me menace sera bientôt découverte et arrêtée… parce que je veux retrouver ma vie.

4
Lennon

Il est encore tôt lorsque je pénètre à l'intérieur de l'institut. Le soleil se lève à peine mais les recrues sont déjà debout, en train de prendre leur petit déjeuner au réfectoire avant le début de leur nouvelle journée. Cela me rappelle ma propre année de formation…

Cruz, Sawyer, Jaxon et moi sommes passés par les cours de l'institut Westwood, comme n'importe quel bodyguard de l'agence. Notre père n'a jamais voulu que mes frères et moi bénéficiions d'un traitement de faveur. Nous avons travaillé, sué, appris – souvent à la dure – comme n'importe qui d'autre. Et je garde un incroyable souvenir de ces douze mois exceptionnels.

C'est en partie pour ça que j'aime superviser la vie à l'institut. Cet endroit, c'est un peu ma seconde maison… et savoir que je vais la quitter pour de longues semaines me casse le moral. L'exigence d'une vigilance constante, les nuits durant lesquelles je ne dormirai que d'un œil, la cohabitation avec quelqu'un qui m'est totalement inconnu… Tout ça ne m'avait vraiment pas manqué, pas plus que les risques que l'exercice de mon métier implique. J'adore être bodyguard, mais au fil des années, j'ai pris conscience de ce que cela signifie de mettre ma vie en jeu à chaque nouvelle mission. Clairement, ce n'est pas le genre de choses dont on s'inquiète quand on a vingt ans et qu'on se croit immortel… mais, un jour, j'ai véritablement fait face aux « risques du métier », j'ai mis plusieurs mois à me remettre de la blessure que ça m'a valu, et j'ai alors réalisé que j'étais loin d'être invincible et qu'il était temps de lever un peu le pied.

Je grimpe à l'étage et pénètre dans l'une des salles d'entraînement, dans laquelle se trouve déjà Sawyer, en train de s'épuiser sur un tapis de course. De nous trois, il est certainement le plus calme, mais aussi le plus obstiné. Il verrouille constamment ses émotions, les gardant pour lui. Cependant, le lien que nous partageons me permet – tout comme à Cruz – de détecter ses changements d'humeur. Et là, je sens que quelque chose le dérange.

Sans rien dire, je grimpe sur le tapis de course à côté du sien et je lance la machine à vitesse moyenne. Pendant les premières minutes, nous nous contentons d'enchaîner les foulées en regardant droit devant nous, mais très vite, sans nous consulter, nous accélérons de plus en plus le rythme, si bien que le bruit de nos pieds qui martèlent l'équipement résonne dans toute la salle.

Je remarque alors, sans surprise, que nous sommes tous les deux en train de sourire. Chez les Westwood, un peu de compétition saine est toujours la bienvenue.

C'est seulement lorsque nous sommes l'un comme l'autre haletants et luisants de sueur que nous mettons fin à notre course effrénée.

– T'as pas perdu la main, me lance Sawyer en attrapant la bouteille d'eau posée à côté de son tapis de course.

– Parce que je fais moins de missions, tu penses que mon endurance s'est dégradée ?

Je me désaltère à mon tour avant d'ajouter :

– Je m'entraîne tous les jours pour me maintenir en forme. Et je peux te botter les fesses au un contre un pour te le prouver si tu veux.

Sawyer ricane en attrapant son sweat et son sac de sport.

– Ce sera pour une autre fois, j'ai un cours qui commence dans trente minutes, dit-il en se dirigeant vers le vestiaire.

– Sawyer, attends !

Mon frère pivote, et je me poste face à lui. Aussi grand l'un que l'autre, nous nous dévisageons sans ciller et je repère dans les yeux de Sawyer le moment exact où il comprend que je m'apprête à évoquer un sujet déplaisant.

– Lennon…

– Papa m'a dit qu'il n'avait même pas pris la peine de te demander si la mission qu'il m'a confiée t'intéressait, alors je veux juste m'assurer que tu vas bien.

– Je ne fais plus aucune mission et je n'en ferai plus jamais. Papa le sait.

– Ça fait trois ans, Sawyer. Tu ne penses pas qu'il faut que tu passes à autre chose ?

Les traits de son visage s'assombrissent immédiatement.

– Passer à autre chose ? Vraiment, Lennon ?

– Ça aurait pu arriver à n'importe lequel d'entre nous !

– Sauf que ça m'est arrivé, à *moi*. Pas à papa ni à Cruz ou à toi, ni même à Jax. Ça m'est tombé dessus et *je* dois vivre avec.

– Mais bordel, tu es un être humain, Sawyer, tu n'es pas infaillible.

– J'aurais dû l'être ! éructe-t-il. C'est pour ça qu'on m'a formé.

Je me pince l'arête du nez en soupirant. La culpabilité que mon frère porte sur ses épaules le ronge, et il ne semble pas décidé à s'en libérer.

– Si on parlait plutôt de la raison pour laquelle tu t'investis tant dans le fonctionnement de l'institut ? attaque-t-il. Fut un temps où tu adorais partir en mission, Lennon.

– Il y a un an, je me suis fait tirer dessus en plein dans la poitrine et j'ai failli y rester, tu l'as oublié ?

Mon frère a la décence de détourner le regard, alors que j'enfonce le clou :

– N'essaye pas de comparer nos situations, Sawyer, parce qu'elles sont totalement différentes.

– En quoi ?

– J'ai *choisi* d'arrêter les missions pour me concentrer sur autre chose, et aujourd'hui, je suis parfaitement à l'aise avec le job que j'effectue ici. Tandis que toi, tu aimerais retourner sur le terrain, mais tu es terrifié à cette idée.

La colère enfle dans les yeux de mon frère. Bras croisés, il me défie et je fais de même.

– J'aime donner des cours aux nouvelles recrues, reprend-il plus doucement.

– Mais tu aimes encore plus protéger les autres. Sawyer, tu es un pro dans ton domaine. Tu es capable de faire face aux situations les plus dangereuses. On a besoin de gars comme toi à l'agence, on en compte déjà si peu…

– Je ne peux pas… répond-il, la mâchoire contractée.

Je soupire.

– Tu n'as toujours pas répondu à ma question, je lui rappelle. Est-ce que tu vas bien ?

– Le fait que je refuse de reprendre les missions ne veut pas dire que je vais mal. Arrête de t'inquiéter pour moi, Lennon.

Je ricane et secoue la tête avant de répliquer :

– Tu sais parfaitement que c'est dans notre ADN de nous préoccuper les uns des autres.

– J'aimerais parfois qu'il en soit autrement.

– Sauf que c'est impossible. Tu te souviens, quand on avait onze ans et que Cruz s'est cassé la cheville en tombant de vélo pendant une balade avec maman ? À ce moment-là, toi et moi on était avec papa, à la maison, mais ça ne nous a pas empêchés de ressentir sa douleur. On *savait* qu'il s'était blessé. On sait toujours quand l'un de nous l'est…

Sawyer se passe une main sur le visage avant d'admettre :

– T'as raison, ce n'est pas la joie depuis un petit moment. Je n'arrive pas à accepter ce qui s'est passé. Je sais que je remonterai la pente, mais ce n'est pas encore pour maintenant. J'ai besoin de temps…

J'ai envie de lui dire que trois ans, c'est déjà beaucoup, mais je l'ai déjà assez emmerdé pour la journée. Il me regarde alors et les traits de son visage s'adoucissent. Il sourit, et je retrouve pendant quelques secondes le Sawyer si doux et tendre que j'ai connu avant le drame.

– Même si je sais que papa, Cruz, Billie et toi n'en ferez qu'à votre tête, cessez de vous inquiéter pour moi, insiste-t-il.

Il tapote ma joue, un sourire condescendant aux lèvres, et ajoute :

– Je suis un grand garçon, Lenny.

Je repousse sa main en soupirant :

– Si tu le dis… Bon, je dois y aller, j'ai encore beaucoup de choses à organiser avant mon départ pour Boston.

– Fais attention à toi, me lance mon frère tandis que je me dirige vers la porte.

– Je rêve ou tu es en train de t'inquiéter pour moi ? je lui renvoie en pivotant vers lui.

Sawyer secoue la tête. Le connaissant par cœur, je sais que mon sourire narquois lui donne envie de me piquer d'une réplique bien sentie. Mais je quitte la salle d'entraînement, lui coupant l'herbe sous le pied.

Tandis que je me dirige vers les vestiaires, j'aperçois Jaxon qui trottine dans ma direction.

– Tout est prêt, m'annonce-t-il une fois arrivé à ma hauteur. Les voitures ont été chargées et vérifiées deux fois. Eleanor et moi avons préparé tout le matériel de sécurité. Où en es-tu de ton côté ?

– Il ne me reste plus qu'à faire le point avec Diego en ce qui concerne les plannings de l'agence, puisque c'est lui qui va me remplacer durant mon absence. On devrait arriver à Boston en début de soirée et se présenter à la cliente dans la foulée.

– Ça me va.

Lorsque nous cognons nos poings l'un contre l'autre, nos chevalières se percutent. Puis je reprends mon chemin.

– N'oublie pas de préparer ton cartable pour ta rentrée, mon cœur, lance alors Jax dans mon dos. Est-ce que tu voudras que je t'accompagne jusqu'à ton amphithéâtre pour ton premier cours ?

Un doigt d'honneur est la seule réponse qu'il obtient de moi.

Ce connard a de la chance que je l'aime autant…

5

Dovie

– Amuse-toi bien, mon grand, mais quoi que tu fasses, rappelle-toi que je suis bien trop jeune pour devenir grand-mère.

Je dépose plusieurs baisers sur la tête de Voldi avant de le poser par terre. Au comble de l'excitation, il s'élance à travers la porte-fenêtre en ronflant bruyamment avant de disparaître dans la pénombre du jardin. Je me rends ensuite dans la cuisine pour préparer à boire à mes parents.

– Je n'en reviens toujours pas que tu aies installé une chatière pour ton chien, lance Trevor, mon père, en observant le système en question.

– J'ai dû prendre la taille la plus large qui existe, j'explique en ouvrant mon frigo. Et puis, j'ai veillé à ce qu'elle soit à sens unique. Voldi ne peut sortir que si je lui ouvre la porte, mais ensuite, il rentre quand il veut.

Mon père sourit alors que je dépose le plateau que je viens de préparer sur la table basse de mon salon.

– Ça me fait plaisir de vous voir, je poursuis, mais je ne m'attendais pas à une visite aussi tardive.

J'offre à mes parents une tasse de café fumant, puis je m'empare d'une bouteille de jus de fruit avant de m'installer dans le fauteuil face à eux.

– A-t-on besoin de suivre un planning pour venir rendre visite à sa propre fille ? demande Trevor en ajoutant une bonne dose de sucre dans son café.

– Pas du tout, mais si j'avais été prévenue, j'aurais pris le temps de retirer tout ça, fais-je en désignant mon visage d'un geste de la main.

Le masque à l'argile que j'ai appliqué juste avant que mes parents n'arrivent commence à faire son effet : les extrémités de ma peau me tiraillent. Quant à mes cheveux, trempés, ils sont enroulés dans une serviette de bain relevée sur le dessus de mon crâne.

– Nous avions simplement envie de prendre de tes nouvelles. Tu nous manques, ma colombe, dit Arnold, mon autre père.

– Vous me manquez aussi, je réponds en soupirant, mais en ce moment j'ai un boulot de dingue. Entre les cours que je donne, ma thèse et mes recherches, je n'ai plus une minute à moi.

– Ah, justement, c'est bien que tu abordes ce sujet, parce nous voulions t'en parler, lâche Trevor en posant sa tasse sur la table. Vu les circonstances, es-tu certaine qu'il soit bien raisonnable que tu continues à travailler comme si de rien n'était ?

– Chéri… dit doucement Arnold pour tenter de l'apaiser.

De mes deux pères, il est le plus calme, le plus patient aussi. Trevor, lui, a un caractère volcanique. À mes yeux, ils forment un couple parfaitement équilibré : la personnalité de l'un apporte à l'autre ce qui lui manque. Ce qu'il y a de plus beau chez eux, c'est le regard qu'ils posent l'un sur l'autre, l'amour qui crépite entre eux et qui semble – Dieu merci – ne pas vouloir s'éteindre après vingt-cinq ans de vie commune. Il se dégage de leur duo l'assurance et la sérénité qui ne se ressentent que lorsqu'on est sûr d'avoir trouvé la personne faite pour nous, notre âme sœur.

– As-tu reçu une nouvelle lettre de menace, Dovie ? me demande Trevor sur un ton plus calme.

– Pas depuis la dernière, il y a trois semaines.

– C'est bien vrai ?

– Tu insinues que je te mens ?

– Évidemment que non, tempère Arnold. Nous nous faisons simplement beaucoup de souci pour toi, ma chérie. Je te rappelle juste que tu nous avais caché que tu recevais ces messages alarmants et que c'est la doyenne de l'université qui nous a mis au courant de la situation…

– Je vous ai déjà présenté mes excuses, dis-je en remontant mes jambes contre ma poitrine. J'aurais dû vous prévenir dès le départ mais je vous le répète, je pense que l'inquiétude dont tout le monde fait preuve est exagérée.

Trevor gronde en plissant les yeux.

– Exagérée, tu dis ? Tu penses que nous *exagérons* en voulant te protéger d'un fou furieux ?

– En tout cas, je pense que me faire quitter le campus pour m'isoler dans une maison de banlieue n'était pas nécessaire.

– Alors écoute-moi bien, Dovie Bennett…

– Trevor, murmure Arnold. Calme et diplomatie, tu te souviens ?

Mon père soupire puis se lève et s'éloigne en direction de la cuisine, contrarié. Il croise ensuite les bras sur son torse et braque un regard furieux par la fenêtre, comme si mon porche était la source de tous ses maux. Désireuse d'apaiser les tensions, je reprends :

– Je comprends pourquoi tu prends toute cette histoire tant à cœur, papa, et quand Arnold et toi m'avez demandé de vous laisser vous charger de ma sécurité, j'ai accepté de faire tout ce que vous me demandiez, pour vous rassurer : être beaucoup plus prudente, quitter mes amis et la vie d'étudiante que j'avais pour venir vivre seule dans cette maison… Que voulez-vous que je fasse de plus ? Je ne vais quand même pas renoncer à mes recherches pour apaiser l'ego d'une personne malintentionnée !

Arnold quitte le canapé pour me rejoindre près du fauteuil. Il plisse le nez, un tic qui trahit que quelque chose le tracasse, puis il prend ma main dans la sienne.

– Nous savons à quel point tu es déterminée à mener ton projet à bien, et ton père et moi sommes incroyablement fiers de toi, Dovie, déclare-t-il. Simplement, quand pour toi ces lettres ne sont que le reflet de « l'ego d'une personne malintentionnée », nous, nous y voyons l'œuvre de quelqu'un de dangereux, qui pourrait te faire du mal pour parvenir à ses fins. Comprends-tu le décalage qu'il y a entre notre perception et la tienne ?

Je hoche doucement la tête tandis que Trevor, qui a décidé d'arrêter de bouder, vient nous rejoindre.

– Puisque nous avons des visions du problème si différentes, laquelle faut-il privilégier ? je demande.

– Celle des parents, comme toujours, décide Trevor.

Je ne peux m'empêcher de sourire. En réaction, mes pères attrapent mes mains pour les serrer dans les leurs. La pâleur de nos peaux, à Arnold et moi, contraste avec l'épiderme doré de Trevor. Mes parents m'ont eue grâce à une mère porteuse, et si j'ai hérité des gènes d'Arnold – ses cheveux roux, notamment, et son sourire –, Trevor s'est toujours vanté du fait que, selon lui, j'ai hérité de sa personnalité… avec quelques nuances cependant. Je suis loin d'être aussi bornée que lui.

– J'aimerais qu'on revienne une petite seconde sur quelque chose que tu as dit, commence-t-il sur un ton bien plus mielleux que tout à l'heure.

– Je t'écoute.

– Tu as rappelé que tu étais d'accord pour nous laisser nous occuper de ta sécurité.

Je plisse les yeux en dévisageant mon père, cherchant à comprendre où il veut en venir.

– Oui…

– Eh bien, intervient Arnold, nous avons trouvé un nouveau moyen d'être sûrs que tu ne courras aucun danger, peu importe où tu vas !

Je hausse les sourcils en le dévisageant, suspicieuse.

– Qu'est-ce que vous mijotez ? Vous allez m'injecter une puce GPS sous la peau ou m'attacher un bracelet électronique à la cheville pour pouvoir suivre mes déplacements en direct ?

– Enfin, pour qui nous prends-tu ? s'indigne Trevor. Non, nous allons simplement… comment t'expliquer…

Arnold tente de lui venir en aide, mais il bégaye tout autant :

– Nous nous sommes dit qu'il serait plus prudent de confier ta sécurité à… quelqu'un… une personne qualifiée, et…

À cet instant, la sonnette retentit. Complètement perdue, j'observe un instant mes pères avant de me lever et de me diriger vers la porte, curieuse de savoir qui peut bien me rendre visite à une heure pareille. N'étant pas seule, je me sens bien plus en sécurité, et je ne prends pas la peine de regarder par le judas avant de tourner mon verrou.

J'ouvre ensuite le battant… et me fige. Je suis face à un torse imposant, et j'ai l'impression que mes yeux remontent le long de pectoraux pendant d'interminables secondes avant d'enfin croiser un regard.

Et quel regard !

Devant moi se trouve l'homme le plus grand que j'aie jamais vu. Le plus musclé aussi, sans aucun doute… et définitivement le plus intimidant.

6
Dovie

Je suis bien incapable de dire pendant combien de temps je reste, bras ballants, à dévisager l'inconnu.

Outre sa taille impressionnante, ce sont ses bras qui m'interpellent. À vue d'œil, je dirais qu'ils sont trois fois plus gros que les miens. Et puis il y a le fait qu'il soit presque aussi large que ma porte d'entrée.

Et ses mains… Bon sang, la taille de ses mains…

Au-delà de son physique massif, je note que l'homme possède des cheveux ramassés en bun, une barbe et des yeux verts.

– Dovie Bennett ? lance-t-il.

Sa voix rocailleuse me sort de ma transe.

Incroyable comme il a réussi à me déconnecter de la réalité…

Alors que je reprends doucement conscience de ce qui m'entoure, je réalise que le silence plane à l'intérieur de la maison… et que l'homme immense me dévisage étrangement.

– Oui… je réponds dans un coassement gênant.

Je m'éclaircis la gorge et pose nonchalamment mon épaule contre la porte d'entrée avant d'ajouter, d'une voix plus assurée :

– C'est moi.

Malgré ma tentative pour me montrer engageante, l'homme continue de me dévisager avec une certaine incrédulité dans le regard.

– Monsieur Westwood, entrez, je vous en prie, intervient Trevor en attrapant doucement ma main pour me faire reculer.

Le colosse pénètre dans ma maison, un grand sac de sport noir à la main, et c'est alors que je réalise qu'il n'est pas seul. Derrière lui se trouvent une jeune femme magnifique, aux traits fins et aux cheveux noirs coupés courts, ainsi qu'un autre homme, plus petit que le premier mais malgré tout impressionnant. Son regard est joueur, pétillant... Pourtant, il a un bref mouvement de recul en m'apercevant et son sourire enjoué se fige, avant qu'il ne s'empresse de rejoindre le reste du groupe.

Je ferme la porte et, totalement larguée, je pivote pour faire face à cinq paires d'yeux.

Mais enfin, qui sont ces gens ?

Je jette un regard à mes pères en espérant qu'ils m'apportent des réponses, mais Trevor est occupé à chaleureusement saluer les inconnus, tandis qu'Arnold se gratte distraitement le menton.

– Ma chérie, finit par me dire Trevor, c'est justement de cela que nous voulions te parler. Voici...

– Si vous permettez, intervient le colosse, je vais faire les présentations.

Il se tourne ensuite vers moi et m'indique :

– Mademoiselle Bennett, je m'appelle Lennon Westwood et je serai, à compter de ce soir, votre garde du corps, jusqu'à ce que celui ou celle qui vous menace soit mis hors d'état de nuire. Eleanor et Jaxon, qui m'accompagnent, vont s'occuper de sécuriser votre maison en y installant des alarmes ainsi que des caméras.

Les intéressés me saluent d'un geste de la main tandis que les paroles du colosse – Lennon – s'impriment encore dans mon esprit. Quand je comprends pleinement ce qu'il vient de me dire, je me tourne vers mes pères. Trevor me sert un petit sourire contrit ; quant à Arnold, il est désormais si gêné qu'il se gratte furieusement la joue.

– Hein ? je lâche, complètement abasourdie. Mais enfin, qu'est-ce que c'est que cette histoire ? je m'écrie.

– Dovie… tente Trevor.

Lennon fronce les sourcils en me dévisageant avant de jeter un rapide regard à mes pères.

– Est-ce qu'il va y avoir un problème ? demande-t-il de sa voix rocailleuse.

– Oh, si peu, je grince, sarcastique.

– Disons que nous venions tout juste de commencer à mettre Dovie au courant de la situation, explique Trevor.

Pour une raison qui m'échappe, le prénommé Jaxon semble se retenir d'éclater de rire. Eleanor, elle, reste impassible.

– Je n'arrive pas à croire… vraiment… je suis…

Je peine à trouver mes mots tant la situation est grotesque.

– Je peux te parler une seconde, ma chérie ? lance alors Arnold.

Ébahie, je le laisse m'attirer à l'écart et m'emmener à l'étage. C'est seulement lorsque nous pénétrons dans la salle de bain que je tente de protester :

– Mais qu'est-ce que tu…

– Ton masque ! lâche-t-il.

– Mon quoi ?

Il pointe mon visage, et alors, je comprends.

– Oh, bon sang ! je m'écrie.

Je fonce en direction du miroir, et là, c'est l'horreur. Je comprends pourquoi tout le monde me dévisageait avec cet air surpris et pourquoi l'acolyte du colosse se retenait d'éclater de rire. Le masque à l'argile que j'ai posé tout à l'heure est désormais totalement sec. En plus d'être verdâtre, il tend ma peau de telle façon que je donne l'impression de sortir d'une séance de botox… ratée qui plus est !

– Oh non ! Mais pourquoi personne ne m'a rien dit ? je geins en faisant couler de l'eau.

– Tu n'as pas vu les signes que je te faisais ? répond Arnold. J'ai la joue complètement à vif.

Je gémis à nouveau, couverte de honte.

– C'est une catastrophe, j'éructe en aspergeant ma peau.

– Dovie, ce n'est rien. Masque ou pas, tu restes magnifique.

Je me tourne vers mon père en le fusillant du regard.

– Ce n'est clairement pas le moment pour les flatteries, pas après ce que je viens d'apprendre, je gronde. Je te conseille d'aller retrouver mon autre traître de père, parce que dès que j'aurai arrangé mon apparence, nous allons avoir une sacrée discussion tous les trois.

Poussant un soupir, Arnold quitte la petite salle de bain et referme la porte derrière lui. Je retire la serviette, démêle mes cheveux mouillés, puis prends un instant pour retrouver mes esprits et décider de la manière dont je vais gérer la situation.

Je suis totalement déstabilisée par l'arrivée fracassante de Lennon et de ses acolytes, et je déteste ça… Il faut dire qu'il y a de quoi être bouleversée. Ils ont investi mon salon à une telle vitesse que je me demande encore si je n'ai pas rêvé tout ce qui vient de se produire.

Mais au-delà de ce débarquement impromptu, c'est bien Lennon en lui-même qui me trouble. Je ne connais pas cet homme, et pourtant, il dégage des ondes incroyablement puissantes de virilité qui me clouent sur place.

Viola et moi avons eu des milliers de conversations à propos des garçons, de nos expériences et de nos attentes en matière de relations. Je l'ai écoutée parler pendant des heures de l'attraction irrésistible qu'exerce Zack sur elle, et inversement. Elle a l'habitude de comparer cela à une étincelle qui se transforme en flamme brûlante dès que leurs regards se croisent… Pour ma part, bien que j'aie ressenti beaucoup de désir pour mes précédents partenaires, je n'ai pas souvenir de m'être un jour transformée en véritable torche flamboyante simplement grâce à leur présence… et je n'aurais jamais pensé qu'un parfait inconnu pourrait, sans dire un mot et au premier coup d'œil, parler directement à ma féminité.

Allez, reprends-toi, ma fille.

Après encore quelques secondes, je décide que rester terrée dans la salle de bain n'arrangera rien. Il est temps d'affronter tout le monde.

Lorsque je réapparais au rez-de-chaussée, mes pères ainsi que les trois inconnus sont en grande conversation. Ils s'interrompent dès qu'ils m'aperçoivent, et parmi les regards qui se posent sur moi, celui de la montagne Westwood me donne envie de détourner les yeux… mais je tiens bon.

– Alors voilà, dis-je après m'être éclairci la gorge. D'abord, excusez-moi pour l'accueil… étrange que je vous ai réservé, monsieur Westwood. Il va de soi que si j'avais été prévenue de votre visite, j'aurais fait en sorte d'être bien plus présentable.

Je fusille mes pères du regard. Lennon, lui, hausse les épaules.

– Aucun problème, répond-il.

Ben tiens… Je ne suis pas aveugle : j'ai vu la manière dont il m'a dévisagée lorsque j'ai ouvert la porte. Le malaise était bien présent.

– En ce qui concerne cette histoire de… garde du corps…

En parler à voix haute ne fait que rendre tout cela encore plus absurde.

– Je pense que c'est exagéré, je poursuis. Je ne doute pas une seconde que vous soyez compétents tous les trois, mais je n'ai pas besoin de vos services.

– Dovie… intervient Trevor.

– Papa… je réplique sur un ton agacé.

Il lève les yeux au ciel, passablement irrité.

– Quand vas-tu enfin prendre conscience de la dangerosité de la situation dans laquelle tu te trouves ? peste-t-il.

– En tout cas, ce n'est pas en me mettant devant le fait accompli que cela va changer quoi que ce soit, je rétorque.

– Ce que tu peux être têtue…

– Ma chérie, je pense vraiment que… tente Arnold.

– Et moi, je pensais que tu étais de mon côté !

– Figure-toi que ton père était d'accord avec moi, affirme Trevor. Nous avons pris cette décision ensemble.

– Fantastique ! Mais je pense que vous avez oublié un petit détail : je suis majeure et vous ne pouvez pas m'obliger à quoi que ce soit. Alors, pour que ce soit clair, je refuse de…

Un sifflement strident me fait sursauter, me coupant en pleine tirade. Je me tourne vers Lennon, qui s'avance d'un pas dans ma direction.

– Désolé pour ça, mais ça me semblait nécessaire. Monsieur Bennett, dit-il à l'adresse de Trevor, avez-vous le document que je vous ai demandé ?

Mon père s'empresse de sortir une feuille de papier de la poche intérieure de sa veste. Lennon la déplie sans même la regarder et la tend à la jeune femme derrière lui.

– C'est le plan de la maison, lui indique-t-il. Je pense que Jaxon et toi pouvez dès maintenant aller étudier toutes les sorties ainsi que les meilleurs endroits pour placer les caméras.

Sans broncher, les deux comparses du colosse quittent ma maison. Lennon se tourne ensuite vers mes pères en leur souriant poliment.

– Si vous le voulez bien, messieurs, j'aimerais m'entretenir seul à seul avec votre fille, déclare-t-il.

Euh…

– Est-ce qu'il y a une raison particulière à cela ? demande Arnold.

– Il me semble important que Dovie comprenne bien les raisons de ma présence ici et que je puisse lui expliquer en quoi consistera ma mission.

– Je comprends, mais pourquoi devrions-nous partir ?

– Parce que, sans vouloir vous offenser, je pense que le choc de mon arrivée s'atténuera plus facilement s'il n'y a pas tout un public qui assiste à notre échange.

– Hé, oh ! Je suis là ! j'interviens en plantant mes mains sur mes hanches. Vous savez qu'on n'est plus en 1920 et que je peux parler pour moi-même ?

Mes pères me dévisagent puis se concertent pendant quelques secondes, avant de finir par abdiquer. Bien que je sois en colère contre eux, je ne refuse pas le baiser qu'ils me donnent, mais je les préviens malgré tout :

– Je vous appellerai demain. Cette conversation est loin d'être terminée.

Lorsque la porte de la maison se referme derrière eux, le colosse et moi nous faisons face un instant, en silence… jusqu'à ce que, un sourire aux lèvres, il lâche :

– À nous deux, mademoiselle Bennett.

7
Lennon

Je commence à croire que mon père m'a refilé une mission foireuse.

Je regrette déjà de ne pas l'avoir refusée…

Mais alors même que je donnerais n'importe quoi pour être à l'institut à cet instant, maintenant que je me suis engagé, je vais rester professionnel et gérer la situation.

Désormais débarrassée de l'espèce de pâte verte qu'elle avait sur le visage, ma cliente a une tout autre allure. J'avais déjà entendu parler des yeux vairons, mais je n'avais encore jamais rencontré quelqu'un ayant cette particularité. Et Dovie Bennett, dont l'œil gauche est bleu et le droit vert, possède certainement l'un des regards les plus hypnotiques qu'il m'ait été donné de voir. Pour couronner le tout, ses longs cheveux roux lui donnent une allure folle.

Bras croisés, elle me dévisage avec méfiance, ce qui est bien normal. Après tout, je suis un inconnu qui vient de débarquer chez elle pour lui annoncer qu'à partir de maintenant je vais la suivre partout où elle ira.

J'ai bien compris qu'elle allait être difficile à convaincre, alors je décide de tenter d'abord la manière douce pour parvenir à mes fins. Je me rapproche d'elle de quelques pas avec le sourire le plus rassurant que j'ai en stock et déclare :

– Tout d'abord, je tiens à préciser que j'étais persuadé que vous étiez au courant de mon arrivée. Je comprends parfaitement à quel point tout cela est déstabilisant pour vous. Nous ne nous connaissons pas et vous vous retrouvez devant le fait accompli, ce qui vous donne l'impression qu'on vous force la main.

– Ce n'est pas qu'une impression, bougonne-t-elle.

– Malgré tout, pourquoi n'essayez-vous pas de voir l'initiative de vos parents comme une preuve d'amour de leur part, plutôt qu'une…

– Violation de mes libertés ! lâche-t-elle.

Je plisse les lèvres.

Elle n'a pas l'impression d'en faire un peu trop, là ?

– Vos pères se font simplement beaucoup de souci pour vous… et très franchement, on ne peut pas les en blâmer ! je reprends. J'ai eu accès aux lettres de menace que vous avez reçues et, croyez-en mon expérience, il ne faut jamais prendre des messages comme ceux-là à la légère.

– Ce n'est pas ce que je fais, d'accord ? réplique Dovie. J'ai bien compris qu'un malade en a après moi, mais je refuse de lui donner ce qu'il veut en m'empêchant de vivre !

– Et c'est tout à votre honneur. C'est d'ailleurs pour cela que mes services vous seront d'une grande aide. Vous pourrez poursuivre vos activités habituelles ; la seule petite différence, c'est que je serai près de vous pour vous protéger de tout danger.

Dovie me dévisage un moment, avant qu'une moue contrariée ne s'installe sur son visage fin.

– Admettons que j'accepte… En quoi consisterait votre travail exactement ? Est-ce que… vous vous installeriez ici ?

– Oui. Je vous accompagnerais également durant vos journées à l'université.

Les yeux uniques de ma cliente s'écarquillent subitement.

– Mais vous allez être démasqué en deux minutes ! s'exclame-t-elle.

– Aucun risque. Notre agence est en contact avec la doyenne du MIT. Nous avons tout organisé avec elle. Dès demain, je deviendrai un étudiant comme un autre. Nous devrons être sur la même longueur d'onde vous et moi, mais je n'ai aucun doute sur le fait que tout se déroulera parfaitement bien.

Dovie reste un instant silencieuse avant de secouer la tête.

– Mais c'est quoi ces conneries ? Vous, un étudiant ? Parce que vous croyez qu'on entre au MIT comme ça ? Et si j'ai bien compris, je vais devoir mentir à mes amis, inventer un bobard pour justifier votre présence ? On croit rêver...

Puisque la manière douce ne fonctionne pas, il est temps de passer au plan B. J'attrape le sac dans lequel se trouve une partie de mes affaires et je le passe par-dessus mon épaule.

– Aucun problème, mademoiselle Bennett, dis-je. Si cet arrangement ne vous convient pas, vous pouvez laisser le champ libre à votre corbeau.

Elle me dévisage, figée, la bouche entrouverte.

– Vous savez, je ne vais pas me battre avec vous, j'ajoute. Vous ne voulez pas de mes services ? Soit, mon équipe et moi allons quitter votre maison sur-le-champ. Seulement, avant de partir, j'aimerais vous poser une question. Est-ce que vous vous sentez en sécurité, Dovie ?

– Eh bien...

– Pas seulement entre les murs de cette maison, je poursuis sans lui laisser le temps de répondre. Est-ce que vous avez déjà eu l'impression qu'une menace pèse sur vous à l'université ? Sur le campus ? Dans la rue ? Est-ce que vous avez déjà regardé par-dessus votre épaule parce que vous avez eu la sensation subite d'être épiée ? Avez-vous déjà ressenti un frisson d'appréhension à la base de votre nuque sans raison particulière ?

Les yeux plongés dans les miens, la jeune femme garde le silence.

– Si la réponse à l'une de ces questions est oui, alors je suis désolé de vous le dire, mais vous avez besoin de moi, mademoiselle Bennett, je conclus. Vous avez besoin de ma protection.

Dépitée, elle tire une chaise et se laisse tomber dessus. Je lui laisse quelques instants pour trier ses idées avant de lui demander :

– Est-ce si terrible que des gens tiennent à vous et veuillent vous savoir en sécurité ?

– Évidemment que non, dit-elle avec douceur. J'aurais simplement apprécié de ne pas être laissée à l'écart de toute cette organisation. Après tout, je suis la principale intéressée et j'ai le droit de savoir quand quelque chose se prépare me concernant.

– Je suis d'accord avec vous.

Je repose mon sac à terre et souffle :

– Seulement, ce qui est fait est fait. Et maintenant, vous êtes la seule décisionnaire. Alors, Dovie ? Que décidez-vous ?

Elle se passe les mains sur le visage avant de soupirer et de se lever. Elle plante alors son regard déstabilisant dans le mien, fronce les sourcils et déclare, en carrant les épaules :

– Juste pour que ce soit bien clair, je n'accepte votre présence ici que parce que je suis sensible à l'inquiétude de mes parents et parce que je veux que la personne qui me menace soit débusquée au plus vite. Je ne suis pas du genre à être désagréable, mais sachez que je proteste intérieurement et que je refuse symboliquement que ma vie doive changer de quelque manière que ce soit.

– Vous refusez tout en acceptant ? lui fais-je remarquer.

Elle croise les bras sur sa poitrine et hausse les sourcils, comme pour donner plus de poids à sa décision. Son attitude me donne envie de rire, mais je me retiens.

– Très bien. Avons-nous officiellement un accord ? je demande en lui tendant la main.

Un éclair d'hésitation passe dans les prunelles de Dovie, mais elle finit par poser sa paume contre la mienne. Nous échangeons une poignée de main rapide, puis elle s'empresse d'enfouir les siennes dans les poches de son pantalon de pyjama orné du logo de la NASA.

– Est-ce que vous voulez bien me faire visiter votre maison pour que je puisse m'en faire une idée plus précise, mademoiselle Bennett ? je lui suggère.

– Si vous voulez, soupire-t-elle.

Elle replace la chaise sur laquelle elle était assise, puis me désigne la pièce dans laquelle nous nous trouvons.

– Comme vous pouvez le constater, la salle à manger est ouverte sur la cuisine, elle-même ouverte sur le salon, et l'ensemble donne directement sur la porte d'entrée.

Dovie s'éloigne ensuite en direction de l'escalier et je lui emboîte le pas. À première vue, la maison a déjà quelques décennies d'occupation derrière elle, en témoignent les marches qui craquent dangereusement dès que je pose un pied dessus.

Lorsque nous arrivons à l'étage, ma cliente me montre la salle de bain. Même si j'ai envoyé Jaxon et Eleanor faire un repérage extérieur, cela ne m'empêche pas de relever mentalement le nombre de fenêtres que j'aperçois et de retenir celles qui pourraient être problématiques pour la sécurité de ma cliente.

Dovie finit par ouvrir la dernière pièce de l'étage.

– Et voici ma chambre… annonce-t-elle.

Elle se fige alors, comme frappée d'horreur. Mon instinct se réveille brusquement et je me mets sur mes gardes. Pâle comme un linge, Dovie pivote dans ma direction et me dit :

– Il n'y a qu'une chambre dans cette maison… qu'un lit… Vous n'allez quand même pas dormir avec moi, hein ?

Mes muscles se relâchent et je me retiens de rire.

– Rassurez-vous, dis-je à la jeune femme. Le canapé de votre salon fera parfaitement l'affaire.

Elle pousse un soupir de soulagement avant de refermer la porte de sa chambre. En silence, nous regagnons tous les deux le rez-de-chaussée.

– Je vais avoir besoin de votre emploi du temps ainsi que d'une liste des endroits que vous avez l'habitude de fréquenter en dehors de l'université, je lui indique une fois que nous sommes de retour en bas. Il faudrait également que vous me dressiez un portrait rapide de chacun de vos amis pour que j'en sache un maximum sur eux avant de les rencontrer. D'ailleurs, à leur propos, interdiction formelle de leur parler de mon rôle auprès de vous.

– Jamais mes amis ne divulgueraient quoi que ce soit, je leur fais totalement confiance.

– Et c'est très bien, mais nous ne pouvons pas prendre le risque que la nouvelle de la présence d'un garde du corps se répande sur le campus. Le corbeau pourrait prendre peur et cesser ses activités, ce qui nous empêcherait de découvrir son identité, ou au contraire, il pourrait se sentir pris à la gorge et passer à l'acte. Seules vous et la doyenne de l'université saurez qui je suis réellement. Pour tous les autres, je dois être un étudiant ordinaire. D'accord, mademoiselle Bennett ?

– Hm…

– Merci.

– Et avec cela ? De quelle autre manière pourrais-je vous être agréable ? demande-t-elle, sarcastique.

– Il me faudrait des draps, un oreiller et une couverture, je réponds.

Elle repart à l'étage en bougonnant, et je perçois quelques bribes de son monologue :

– … n'importe quoi… près de la porte d'entrée… premier tué.

La laissant à son mécontentement, j'attrape mon sac et je fouille à l'intérieur pour y chercher mon téléphone. Plusieurs messages m'attendent ; le premier est de mon père :

Merci encore d'avoir accepté cette mission, mon grand. Appelle-moi si tu as besoin de quoi que ce soit.

Viennent ensuite ceux de mes frères et de Billie, tous envoyés sur la conversation privée que nous partageons.

Billie(thebestkid)
Bonne chance pour ta rentrée demain, mon Lennon. N'oublie pas de vérifier que toutes tes affaires sont bien dans ton cartable avant d'aller te coucher, et surtout, si un groupe de grands t'embête, parles-en à tes professeurs. Je t'aime.

Cruz(maispasTom)
J'espère que tu te feras casser la gueule dès le premier jour, grand con.

Sawyer(maispasTomnonplus)
Montre-leur qu'on ne possède pas que des gros bras chez les Westwood, mais aussi de gros cerveaux. Que la force soit avec toi, mon frère.

Je repose mon portable au moment où Dovie revient, cachée derrière une pile d'oreillers. Je m'empresse de lui retirer son chargement des bras et nos regards se croisent alors. Lentement, elle me détaille des pieds à la tête avant de lâcher :

– Vous êtes immense.

Je cligne des yeux, surpris.

– Pardon, reprend-elle. J'ai une fâcheuse tendance à dire tout ce qui me passe par la tête. Mais je n'ai aucun problème avec votre taille, vous êtes très bien comme vous êtes… Enfin, vu votre musculature, je dirais que tout est bien proportionné…

– Où voulez-vous en venir ? je la coupe pour éviter qu'elle ne continue de s'enfoncer dans ses explications foireuses.

Elle secoue la tête et déclare :

– Je suis presque certaine que vous ne tiendrez jamais dans mon canapé.

– J'ai déjà dormi sur des surfaces bien moins confortables que celle-là, alors pas besoin de vous inquiéter, je réplique.

– D'accord…

Dovie se tait, puis elle me dévisage en se tordant les mains.

– Alors ? Qu'est-ce qu'on fait maintenant ? m'interroge-t-elle.

La gêne qu'elle ressent manifestement ne me surprend pas. Les premiers jours de cohabitation entre un garde du corps et son client sont très souvent étranges. C'est l'équivalent d'une colocation forcée avec un inconnu… N'importe qui serait désorienté.

Même à moi qui suis habitué à l'exercice depuis longtemps, débarquer dans l'intimité des gens me demande toujours un temps d'adaptation.

– Ma présence ne doit en aucun cas vous faire changer vos habitudes, bien au contraire, j'affirme.

Loin d'être convaincue, Dovie finit tout de même par décider :

– Bon, dans ce cas, je vais aller lire dans ma chambre, comme chaque soir, puis je me coucherai tôt pour attaquer la journée de demain en forme.

– Alors je vous souhaite une bonne nuit, mademoiselle Bennett.

Elle se penche pour regarder son canapé avant de reporter son attention sur moi et de lâcher :

– À vous aussi, je suppose…

Sur ce, elle grimpe l'escalier en jetant quelques rapides coups d'œil derrière elle. Une fois qu'elle est à l'étage, j'entends sa porte se fermer… et son verrou se tourner.

Je ne peux m'empêcher de sourire. Même si ce n'est pas de moi qu'elle devrait se méfier, je suis content de voir qu'il lui reste un instinct de conservation, malgré la nonchalance qu'elle semble ressentir à l'égard de sa situation.

Maintenant seul, je décide d'aller faire un point avec Eleanor et Jaxon. Je quitte la maison et les retrouve sans surprise juste devant en train de discuter, leur inspection terminée.

– Alors ? je leur demande sans préambule.

– La bonne nouvelle, commence Eleanor, c'est que c'est une toute petite habitation, donc il n'y a que deux portes. Les autres ouvertures, ce sont des fenêtres qui ont été changées récemment et qui possèdent donc un système de fermeture moderne et sécurisé.

– Et quelle est la mauvaise nouvelle ? j'enchaîne.

– C'est une baraque d'une cinquantaine d'années au moins, me répond Jax, et dans l'ensemble, on ne peut pas dire qu'elle ait été bien entretenue. La porte en bois qui mène à la cave va poser problème. Elle est rongée par les mites et ne se ferme que grâce à un loquet. Vu sa vétusté, n'importe qui pourrait le défoncer d'un simple coup de pied. Je vais installer une serrure en urgence demain, mais on va devoir remplacer totalement la porte.

– Depuis la cave, ajoute Eleanor, on accède directement au rez-de-chaussée de la maison, alors on ne peut pas prendre le risque de trop attendre. Je pense qu'on va devoir s'en occuper dès la semaine prochaine.

– Bien, dis-je. Et pour ce qui est des caméras ?

Jaxon me tend le plan, et pendant plusieurs minutes, Eleanor et lui m'expliquent quels emplacements leur semblent les plus pertinents pour les caméras ainsi que pour les détecteurs de mouvement qui seront cachés à des endroits stratégiques.

– Je vais installer un boîtier de commande dans l'entrée, déclare Eleanor. Dovie pourra désormais voir qui se présente à sa porte et décider ou non d'ouvrir. Comme d'habitude, je connecterai ton ordinateur aux caméras pour que tu puisses tout observer vingt-quatre heures sur vingt-quatre.

– Vous aurez le temps de mettre tout ça en place demain, pendant qu'on sera à l'université ? je m'enquiers.

Eleanor et Jax sourient. Mon meilleur ami réplique :

– Tu nous prends pour des amateurs ? Évidemment qu'on peut le faire.

Je ricane. Après quoi, comme il commence à se faire tard, je prends congé de mes acolytes. Ce soir, ils dormiront dans un hôtel et dès leurs tâches de demain accomplies, ils retourneront à Cape Cod.

De mon côté, je rentre à nouveau dans la maison et verrouille derrière moi, puis je fais le tour de toutes les fenêtres pour en fermer les volets. Enfin, je cale une chaise de la salle à manger sous la poignée de la porte qui mène à la cave. En attendant qu'Eleanor et Jaxon aient fait le nécessaire pour sécuriser les lieux, je dois m'en remettre au système D.

En revenant dans le salon, je pousse un soupir. Il est évident, au regard de la taille de ce canapé, que cette nuit je vais très mal dormir. Mais en mission, ce n'est pas mon confort qui importe. Alors je retire mes vêtements, enfile un bas de survêtement ainsi qu'un t-shirt, puis attrape mon Beretta planqué dans la doublure de mon sac et le cale sous mon oreiller, à portée de main, juste au cas où. Ensuite, je me glisse sous la couette… et c'est l'enfer. Mes jambes dépassent d'au moins quinze centimètres et ma carcasse a bien du mal à tenir dans la largeur du sofa.

Je me retourne de nombreuses fois en espérant trouver une position confortable, sans succès. En désespoir de cause, je me mets sur le dos et passe un bras sous ma nuque.

C'est alors que j'aperçois, dans le fond de la pièce, des gamelles, un os à mâcher ainsi qu'un panier rempli de peluches. Un chien vit donc ici… C'est évidemment une sécurité supplémentaire, sauf que depuis que je suis arrivé, je n'ai entendu aucun aboiement, ce qui me fait me questionner.

Y a-t-il vraiment un animal dans cette maison ?

Si oui, il va falloir que je lui apprenne les bases de la défense et de l'attaque.

Petit à petit, alors que mes yeux commencent à se fermer, je repense à ma rencontre avec Dovie. Sa pâte verte sur le visage, ses yeux, ses réactions, son côté sans filtre…

J'ai le sentiment que cette mission s'annonce folklorique.

8
Lennon

– VOLDEMORT !

Je bondis du canapé, envoyant valser la couverture au passage, et j'attrape mon Beretta planqué sous l'oreiller. En un éclair, mon corps est passé de « profondément endormi » à « prêt à passer à l'offensive ».

– VOLDI !

Les appels se font de plus en plus agacés mais une chose est sûre, ils ne le sont pas autant que moi. Je traverse le salon et sors sur la terrasse, mon arme toujours en main. La fraîcheur du matin me fait frissonner, me rendant encore plus irritable.

Bon sang, mais qu'est-ce que…

Ma cliente, en pyjama et grosses pantoufles, tient dans la main un sac de croquettes presque plus grand qu'elle, qu'elle agite dans tous les sens.

– Voldemort, c'est la dernière fois que je t'appelle, s'exclame-t-elle. Saisis ta chance, mon grand.

Alors que je commence à me demander si Dovie Bennett n'est pas en train de lâcher la rampe, un bouledogue court sur pattes déboule depuis le jardin du voisin et fonce à travers le trou de la clôture qui sépare les deux terrains. Malheureusement, le pauvre petit gars un peu trop bien nourri doit s'y reprendre à trois fois pour faire passer son ventre et réussir à s'extirper du grillage.

La scène est d'une tristesse…

Langue pendue, le chien trottine ensuite dans notre direction et attend que Dovie lui donne la récompense promise.

– Le fait qu'il ne revienne que lorsqu'il est question de nourriture en dit vraiment long sur l'éducation que je lui ai donnée, soupire ma cliente.

Lentement, puisqu'il n'y a visiblement aucun danger, je range mon Beretta dans mon pantalon. C'est alors que Dovie se tourne vers moi, l'air contrite.

– Désolée de vous avoir réveillé, mais ce genre de scène risque de se reproduire souvent, déclare-t-elle. Je comprendrais que cela vous dérange et que vous préfériez rentrer chez vous…

Ben voyons…

– Pas de problème, j'étais en train d'émerger de toute façon, j'affirme. Cela dit, maintenant que vous avez retrouvé votre chien, j'aimerais que nous rentrions, si vous le voulez bien. À l'avenir, j'aimerais également que vous ne quittiez pas votre maison sans moi.

– Même pour aller sur ma terrasse ?

– Même.

– Même pour récupérer mon chien ?

– Même.

– Même pour…

– Jamais sans moi, mademoiselle Bennett, pour quoi que ce soit, je martèle.

– Et pour quelle raison ?

– Eh bien, si vous quittez cette maison seule, même pour aller dans votre jardin, votre corbeau peut surgir à tout moment et s'en prendre à vous. À l'heure actuelle, on ne sait rien de lui ni des informations qu'il détient sur vous, alors mieux vaut ne pas le tenter en vous rendant vulnérable, vous ne pensez pas ? Au contraire, si vous restez près de moi à tout moment de la journée, les chances qu'il puisse vous atteindre sont quasi nulles. Avouez que c'est une donnée à prendre en considération…

Je rouvre la porte-fenêtre en faisant signe à Dovie de pénétrer dans le salon. Sans bouger, sa chevelure rousse éclatante illuminée par les rayons du soleil encore timide, elle me dévisage de ses yeux vairons. Les petites taches de rousseur sur son nez sont en partie cachées par la monture de ses lunettes mais son air contrarié, lui, est parfaitement visible.

– Bien, abdique-t-elle. Voldi, allons-y.

Respirant bruyamment, le chien avale les dernières miettes de croquettes sur le sol avant de suivre sa maîtresse à l'intérieur de la maison. Je leur emboîte le pas puis referme la porte derrière moi.

– Vous avez donné à votre chien le prénom du méchant dans *Harry Potter* ? je lance en rejoignant Dovie dans la cuisine.

– Vous connaissez *Harry Potter* ? s'écrie-t-elle, une lueur d'excitation s'allumant dans son regard. Lequel préférez-vous ? Si on se fonde sur les livres, je crois que je serais incapable d'en choisir un, ils sont tous géniaux. En revanche, en ce qui concerne les films, le troisième est vraiment…

– Je n'en ai jamais vu ni lu aucun.

– Alors comment est-ce que vous…

– Ma sœur. Elle est fan, j'indique sans m'étendre davantage.

– Alors elle a beaucoup de goût. En ce qui concerne la raison pour laquelle j'ai décidé de donner ce nom à mon chien, c'est parce que… eh bien, regardez-le. Vous avez déjà vu le visage de Voldemort ?

– Brièvement…

Dovie pointe l'animal du doigt, comme pour m'inciter à faire la comparaison. Voldi, assis dans son panier, les pattes arrière écartées, est en train de se laver le matos. Se sentant observé, il relève la tête et grogne dans ma direction pour la forme avant de reprendre sa toilette… et là, je comprends parfaitement ce que veut dire Dovie.

Avec son nez écrasé typique des bouledogues, ses petits yeux, son pelage blanc et ses minuscules dents, la ressemblance est frappante.

Ce chien pourrait être le sosie officiel de Voldemort.

– Et voilà ! lance ma cliente d'un ton satisfait.

– Est-ce que ce chien fait partie des mesures de sécurité que l'université a prises pour assurer votre protection ?

Si c'est le cas, ils auraient tout aussi bien pu lui donner un cochon d'Inde, l'efficacité aurait été la même…

– Bien sûr que non, déclare Dovie. Voldi est mon chien depuis cinq ans. Il vivait chez mes parents à Norwood, mais j'ai décidé de le prendre avec moi quand j'ai appris que j'allais devoir habiter seule. Il me tient compagnie.

– En parlant de votre logement, justement, pour quelle raison l'université a-t-elle décidé de prendre en charge la location de cette maison ? j'enchaîne. Une décision comme celle-là est assez inhabituelle, il me semble.

– Tout comme l'est la situation, répond ma cliente. Comme les menaces sont liées aux recherches que j'effectue dans le cadre de mes études, la doyenne s'est sentie obligée de trouver une solution et de couvrir les frais qu'elle engendre.

Dovie retire ses lunettes avant de se frotter les yeux.

– Un problème ? je demande.

– Je me suis encore couchée tard hier soir pour travailler, avec ma soutenance de thèse qui approche. Mon médecin m'a préconisé de porter des lunettes quand j'étudie pour éviter de fatiguer mes yeux, mais ça ne m'aide pas vraiment. Entre ça et le stress lié à cette histoire de corbeau, je commence à m'épuiser. Je crois que quand tout ça sera terminé, je prendrai les vacances que je ne me suis pas accordées depuis longtemps.

Sa détresse me touche. Même si j'étais réticent à débuter cette mission, je suis finalement heureux de pouvoir aider cette jeune femme à retrouver une vie normale…

Dovie se dirige vers un placard de la cuisine, l'ouvre et en sort spontanément deux tasses.

– Qu'est-ce que vous prenez au petit déjeuner ? me lance-t-elle. Je peux vous préparer des œufs ou des pancakes. J'ai aussi quelques variétés de céréales si vous voulez, ou alors…

– Juste du café noir, sans sucre, merci.

Je m'installe sur un tabouret de bar près de l'îlot central, et je regarde ma cliente évoluer dans sa petite cuisine. Dans mon métier, savoir analyser les gens est une qualité très importante : cela nous permet de déterminer rapidement à qui nous avons affaire. Il ne fait déjà aucun doute à mes yeux que Dovie est une grande bavarde, ce qui n'est pas vraiment un défaut – sauf quand il s'agit de garder un secret d'une importance capitale.

J'espère qu'elle ne trahira pas ma couverture lorsque je l'accompagnerai à l'université…

En ce qui me concerne, je ne suis pas le plus causant des Westwood. Cruz et Billie déblatèrent assez pour le reste de la famille… Je crois cependant que je vais devoir m'adapter au babillage de Dovie, et ce dès le matin.

Elle dépose une tasse de café fumant devant moi avant de se diriger vers le réfrigérateur et de se figer un instant. Après quoi elle retire une sorte de Post-it d'un calepin aimanté, le plie et le range dans l'une des poches de son sac, posé dans la salle à manger.

– Qu'est-ce que c'est ? je demande, intrigué, tout en avalant une gorgée de café.

Je retiens de justesse une grimace. C'est imbuvable... Je repose doucement la tasse et la repousse discrètement loin de moi.

– C'est un carnet à citations, me répond Dovie, qui n'a visiblement rien remarqué. Il y en a une pour chaque jour de l'année. Chaque matin, j'en découvre une nouvelle.

– Que dit celle d'aujourd'hui ?

– Ça vous intéresse vraiment ? s'étonne-t-elle en fronçant les sourcils.

– J'essaye de mieux vous cerner.

– Si vous y tenez... « Dans la vie on ne fait pas ce que l'on veut mais on est responsable de ce que l'on est », Jean-Paul Sartre.

Et merde, contiens-toi, Lennon. N'éclate pas de rire.

– C'est pas faux, dis-je en affichant mon air le plus sérieux.

Loin d'être dupe, Dovie secoue la tête et lève les yeux au ciel.

Pendant les quelques minutes qui suivent, nous gardons le silence. Ma cliente grignote une pomme debout, aussi loin de moi que possible, tandis que je maintiens moi-même une distance de sécurité... mais avec la tasse de café.

Le goût amer a pris possession de mon palais, c'est un enfer.

– J'aimerais que nous discutions un peu de la journée qui se profile, j'annonce finalement. De la façon dont les choses vont se dérouler, des détails à régler...

– Comme quoi ?

– Nous devrions nous tutoyer, par exemple. Nous sommes censés être deux étudiants comme les autres, alors le vouvoiement est évidemment proscrit entre nous.

– OK… si tu veux, lâche Dovie.

– Ensuite, j'aimerais que tu me promettes une chose : que tu ne me mentiras jamais et que tu seras toujours prête à répondre à mes questions, surtout si elles concernent une éventuelle suspicion de ma part envers tes amis ou ta famille.

Dovie fronce les sourcils, sceptique.

– Tu t'attends à ce que j'enfonce mes proches ?

– Non, j'attends de toi le plus d'objectivité possible, je réplique. Ce que je vais faire durant les prochaines semaines risque de ne pas te plaire. Je vais épier ton entourage, analyser le comportement de tes amis et chercher leurs défauts. Je sais que cela va te peser à la longue, mais dis-toi que cela me permettra d'écarter au plus vite un maximum de pistes à propos de l'identité de ton corbeau.

– Mais enfin, s'indigne Dovie, jamais aucun de mes amis ni personne de ma famille ne me voudrait du mal !

– J'aimerais te croire sur parole, mais c'est impossible. Je vais devoir enquêter pour m'en assurer. Alors ? Tu voudras bien tenter de garder le plus d'objectivité possible sur la situation et ne pas m'en vouloir chaque fois que l'un de tes proches sera sur le grill ?

Je sais que j'en demande beaucoup à ma cliente. Mais mon expérience m'a démontré que dans la grande majorité des cas, le harceleur est un proche de la victime, ce qui lui permet d'ailleurs d'agir sans éveiller les soupçons.

– Je crains que ce ne soit un peu trop difficile, soupire Dovie.

– C'est bien pour cela que je ne te fais pas jurer devant tout un tribunal. Je souhaite seulement que tu me promettes de faire de ton mieux.

– Il y a quand même quelque chose que tu devrais savoir…

– Quoi donc ?

Dovie inspire profondément avant de m'avouer :

– Disons qu'il se pourrait que ma meilleure amie soit au courant de la situation…

Je hausse les sourcils et me redresse instinctivement.

– C'est-à-dire ? Qu'est-ce qu'elle sait exactement ?

– Nous étions colocs sur le campus, alors elle était présente quand j'ai reçu les premières lettres de menace, m'indique Dovie. Par la suite, j'ai dû déménager dans cette maison, et j'ai bien dû lui dire pourquoi je faisais ça. Elle est ma meilleure amie, nous nous sommes toujours confiées l'une à l'autre, je ne pouvais pas la laisser en dehors de cette histoire.

– Mais est-ce qu'elle est au courant de mon arrivée ? De mon rôle auprès de toi ?

– Tu as débarqué hier soir.

– Et tu viens de m'avouer que vous vous racontez tout. Tu aurais très bien pu la prévenir par messages.

Dovie soupire et lève les yeux au ciel.

– Hier soir, je devais gérer le fait qu'un inconnu qui fait la taille d'une montagne venait de débarquer chez moi pour me servir de nounou de luxe, alors non, je n'ai pas pensé à annoncer la merveilleuse nouvelle à qui que ce soit.

Je décide d'ignorer sa pique pour me concentrer sur ce qui importe vraiment : la meilleure amie. Cette fille est officiellement la première à s'inscrire sur ma liste de suspects. Le fait qu'elle ait été présente à des moments-clés pousse à se questionner sur son rôle dans toute cette histoire.

– Elle n'y est pour rien, martèle Dovie, traduisant sans mal mon silence.

– Ça, ce sera à moi de m'en assurer.

Un éclair de tristesse passe dans les iris de la jeune femme. Je comprends parfaitement ce qu'elle ressent : l'arrivée d'un bodyguard dans la vie d'un client est toujours un moment doux-amer. Parce que nous représentons à la fois la solution à une situation qui semblait sans issue et le symbole de leur vie qui n'a plus rien de normal ainsi que du danger qui les entoure.

Compatissant, j'affirme à Dovie avec douceur :

– Tout va bien se passer. On finira par l'avoir, ce corbeau.

– Je l'espère.

– C'est pour ça que je suis là. Il va falloir que tu me fasses confiance, il n'y a que comme ça que notre collaboration fonctionnera. À partir de maintenant, on devient une équipe, toi et moi.

Le début d'un sourire naît sur les lèvres de ma cliente, mais il disparaît presque aussitôt.

– D'accord, fait-elle après un moment de silence.

– Bien. On devrait se préparer, on a rendez-vous avec la doyenne de l'université pour faire un point sur la situation.

– Maintenant ?

– Dans vingt minutes. Nous avons programmé ça tôt, histoire de ne pas empiéter sur ton emploi du temps.

Dovie termine sa pomme sans dire un mot avant de disparaître à l'étage.

Je sais qu'elle se trouve désormais dans une position peu confortable et qu'accepter que je suspecte tous ceux qui l'entourent va lui peser, mais malheureusement, je n'ai pas d'autre solution à lui proposer. J'ai signé un contrat qui stipule que je dois la protéger quoi qu'il en coûte. Je mettrai tout en œuvre pour cela, peu importent les dommages collatéraux que je vais devoir laisser sur mon chemin.

9
Dovie

Quand Lennon et moi quittons la maison, je n'ai pas encore tout à fait encaissé la tournure prise par les événements ; cependant, j'ai bien compris que je ne peux rien y faire. M'opposer à la présence de mon nouveau garde du corps ne ferait que me rendre plus vulnérable à la menace qui plane sur moi. Et s'il y a bien une chose que je souhaite par-dessus tout, c'est de pouvoir reprendre une vie normale au plus vite. Alors si Lennon me le permet, pourquoi pas… J'ai juste le pressentiment que notre cohabitation va être compliquée. Tout d'abord parce que nous sommes totalement différents – il ne m'a pas fallu longtemps pour le comprendre. J'adore parler, tout le temps, de tous les sujets, quand il semble n'être disposé qu'à partager le strict minimum. Son air sérieux – voire renfrogné – est la seule expression qu'il est capable d'afficher, alors que j'ai tendance à passer par toute une palette d'émotions en une seule journée.

Et puis surtout… il y a cette attirance que je ressens pour lui. Depuis que j'ai ouvert la porte hier soir et que j'ai croisé son regard pour la première fois, j'ai l'impression qu'une force inconnue me pousse dans sa direction.

J'ai conscience que son physique y est pour quelque chose. Je trouve Lennon Westwood incroyablement beau et j'imagine sans mal que c'est aussi le cas de nombreuses femmes. Cela dit, au-delà de son enveloppe charnelle, il émane de lui quelque chose de fascinant – une aura, un charisme, peu importe ce que c'est.

Si bien que, tout comme la Terre est attirée par le Soleil, je suis attirée par lui.

– Un problème ? demande-t-il en verrouillant ma porte d'entrée.

Je cligne des yeux et je comprends que, perdue dans mes pensées, je le fixe bêtement depuis plusieurs minutes déjà.

– Tu mesures combien ? je lance alors, à la fois pour détourner l'attention et parce que je m'interroge vraiment à ce sujet.

– C'est quoi cette fixette que tu fais sur ma taille ? réplique-t-il, sourcils froncés.

– Est-ce que c'est une question déplacée ?

– Pas vraiment…

– Alors réponds-y.

Lennon soupire, vérifie que la porte d'entrée est bien fermée et qu'aucune fenêtre n'est restée ouverte, puis lâche :

– 1 mètre 98.

– Ah, quand même.

– On peut y aller, maintenant, ou tu as aussi besoin de connaître mon IMC avant ?

Voilà, c'est de ça que je parlais. Lennon est l'archétype du mec grognon.

Je sens qu'on va bien s'amuser tous les deux…

Nous descendons le perron et remontons la petite allée de graviers. Je découvre alors une berline allemande pile devant chez moi.

– C'est quoi, ça ? je demande.

– Notre moyen de transport pour les prochains mois, me répond Lennon.

– Et où est le chauffeur de taxi qui vient me chercher d'habitude ?

– Nous n'avons plus besoin de lui. Il n'a été engagé que pour une courte durée, le temps qu'un bodyguard professionnel soit assigné à ta protection.

– Oh, zut alors. L'odeur de tabac froid incrustée dans les sièges va terriblement me manquer.

Lennon contourne la voiture et m'ouvre côté passager. Je prends place sur le siège, il claque la portière puis s'installe derrière le volant et démarre. Pas de musique à la radio, pas de conversation engagée : seul le bruit discret du moteur se fait entendre dans l'habitacle. C'est d'autant plus pesant que le comportement de Lennon a changé. Il se tient plus droit, ses muscles sont contractés, et surtout, ses yeux analysent absolument tout ce sur quoi ils se posent.

– Quoi ? lance-t-il soudain, sans tourner la tête pour me regarder.

– Comment ça, « quoi » ? je lui renvoie.

– Pourquoi est-ce que tu me dévisages de cette façon ?

Et merde, c'est la seconde fois en quelques minutes qu'il me prend la main dans le sac. Comme tout à l'heure, je décide de m'en sortir en détournant la conversation.

– Est-ce que je ne devrais pas être à l'arrière, comme les VIP ? je demande. Est-ce que tu vas m'ouvrir la portière quand on arrivera au MIT ?

– Bien sûr. Il est même inscrit dans mon contrat que je dois te faire une révérence lorsque tu sortiras de la voiture.

Je soupire, un brin énervée.

– Je te rappelle que nous devons éviter d'éveiller les soupçons sur ce qui nous lie, poursuit-il. Te traiter comme une star serait le meilleur moyen de foutre ma couverture en l'air.

– Et la voiture ? Elle a quelque chose de spécial si tu l'as choisie, non ?

Un sourire en coin apparaît sur la bouche de Lennon.

– Elle est blindée et ultra-sécurisée, me répond-il. Tant que tu es à l'intérieur avec moi, tu es presque intouchable.

– Presque ? je m'étonne.

– On s'autorise 1 % de pertes sèches.

Je dévisage Lennon, bouche bée. Il se met alors à sourire sans détourner son attention de la route, et je comprends qu'il me faisait marcher. Je ne m'en offusque même pas : ça me plaît de savoir qu'il y a un peu d'humour en lui.

Alors que je devrais détourner les yeux avant qu'il ne m'accuse encore de le dévisager étrangement, je laisse errer mon regard sur ses bras. Là, je remarque un anneau en acier à l'index de sa main droite, ainsi qu'une imposante chevalière à son majeur, en acier elle aussi. En son centre, elle comporte une petite pierre noire qui m'a tout l'air d'être une obsidienne.

Poussée par ma curiosité, je m'apprête à lui demander d'où lui viennent ses bagues, lorsque je reçois un message sur mon portable. En l'ouvrant, je découvre qu'il provient d'Arnold.

J'aimerais t'expliquer pourquoi ton père et moi avons jugé préférable de ne pas te mettre au courant de ce que nous préparions. Je sais que tu t'es sentie trahie mais s'il te plaît, parlons-en tous ensemble pour apaiser les choses. Viens dîner ce soir à la maison, je te préparerai ton plat préféré.

– Qui est-ce ? demande Lennon.

Je hausse les sourcils et lui renvoie :

– Ça ne te regarde pas !

– Au contraire.

– C'est liberticide ! Est-ce que tu te rends compte de…

Sans me laisser terminer de déverser mon indignation, Lennon s'empare de mon téléphone, jette un rapide coup d'œil à l'écran puis me le rend.

– Non mais je rêve ! je m'écrie, au bord de l'apoplexie.

– Dovie, on en a discuté : je dois être au courant de tout ce qui se passe dans ta vie, m'assène-t-il sur un ton qui se veut sans doute apaisant.

– Qu'est-ce que tu dirais si je me mettais à fouiller dans ton portable ? Hein ?

– Tu n'as aucune raison de le faire, puisque je ne suis pas menacé par un fou furieux. Le jour où ce sera le cas, je laisserai agir les pros sans rechigner, parce qu'ils connaissent leur métier.

Furieuse, je tape une réponse à mon père :

Ma nounou refusera que je sorte après le couvre-feu. Merci de m'avoir collé ce psychorigide dans les pattes.

Je tends ensuite le téléphone à Lennon pour qu'il puisse lire ce que je viens d'écrire. La lueur d'amusement dans ses yeux ne fait qu'accentuer mon agacement et je décide de l'ignorer jusqu'à notre arrivée à l'université. Dès qu'il se gare sur le parking, je quitte l'habitacle en trombe, encore mécontente d'être fliquée de la sorte. Je passe une bretelle de mon sac sur mon épaule puis m'élance au pas de course en direction du bâtiment nord, dans lequel se trouvent les bureaux de l'administration. Il n'y a personne en vue :

l'heure est encore trop matinale pour que le gros des étudiants soient arrivés.

Après avoir parcouru quelques mètres, je me rends compte que je suis en train de marcher seule, parce que la montagne Westwood ne me suit pas.

Je me retourne et le découvre adossé contre la voiture, en train de me dévisager. Pendant une seconde, la seule chose que je suis capable de noter, c'est la taille de ses bras ainsi croisés sur son torse. Je suis persuadée que mes deux mains ne suffiraient pas à faire le tour de son biceps, et pendant un instant, je ressens une puissante envie de l'agripper pour valider ma théorie… mais heureusement, je me reprends bien vite.

– Alors ? Tu viens ou pas ? je m'écrie.

– Notre mission est un échec programmé si tu la commences d'une humeur massacrante.

Mes yeux s'écarquillent. Je suis estomaquée par tant d'audace.

– C'est pour ça, poursuit Lennon en s'approchant, que je te demande de m'excuser. Je reconnais que te prendre ton téléphone de cette manière t'a peut-être paru brutal.

– Tu peux oublier le « peut-être ».

– Il n'empêche que je ne peux pas me permettre de laisser passer la moindre information te concernant. Au moins, maintenant, tu sais à quoi t'attendre.

– Ah, parce que tu comptes recommencer ?

Pour toute réponse, Lennon hausse ses épaules massives.

– Si tu tentes à nouveau de me cacher quelque chose, évidemment, précise-t-il.

J'ouvre la bouche, prête à protester, mais je sais déjà que je n'obtiendrai pas gain de cause. Alors à la place, je reprends mon chemin. Cette fois, mon bodyguard m'emboîte le pas…

Des pas de géant !

Mes foulées ne peuvent rien face à ses grandes enjambées, si bien que je me retrouve à trottiner à ses côtés tandis qu'il marche toujours d'un pas tranquille.

– Hé, ralentis, je proteste. Tout le monde ne mesure pas deux mètres, ici !

– Mademoiselle Bennett !

Je tourne la tête et je découvre le professeur Fernandez à quelques mètres de là, me faisant de grands signes.

– Bonjour, professeur, je le salue.

– Ça tient toujours pour demain soir ? me demande-t-il.

– Évidemment. Je vous rejoindrai à l'observatoire à l'heure convenue.

Mon directeur de thèse m'adresse un signe de tête, puis il reprend son chemin en direction du parking pour rejoindre sa voiture.

– Une Mercedes blanche de collection… Les profs gagnent bien leur vie, ici, fait remarquer Lennon.

Je me contente de hausser les épaules ; mon garde du corps, lui, ne lâche pas l'affaire.

– Informations sur le suspect ! exige-t-il tandis que nous nous remettons en marche.

– Le suspect ?

– J'attends !

Je soupire mais finis par lui donner ce qu'il veut :

– Le professeur Maxwell Fernandez enseigne l'astrophysique ici depuis près de vingt ans. Il a la cinquantaine, il est divorcé et il a un pied-à-terre à New York, où il se rend de temps en temps pour donner des conférences à l'université de Columbia… Il est très reconnu dans son domaine, ce qui explique que le MIT lui verse un bon salaire, je suppose. Est-ce que ça te convient, inspecteur ?

– Disons que c'est une bonne base à partir de laquelle mener mes propres recherches, répond Lennon. Cela dit, comment ça se fait que tu connaisses des éléments de la vie privée de ton prof?

– Monsieur Fernandez et moi avons une relation différente de celle qu'il entretient avec les autres élèves. Il est plus qu'un simple prof pour moi, il est un véritable mentor. Je lui dois beaucoup.

– C'est-à-dire?

Je hausse les épaules, n'ayant pas vraiment envie de me confier à ce propos.

– Comme tu veux... déclare Lennon. J'en apprendrai certainement un peu plus demain, à l'observatoire.

– Hein? Mais...

Un seul regard de la part de mon bodyguard, et je comprends que sa décision de m'accompagner à mon rendez-vous n'est pas négociable.

Bordel! Me voilà bel et bien coincée avec une montagne de muscles mal lunée qui, en plus de me suivre partout, se croit tout permis et a un physique irrésistible.

Autant dire que j'espère me faire aspirer par un trou noir dans un avenir très proche pour échapper à cette situation!

10
Lennon

– Comme vous pouvez vous en douter, j'ai été mortifiée d'apprendre qu'une étudiante avait été visée par des menaces répétées. Dès que je l'ai su, j'ai pris les mesures qui s'imposaient, notamment éloigner mademoiselle Bennett du MIT pour la protéger.

La doyenne de l'université ouvre un tiroir de son bureau pour s'emparer d'un dossier, puis elle en sort une feuille de papier qu'elle me tend.

– Pas la peine, lui dis-je. Mon père m'a déjà transmis toutes les informations que vous lui avez fournies.

La doyenne grimace et m'indique :

– Oh, croyez-moi, vous n'avez pas encore pu prendre connaissance de ceci.

Intrigué, je m'empare du document et reconnais immédiatement un message du corbeau. C'est une nouvelle lettre de menace, constituée à partir de coupures de journaux.

DÉBARRASSEZ-VOUS DE DOVIE BENNETT !

– Je l'ai trouvée glissée sous la porte de mon bureau ce matin, m'informe la doyenne.

Dovie me prend la feuille des mains et lui jette un bref coup d'œil avant de la reposer. Son visage est fermé, il m'est impossible de deviner ce qu'elle ressent.

– Jusqu'à maintenant, toutes les lettres étaient directement adressées à Dovie, je me trompe ? je demande.

– Non, confirme la doyenne. C'est la première fois que j'en reçois une moi-même.

– Manifestement, éloigner Dovie n'a pas suffi, le corbeau a besoin de plus, dis-je, réfléchissant à haute voix. Je n'ai vu aucune caméra devant votre bureau, nous ne pouvons donc pas découvrir qui a glissé la lettre sous votre porte par ce biais ?

– C'est exact. Je désapprouve l'usage massif des caméras, même si nous en avons disposé à l'entrée et à la sortie des bâtiments. Je ne veux pas donner aux jeunes le sentiment qu'ils sont fliqués en permanence.

– Je comprends, sauf qu'aujourd'hui l'une de vos étudiantes est en danger, bien plus qu'on ne le pensait, d'ailleurs. Nous ne pouvons pas nous permettre de laisser le corbeau nous filer entre les doigts pour un simple problème d'équipement. Je peux faire intervenir une équipe dès ce soir pour placer des caméras dans votre bureau, si vous m'y autorisez.

La doyenne soupire et se cale contre le dossier de sa chaise avant de s'adresser à Dovie :

– Je suis vraiment désolée de ce qui vous arrive, mademoiselle Bennett. Vous êtes l'un des meilleurs éléments de notre université et, même s'il est déjà arrivé que de la jalousie entre étudiants éclate, ce n'est jamais allé aussi loin… Cribler mon bureau de caméras est cependant une limite que je ne peux pas franchir, je pense que vous le comprendrez.

Dovie hoche doucement la tête.

Peut-être qu'elle comprend, mais ce n'est pas mon cas.

– Est-ce que je peux vous demander les raisons de votre refus ? j'insiste.

– Je détiens dans ce bureau des informations confidentielles à propos de milliers d'étudiants, que je dois protéger également. Je ne peux pas permettre à n'importe qui de pénétrer ici.

– Mes équipes n'interviendraient que quelques heures, le temps de tout installer. Il n'est aucunement question de vous envahir.

– Je suis désolée, monsieur Westwood, mais je suis obligée de refuser.

Obligée… Ben tiens !

Je jette un coup d'œil à Dovie, qui est figée à mes côtés. J'imagine facilement à quel point la nouvelle lettre a pu la perturber. D'un côté, je suis content qu'elle prenne enfin conscience de la gravité de la situation, et j'espère qu'à partir de maintenant elle ne rechignera pas à ce que je fasse mon métier. De l'autre, je n'ai pas envie qu'elle soit terrorisée. J'ai envie qu'elle me fasse confiance pour veiller sur elle et qu'elle sache qu'avec moi à ses côtés, rien ne pourra lui arriver.

– Qui est au courant de mon arrivée sur le campus, à part vous ? je demande à la doyenne.

– Personne, répond-elle en croisant ses mains devant elle. J'ai fait ce que votre père m'a conseillé, j'ai gardé cette affaire pour moi, même si cela me met dans une position délicate vis-à-vis du conseil d'administration.

– Plus l'histoire s'ébruitera, et plus il y aura de risques que le corbeau panique à l'idée de se faire démasquer. Il pourrait agir impulsivement et commettre un acte irréparable, ce qui n'est vraiment pas ce que nous voulons. Je me doute que la situation n'est pas idéale pour vous, mais il nous faut garantir la sécurité de Dovie à tout prix.

– Je l'ai bien compris, et si j'ai accepté votre venue ici, c'est aussi pour que nous puissions mettre toute cette histoire derrière nous au plus vite.

– Ne vous inquiétez pas, j'ai la situation en main, j'assure. Venons-en maintenant à ma couverture. Quelle est la raison officielle que vous avez choisie pour justifier ma présence sur le campus ?

– Le MIT a créé un programme qui permet à des étudiants du monde entier de venir passer un trimestre ou deux ici en observation, pour se familiariser avec l'université en vue d'une future inscription, m'apprend la doyenne. Généralement, cela se fait plutôt en début d'année et pas durant les trois derniers mois, comme cela va être le cas pour vous, mais personne ne devrait avoir de soupçons, d'autant qu'aucun professeur n'attendra une quelconque implication de votre part.

– C'est parfait.

Je me lève et tend la main à la doyenne en ajoutant :

– Je vous remercie pour votre coopération.

– C'est normal, me répond-elle. Si vous avez besoin de quoi que ce soit, n'hésitez pas à venir me voir.

– Je vous retourne la politesse. Si vous avez la moindre information qui pourrait m'être utile, ou la moindre suspicion, prévenez-moi immédiatement.

La doyenne acquiesce. Puis, alors que Dovie et moi nous dirigeons vers la porte du bureau, elle m'interpelle à nouveau.

– Monsieur Westwood, j'ai failli oublier.

Elle se dirige vers une grande armoire en bois vernis, qu'elle ouvre à la volée. Elle fouille parmi une panoplie de vêtements, se tourne vers moi quelques secondes et me détaille de la tête aux pieds, avant de replonger la tête dans le meuble.

– Ah, voilà, s'exclame-t-elle.

Elle s'approche et me dépose un vêtement contre le torse.

– Voici le sweat de l'université, déclare-t-elle. Je vous souhaite officiellement la bienvenue au Massachusetts Institute of Technology, monsieur Westwood.

11
Dovie

Débarrassez-vous de Dovie Bennett!

Débarrassez-vous de Dovie Bennett!

– Tout va bien?

La voix de Lennon me ramène à la réalité. Côte à côte, nous traversons le bâtiment administratif pour rejoindre le campus.

– Évidemment, je réponds en essayant de paraître aussi désinvolte que possible.

– Écoute, tu n'as pas besoin de faire semblant avec moi, me renvoie-t-il. Ça fait sept ans que je suis bodyguard, et des lettres de menace, j'en ai vu passer. Je sais à quel point elles peuvent être déstabilisantes.

– Ce n'est pas ça… Enfin, si, bien sûr que les messages que j'ai reçus m'ont perturbée. Mais j'ai l'impression que celui de ce matin est différent des autres.

– Pourquoi?

Lennon et moi passons les portes battantes du bâtiment et ressortons dans la fraîcheur du matin. Pendant notre entretien avec la doyenne, le campus s'est rempli d'étudiants. Un gobelet de café à la main pour la plupart, ils déambulent dans les allées.

– Eh bien, je reprends, jusqu'à maintenant, le corbeau faisait toujours référence à mon travail, à mes recherches. Il m'ordonnait de les laisser tomber sous peine de représailles. Alors que là, il me menace directement. C'est comme si…

– Comme si ce n'était plus ta thèse le problème, mais bien toi.

– C'est ça… et je crois que la raison pour laquelle je ne prenais pas ces lettres totalement au sérieux, c'est parce que je savais que si la situation s'envenimait, j'aurais toujours la possibilité de céder au chantage du corbeau, même si cela m'aurait crevé le cœur. Mais si c'est après ma personne qu'il en a désormais, je ne vois pas bien ce que je peux faire pour calmer sa colère… à part disparaître.

– Bon, avant toute chose, sache que la plupart du temps, les auteurs de lettres de menace ne passent pas à l'acte, m'assure Lennon. Et dans le cas où le tien aurait dans l'idée de le faire, je te rappelle que tu as une arme secrète.

Mon bodyguard se désigne du pouce, puis me sert un rapide sourire qui me permet de me détendre un peu. Même si je ne le connais pas encore très bien, je dois admettre que sa présence en impose tellement qu'il me donne déjà l'impression d'être plus en sécurité.

Et puis, le voir dans le sweat officiel de l'université, c'est quelque chose. La couleur rouge fait ressortir le vert de ses yeux, et je dois dire que le bun au-dessus de sa tête me séduit de plus en plus.

– Il va falloir que tu arrêtes de faire ça, Dovie, lâche-t-il soudain.

– Faire quoi ? je demande en clignant des yeux.

– Me dévisager de cette façon. Je suis immense, j'ai compris, mais il faut que tu t'en remettes, maintenant.

Le rouge aux joues, je détourne le regard.

Bon sang, s'il savait que ce n'est pas seulement son gabarit qui me fascine, mais son physique tout entier…

– Au fait, est-ce qu'il y a des sujets que je dois aborder pour passer inaperçu ? enchaîne-t-il. Des expressions spéciales que vous utilisez ici ?

– Eh bien, tu pourrais…

– Dovie !

Je redresse la tête et j'aperçois Viola à quelques mètres, main dans la main avec Zack. Immédiatement, Lennon se rapproche de moi avec une furtivité et un naturel qui empêchent que son mouvement ne paraisse suspect.

– Viola Malone, ma meilleure amie, et Zack Foster, son copain, je lui glisse discrètement.

Lennon braque son regard sur le couple alors qu'ils se rapprochent. Rapidement, Vi m'attire contre elle dans une douce accolade. Aujourd'hui, elle porte un pull sur lequel est inscrit « *The girl who loved* »[1], que je place immédiatement dans ma liste mentale « à emprunter au plus vite ».

– Tu es bien matinale, me fait remarquer ma meilleure amie, avant de tourner son regard vers Lennon.

Comme moi la première fois que je me suis trouvée face à mon bodyguard, Viola semble à la fois tétanisée et subjuguée alors qu'elle le détaille.

– Salut, lance-t-elle finalement d'une voix mal assurée en lui tendant la main. Moi, c'est Viola…

– Lennon, répond le colosse en plaçant sa paume contre celle de ma meilleure amie.

– Zack, intervient ce dernier en incitant Vi à reculer un peu.

1. « La fille qui aimait », en anglais. Référence au surnom « *The boy who lived* » (« Le garçon qui a survécu ») donné à Harry Potter dans la série de romans du même nom.

Je souris discrètement.

– T'es nouveau ? demande ensuite Zack en prenant la main de Viola dans la sienne.

– Lennon fait partie du programme de découverte, je réponds à sa place. La doyenne m'a convoquée ce matin pour me demander si je voulais bien lui servir de guide et lui apprendre tout ce qu'il y a à savoir sur notre belle université.

Le visage de Zack blanchit alors qu'il se tourne vers ma meilleure amie.

– C'est lui, ton nouveau coloc, Vi ? panique-t-il.

Pendant quelques secondes, un vent de surprise plane sur notre petit groupe. Puis, au même moment, Viola et moi comprenons. Le problème avec la situation dans laquelle je me trouve, c'est que j'ai été contrainte de mentir aux gens que j'aime. J'ai justifié mon départ de ma chambre sur le campus par un besoin de places qu'aurait l'université pour accueillir les étudiants du programme de découverte ; il est donc compréhensible que Zack fasse ce raccourci.

Le pauvre. Sa mine défaite me peine.

– Quoi ? Non, pas du tout, je réponds. Lennon habite avec moi.

Si le visage de Zack reprend des couleurs, ses yeux, eux, s'écarquillent.

Et merde !

– Vous habitez ensemble ? répète-t-il, incrédule.

– Oui… c'est, parce que… tu sais…

– Comme c'est Dovie qui va me servir de guide pour toute la durée de mon séjour ici, la doyenne s'est dit que ce serait plus simple si nous étions colocs, improvise Lennon le plus naturellement du monde.

– La doyenne a décidé ça ? souffle Zack, perplexe.

– Et sinon, tu viens de quelle université, Lennon ? lance Viola pour me sauver la mise, comme toujours.

– En fait, aucune, répond mon garde du corps. J'ai pris une année sabbatique pour voyager et je me suis dit que c'était le bon moment pour reprendre des études, d'où mon intégration au programme de découverte.

– Waouh, je trouve ça génial, s'écrie Vi, ce qui fait râler Zack dans sa barbe. Tu as visité quels pays ?

La facilité avec laquelle Lennon tisse son histoire me fascine : je me surprends à attendre qu'il nous parle de ses voyages, alors que je les sais imaginaires.

– Eh bien, commence-t-il, j'ai d'abord fait le tour de différents États du pays, avant de me rendre en Europe et de…

– Je jure solennellement que mes intentions sont mauvaises !

Tout bascule en un instant. Avant que je ne réalise ce qu'il se passe, Lennon bondit devant moi, me plaçant derrière lui avec une rapidité déconcertante. Par-dessous son bras, je réussis à apercevoir Felix, mains tendues dans ma direction. Le sourire qui éclaire le visage joyeux de mon ami se fige dès que Lennon attrape son poignet et, d'un geste habile, lui fait faire un demi-tour sur lui-même. En un éclair, le pauvre Felix se retrouve immobilisé, les mains crochetées derrière le dos, un bras de Lennon lui entourant le cou.

Pendant quelques secondes, le silence s'abat sur notre groupe… avant que nous ne revenions soudain à la vie.

– Oh mon Dieu ! je m'écrie.

– Felix, tout va bien ? demande Viola en s'approchant prudemment.

– C'est quoi ce délire ? s'exclame Zack en se précipitant vers son ami. Bordel, Lennon, lâche-le !

Mon garde du corps se tourne vers moi. Le choc passé, je hoche vigoureusement la tête pour l'inciter à libérer mon ami, qui peine à respirer.

– C'est Felix, dis-je, comme si cela pouvait tout expliquer aux yeux de Lennon.

Il faut encore quelques secondes à ce dernier pour abdiquer, mais il finit par desserrer sa prise.

– Mais t'es qui, toi ? gronde Felix en passant frénétiquement une main contre sa gorge.

– C'est Lennon, dis-je, mécaniquement là aussi.

Je m'oblige alors à me reprendre pour fournir à tous une explication cohérente :

– Felix, je te présente Lennon, un étudiant qui a intégré le programme de découverte. La doyenne m'a chargée de le chaperonner, alors il va rester avec nous un petit moment. Lennon, voici Felix, l'un de mes amis.

– Salut… et désolé, du coup, déclare mon bodyguard. Mais la prochaine fois, ne débarque pas en criant que tu as de mauvaises intentions, ça évitera de provoquer des réactions indésirables.

Je plaque une main contre ma bouche pour masquer mon sourire. Plus je me rejoue la scène dans ma tête, plus j'ai envie de rire, mais ce serait irrespectueux envers Felix qui, lui, n'a pas l'air de trouver tout ça drôle.

– Je faisais simplement référence à *Harry Potter*… proteste-t-il.

– Laisse tomber, Felix… je soupire.

– Eh bien, y'a pas à dire, tu sais faire forte impression, ricane Viola à l'attention de Lennon.

Ce dernier se contente de hausser les épaules. Je change de sujet aussi vite que possible :

– Bon, oublions ça. Je vous rappelle qu'on avait décidé d'assister au cours du professeur Novak, aujourd'hui. On va être en retard.

– Prêt pour ton premier cours, Lennon ? demande ma meilleure amie.

– Je suis toujours prêt, répond-il.

Notre petit groupe se met en route et nous rejoignons l'amphithéâtre déjà bien rempli dans lequel se déroulera le cours de mathématiques qui nous intéresse. Mes amis et moi nous installons, mais au moment où Felix s'apprête à poser ses affaires à côté des miennes, Lennon s'impose pour lui griller la priorité.

– Euh… sérieusement ? Tu manques de me briser la nuque, et maintenant, tu t'assieds à ma place ?

Lennon regarde autour de lui avant de lâcher :

– Je ne savais pas que les chaises étaient nominatives.

– Évidemment qu'elles ne le sont pas, mais…

– Dans ce cas, il n'y a aucun problème.

– J'en ai un, moi, grince Felix.

Lennon ricane, puis lance :

– Je ne pensais pas qu'à l'université, on se battait encore pour des histoires de place. De mémoire, on arrête de faire ça au lycée, non ?

Mes yeux passent de Lennon à Felix comme si j'assistais à un match de tennis. Il n'y a pas à dire, mon garde du corps a une attitude de petit con… qui lui va à merveille.

Mon ami se tourne vers moi en quête de soutien, mais c'est mal à l'aise que je suis obligée de lui dire :

– Ce n'est qu'une place, Felix. Et puis, ce sera plus simple pour moi de répondre aux questions de Lennon, comme ça.

Déçu par ma réponse, il me lance un regard noir avant d'attraper son sac et de s'installer deux rangs plus bas. Loyal, Zack lui emboîte le pas en faisant signe à Viola de les suivre, mais cette dernière est occupée à nous observer, Lennon et moi, un petit sourire au coin de ses lèvres. J'ai toujours été subjuguée par la perspicacité de ma meilleure amie, et même s'il est évident qu'elle n'a pas pu comprendre ce qui nous lie, le colosse grognon et moi, elle a au moins deviné qu'il se passe quelque chose d'inhabituel…

D'ailleurs, son expression signifie que je vais bientôt passer sur le grill et subir un véritable interrogatoire de sa part.

Elle finit par rejoindre Zack et Felix ; pour ma part, je m'assieds au côté de Lennon... qui n'est pas plus ému que ça de la situation.

– Tout se passe comme tu veux ? je lui demande, sarcastique.

– À merveille.

Son haussement d'épaules me donne envie de lui envoyer un coup de poing, mais l'arrivée de notre prof m'en empêche. Ruminant ma frustration, je sors mon ordinateur portable de son sac et récupère mon téléphone pour en couper la sonnerie. À cet instant, je remarque qu'un message est affiché sur l'écran, et qu'il me vient de Viola.

Je crois que tu as des choses à me dire sur le beau gosse à côté de toi... On se retrouve ce soir au bar habituel pour en parler ?

– Un problème ? me glisse Lennon.

Je sursaute, surprise d'entendre sa voix grave si près de mon oreille, mais je m'empresse de reprendre un air serein.

– C'est encore un message de mon père ! je prétends. Tu veux le lire ?

Alors que je prie pour qu'il n'accepte pas, Lennon me regarde droit dans les yeux. Pendant un court instant, le temps s'arrête autour de nous.

– Salue-le de ma part, me répond-il finalement avant d'ouvrir son PC et de commencer à taper Dieu sait quoi.

Je déglutis, soulagée de ne pas avoir été prise en flagrant délit de mensonge, et reporte mon attention sur mon téléphone. Bien qu'elle me tente beaucoup, je décline l'invitation de Viola. En partie parce que je sais qu'il me faudra moins de trois minutes montre en main avant de tout lui déballer et que Lennon me l'a formellement interdit, mais surtout parce que quelque chose me dit que si je veux réussir à tromper la vigilance du bodyguard sexy à ma gauche, il va falloir que j'élabore un plan infaillible.

12
Lennon

Suivre une étudiante pendant toute une journée est moins épuisant que je ne le pensais. La plupart du temps, Dovie est concentrée sur sa thèse : aujourd'hui, elle a passé la majorité de ses heures dans un labo du département d'astrophysique, à effectuer des calculs compliqués et à griffonner des notes sur un carnet. Pendant qu'elle travaillait, j'en ai profité pour observer ce qui m'entourait afin de me familiariser avec son environnement. Le campus est une véritable fourmilière et il me faut prendre mes marques au plus vite afin d'être en mesure d'identifier efficacement tout élément sortant de l'ordinaire. Parmi les milliers d'étudiants du MIT se cache certainement le corbeau qui menace ma cliente et cela me rend dingue de savoir qu'il pourrait être n'importe où. Et si c'était la jeune fille au visage d'ange et à la chevelure blonde qui me frôle, tête baissée sur son téléphone ? Ou le grand type qui s'approche de son groupe d'amis, qu'il salue en leur tendant le poing ? Ou celui qui distribue des tracts à tour de bras ?

Ce n'est plus une recherche de suspect, à ce stade, c'est une partie de « Qui est-ce ? » niveau expert.

Pour la deuxième fois de la journée, je pénètre dans un amphithéâtre plein à craquer d'étudiants. Ordinateurs installés devant eux, ils dégagent une concentration qui force le respect.

Les études, ça n'a jamais été mon truc. Dès la fin du lycée, j'ai fait le choix de rejoindre l'institut Westwood pour travailler avec mon père, tout comme Cruz et Sawyer. Rester assis durant des heures à écouter quelqu'un parler m'a toujours profondément ennuyé. J'ai besoin de mouvement, d'action. Et, clairement, ce n'est pas en m'inscrivant à l'université que j'aurais pu trouver ce sentiment.

Alors j'admets être fasciné par l'investissement dont font preuve tous ces étudiants… dont fait preuve Dovie.

Elle semble d'ailleurs tout excitée lorsqu'elle prend place à mes côtés. Je me penche vers elle et lui demande :

– Tu n'as que deux cours dans la journée ? Ça me paraît léger.

– Oh non, pas du tout. En fait, en tant que doctorante, je ne suis même plus tenue d'assister à aucun d'entre eux.

– Mais alors…

– Oui, je suis certains cours par plaisir, me confirme-t-elle, radieuse.

Eh ben merde… Faut être sacrément passionné pour s'infliger ça.

J'ouvre à mon tour mon ordinateur portable, mais certainement pas pour prendre des notes concernant le cours. En réalité, depuis ce matin, j'étoffe ma liste de suspects. Toutes les personnes que j'ai rencontrées aujourd'hui y ont leur place. La meilleure amie, le mec, l'ami, la doyenne… Mon but est de disculper un maximum d'entre eux le plus rapidement possible pour que la liste se réduise et que je puisse me concentrer sur les pistes solides.

Pour l'instant, Viola est en tête de ma liste, parce qu'elle est au courant pour le corbeau, mais aussi parce qu'elle était présente lorsque ma cliente a découvert les premières lettres de menace glissées sous la porte de leur chambre sur le campus. Alors oui, c'est plutôt mince, mais tout de même assez pour que la question de sa potentielle culpabilité mérite d'être creusée.

– Quelqu'un saurait me dire comment s'obtiennent les groupes *Dn* ? demande la prof à cet instant. Mademoiselle Bennett ?

Je reporte mon attention sur Dovie. À ce moment-là, de désagréables souvenirs de collège et de lycée me reviennent. La plupart du temps, lorsque j'étais interrogé en classe, je n'avais pas de réponse à fournir, alors, pour éviter de me ridiculiser devant tous mes camarades, je préférais jouer les abrutis et m'en sortir avec une blague.

Quelque chose me dit que Dovie n'aura aucunement besoin de recourir à un stratagème de ce style.

– Les groupes *Dn* naissent de l'association d'un axe de symétrie n-aire à un axe binaire orthogonal.

Ben tiens…

– … tandis que, en comparaison, poursuit-elle, les groupes *Cnh* sont le résultat de l'association d'un axe de symétrie n-aire à un plan de symétrie perpendiculaire.

Évidemment… Non mais franchement, qu'est-ce qu'elle raconte ?

– C'est exact ! approuve la professeure. En ce qui concerne les groupes du tétraèdre T, il se trouve que…

Je fais abstraction du babillage incompréhensible de l'enseignante pour me tourner vers Dovie et lui glisser :

– Tu ne m'avais pas dit que tu parles couramment une langue étrangère !

Elle hausse un instant les sourcils, avant de comprendre où je veux en venir.

– Ce n'est pas une langue étrangère, c'est de la physique moléculaire, m'indique-t-elle.

– Moi, j'appelle ça une migraine assurée, mais enfin, chacun son point de vue.

– Tu exagères. Ce cours est plutôt facile à suivre, en plus.

Facile… Pour un génie, peut-être !

Dovie reporte son attention sur la prof. Son mouvement fait voleter ses boucles rousses, qui retombent sur son épaule. J'esquisse un sourire goguenard et secoue la tête.

••••

– Alors ? Comment s'est passée ta première journée ?

Entendre la voix de ma sœur à travers le combiné de mon téléphone est clairement l'un des meilleurs moments des vingt-quatre dernières heures. Je la mets en haut-parleur puis me dirige vers la table du salon, sur laquelle est posé mon ordinateur portable.

– C'était épuisant, dis-je. Je n'ai pas compris un traître mot de ce que les profs ont raconté, j'ai dû rester sur mes gardes toute la journée étant donné que le moindre recoin du campus grouille d'étudiants, et cerise sur le gâteau, la moitié des amis de ma cliente me déteste déjà.

Billie éclate de rire, ce qui, inévitablement, me fait sourire.

– Je savais que j'avais raison d'être inquiète pour les autres, s'amuse-t-elle. Qu'est-ce que tu as fait ?

– Eh bien, il se peut que je me sois attaqué physiquement à l'un des amis de Dovie parce que je croyais qu'il allait l'agresser.

Le rire de ma sœur redouble. J'adore ce son. Déjà quand nous étions gamins, je passais mon temps à faire le pitre dans l'espoir de le déclencher et, malgré les années, ça n'a pas changé.

En attendant que Billie se reprenne, je décide de faire quelques courses en ligne, remplissant mon panier plus que nécessaire, au cas où.

Les contrats que nous signons prévoient généralement que les clients prennent en charge l'ensemble des frais de leur bodyguard, et c'est effectivement le cas de celui qui nous lie, Dovie et moi. Seulement, étant la plupart du temps très aisés, mes clients ont le plus souvent des réfrigérateurs bien remplis – voire un chef personnel pour s'occuper de leurs repas. Alors, ça ira pour aujourd'hui, mais il est hors de question que pour les trois mois à venir je me contente chaque soir de la triste vision d'une orange qui regarde une bouteille de lait de travers, au-dessus de quelques plats préparés. Je dois remédier à la situation, et même si nourrir ma cliente ne fait pas partie de mes fonctions, je ne me vois décemment pas commander à manger pour moi seul.

À l'autre bout du fil, les rires de ma sœur se calment enfin.

– Et ta cliente, justement. Comment elle est ? demande-t-elle.

Ah… Dovie Bennett.

Il m'est impossible de la décrire en quelques mots seulement. J'ai encore beaucoup de choses à découvrir d'elle, mais ce que j'en ai déjà vu m'intrigue beaucoup. Sa fougue qui bout sous un monticule de gentillesse, sa curiosité mal placée, son esprit vif, son intelligence dont j'ai entr'aperçu une infime partie aujourd'hui… Tout cela fait d'elle une personne à part.

Et peut-être est-ce parce que je n'avais pas effectué de mission de protection rapprochée depuis longtemps, ou peut-être que c'est *cette* cliente qui a quelque chose de particulier… Quoi qu'il en soit, je sens que cette mission n'est pas comme les autres. J'ai un sentiment étrange la concernant, un sentiment qui m'a frappé dès mon arrivée mais que je n'arrive pas à identifier.

– Elle est… spéciale, dis-je finalement à ma sœur. Et s'il n'y avait qu'elle… Elle a un chien qui s'appelle Voldemort.

– Répète ça ! s'écrie Billie.

– Je te jure !

Je me tourne vers le bouledogue qui roupille dans son panier, les fesses tournées dans ma direction. Je me lève et, lentement, je me dirige vers lui. Alors que je me rapproche, ses oreilles bougent, et au moment où j'attrape mon téléphone, il redresse la tête et grogne, découvrant ses minuscules dents et m'offrant le cliché parfait.

– Comme une image vaut mille mots, je t'ai envoyé une photo de la bête pour que tu comprennes pourquoi elle porte ce nom, j'annonce à Billie.

– Oh mon Dieu, gazouille ma sœur. Il est tellement mignon !

Euh… ouais…

Je lève les yeux au ciel puis, en quelques clics, je valide mon panier de courses et je vérifie, grâce au logiciel installé sur mon PC, que les caméras de surveillance mises en place par Jax et Eleanor sont bien toutes opérationnelles.

– Au fait, Lennon, tu n'as pas oublié qu'on fête l'anniversaire de maman le week-end prochain ? reprend Billie.

– Évidemment que non, je réponds. Mais il faut que je trouve quelqu'un pour venir me remplacer auprès de ma cliente.

– À mon avis, ça ne te posera aucune difficulté. La plupart des recrues à l'institut sauteraient sur l'occasion de te rendre service.

– Ne t'inquiète pas, je me débrouillerai. Je ne manquerais ce jour pour rien au monde.

– Je sais… Tu n'es pas Sawyer.

– Billie ! je gronde.

– OK, j'admets, ce n'était pas sympa… C'est juste que j'en ai marre de le voir si triste et abattu. Ça me fait mal.

– Cruz et moi aussi, on est inquiets. Mais ça ira forcément mieux avec le temps. On est tous là pour lui et il en a conscience. Tu verras, il sera présent pour maman le week-end prochain.

– J'espère que tu as raison, Lenny…

La pointe de tristesse dans la voix de ma sœur me serre le cœur.

– Ma Billie… je souffle avec douceur.

– Bon, je vais devoir te laisser, j'ai une étude de cas à faire pour demain.

– Ne te couche pas trop tard, quand même. Pense à te reposer.

– Quand on est un étudiant au vingt et unième siècle, on n'a pas le temps pour ça. Tu t'en rendras vite compte, et d'ailleurs, je suis prête à parier que ta cliente est en train de travailler en cet instant même.

Effectivement, Dovie s'est enfermée dans sa chambre il y a une demi-heure pour avancer sur la rédaction de sa thèse, emportant avec elle quelques snacks pour me faire clairement comprendre que je ne la reverrai pas de la soirée.

Après encore quelques paroles échangées, je mets fin à l'appel avec Billie, puis je reprends mon inspection des images renvoyées par les différentes caméras autour de la maison. Eleanor et Jaxon ont fait du bon boulot : je peux surveiller chaque angle, chaque entrée et chaque sortie. Les flux vidéo apparaissent sur mon écran les uns à côté des autres, pour que je puisse avoir une vue d'ensemble.

Pour l'instant, tout est calme, et j'espère que ça le restera. Si le corbeau venait à découvrir où habite Dovie, le danger augmenterait encore d'un cran.

Discrètement, je glisse ma main sous le coussin du canapé pour m'assurer que le couteau que j'ai caché là est toujours en place. Je suis certain que Dovie paniquerait si elle savait combien d'armes j'ai planquées dans sa maison, et c'est justement pour cette raison que je préfère ne rien lui dire.

J'espère juste ne pas avoir à me servir de mon arsenal dans un proche avenir.

13
Dovie

– Dovie !

Monsieur Fernandez me hèle et s'approche de Lennon et moi alors que nous approchons de l'entrée du campus.

– Bonjour professeur, je le salue.

– Je sais qu'on a prévu de se retrouver ce soir, mais hier, j'ai fait quelques recherches et j'ai trouvé des articles sur lesquels tu pourrais t'appuyer pour ta soutenance. Je me suis dit que tu aurais le temps d'y jeter un œil avant notre rendez-vous.

– Bien sûr, je les étudierai durant ma pause déjeuner.

– Parfait. Bon, je file, j'ai un cours dans dix minutes.

Mon directeur de thèse s'éloigne d'un pas rapide. À mes côtés, Lennon marmonne :

– Bonjour à vous aussi. Il snobe souvent les gens de cette manière ?

– Le professeur Fernandez est quelqu'un de passionné, je réponds. Quand il a quelque chose en tête, il occulte tout ce qui se trouve autour de lui. Ne le prends pas pour toi, tu verras qu'il sera certainement moins *speed* ce soir.

– En tout cas, ça n'a pas l'air de le déranger que tu rognes sur ta pause dej' pour étudier. Tu ne t'arrêtes jamais de bosser ?

Je m'esclaffe. « Lever le pied » ne fait vraiment pas partie de mon vocabulaire.

– Je ne deviendrai pas une chercheuse renommée si je ne travaille pas d'arrache-pied.

Pour toute réaction, mon garde du corps se contente de hausser les épaules. Côte à côte, nous pénétrons sur le campus, prêts à débuter notre deuxième journée de cohabitation.

– Je te préviens, je veux tout savoir !

Viola vient de me sauter dessus, ce qui fait grogner Lennon. Je le côtoie depuis peu de temps, mais cela m'a déjà permis de remarquer qu'il déteste être pris au dépourvu. Je jette un rapide coup d'œil autour de nous et remarque qu'il n'y a aucune trace de Felix ou Zack dans les parages, ce qui est plutôt rare.

Instinctivement, ma meilleure amie tente de m'attirer à l'écart pour me parler, mais la grande main de Lennon se referme doucement autour de mon poignet, m'empêchant de m'éclipser.

– Qu'est-ce qui se passe ? lance-t-il, faussement désinvolte.

– J'aimerais parler à Dovie en privé, si ça ne te dérange pas, lui répond Vi en plissant les yeux.

Le sourire amical de Lennon se fige. Sa main ne lâche pas la mienne.

– Écoute, Viola… je commence.

– Bon, qu'est-ce qui se passe ? lâche ma meilleure amie en croisant les bras sur sa poitrine.

– Comment ça ? dis-je, préférant jouer les idiotes plutôt que de risquer de trahir le secret de l'identité de mon bodyguard.

– Pas de ça avec moi, Dovie, je te connais trop bien. Lennon sort de nulle part, et soudain, vous êtes inséparables ?

Vous vivez ensemble dans ta maison ? Je ne suis pas bête, j'ai deviné que tout ça doit avoir un rapport avec le malade mental qui t'en veut, mais je n'arrive pas à comprendre ce qui se trame réellement. Tu me dois des explications !

Viola a raison. Depuis le départ, elle a accepté de cacher ce qui m'arrive à Zack, se plaçant parfois dans une position très inconfortable, alors je lui dois la vérité… seulement, quoi dire ? Je refuse de griller la couverture de Lennon. Et si j'étais finalement obligée, pour la première fois, de mentir à ma meilleure amie ? Mais dans ce cas, quelle histoire puis-je inventer ? Étant donné qu'elle me met au pied du mur, il est clair que je ne vais pas avoir le temps de trouver quoi que ce soit de crédible, alors…

– Je suis le garde du corps de Dovie, déclare soudain Lennon en toute décontraction.

Choquée, je me tourne vers lui, les yeux écarquillés. Il me sert un petit sourire tandis que Viola éructe, surexcitée, en resserrant ses couettes hautes :

– Je le savais ! Je savais que quelque chose se tramait entre vous… Alors évidemment, je n'aurais jamais pu imaginer ça mais… waouh… Dovie, c'est…

– Pas glamour du tout, termine Lennon à sa place. Si je suis ici, c'est parce que Dovie est en danger… mais il me semble que tu es déjà au courant, non ?

– Oh oui, répond ma meilleure amie, qui ne semble pas avoir saisi la pointe d'accusation dans la voix de mon garde du corps. C'est même moi qui suis tombée sur la toute première lettre, elle avait été glissée sous la porte de notre chambre. Est-ce que c'est l'université qui a eu l'idée de t'affecter un bodyguard, Dovie ?

– Non, ce sont mes pères, je lui précise, et ils se sont bien gardés de m'avertir… J'ai découvert leur manigance il y a deux jours, alors j'ai encore du mal à m'adapter à la situation.

– N'empêche, un garde du corps, c'est quelque chose... soupire Viola.

Lennon se rapproche de ma meilleure amie sans pour autant me lâcher le poignet. Un sourire séducteur sur les lèvres, il lui glisse :

– Dovie avait raison, tu es extrêmement futée. Elle m'avait prévenu que tu aurais des soupçons, mais je ne l'avais pas crue.

Je fronce les sourcils en essayant de me souvenir quand j'ai raconté un truc pareil à Lennon... avant de comprendre qu'il est en train de mentir.

– Je sais qu'en tant que meilleure amie, le bien-être de Dovie t'importe beaucoup, poursuit-il, et c'est pour ça que je te fais confiance pour garder le secret à propos de ce que tu viens d'apprendre.

– Évidemment, répond Viola, manifestement réceptive au déploiement de charme de Lennon.

– Mais tu réalises que ça veut dire cacher la vérité à tout le monde... y compris à ton petit ami ? insiste mon garde du corps. Est-ce que tu penses que tu y arriveras ?

À cette question, Vi cligne des yeux, puis, lentement, ses sourcils se froncent.

– J'aime Zack de tout mon cœur, mais je ne ferais jamais rien qui puisse mettre Dovie en danger, affirme-t-elle. Elle en a conscience, d'ailleurs, puisque depuis le départ, tout ce que je sais à propos de cette histoire de corbeau, je l'ai gardé pour moi. Alors non, cacher la véritable nature de votre relation ne me posera aucun souci, surtout si c'est pour protéger Dovie. Je n'aime pas du tout que tu insinues le contraire, Lennon.

La réponse de ma meilleure amie me fait sourire. Quant à mon garde du corps, il examine Viola quelques secondes avant de hocher la tête.

À cet instant, Felix et Zack apparaissent au loin. Lorsqu'ils nous voient, ils nous adressent de grands signes, puis ils s'approchent de nous et nous saluent.

– Plus que quatre jours avant la fête de Bobby, lance Felix tandis que nous traversons le campus tous ensemble en direction du bâtiment de technologie. La préparation de la soutenance va me faire exploser les neurones, alors j'ai besoin de décompresser comme il se doit.

– Ce qui veut dire que tu vas boire jusqu'à ce que tu te sentes assez courageux pour aborder une fille, je me trompe ? je lui lance.

– Évidemment que non, Einstein, s'amuse mon ami. Tu as tout à fait raison.

– Qui est Bobby ? demande Lennon.

– Un mec de troisième année qui organise des fêtes démentielles presque toutes les semaines, répond Viola. Chaque fois, il choisit un thème différent. La prochaine sera consacrée à *Harry Potter* !

– Je vois, lâche Lennon. Tu devrais utiliser Voldi comme accessoire, Dovie.

Sa plaisanterie le fait ricaner, mais je me prends au jeu et réplique nonchalamment :

– Je pourrais, en effet. Voldi est une mascotte, tout le monde mérite de faire sa connaissance.

– 1 088 fois 461, braille soudain Felix.

– 501 568, je réponds en soupirant.

– Bordel, grogne mon ami.

– Qu'est-ce que… commence Lennon.

– Au fait, je le coupe, qu'est-ce que tu vas porter pour la soirée, toi ?

– Ah, tu seras de la partie ? lance Zack. Génial…

Lennon abat sa grande paluche sur son épaule, manquant de lui briser la clavicule au passage, puis affirme :

– Mais bien sûr que je serai présent. Je ne manquerais cette fête pour rien au monde.

Sans nous concerter, nous nous jetons un coup d'œil en biais. Je ne sais pas si Lennon dit ça pour donner le change ou s'il compte vraiment se déguiser pour nous suivre en soirée, mais si c'est le cas, ça promet d'être mémorable.

À mesure que nous approchons du bâtiment de technologie, la foule d'étudiants autour de nous se densifie. Le va-et-vient constant sur le campus est à la fois fascinant et un peu effrayant. Comme à cet instant, alors que je suis engloutie entre les corps.

Mais heureusement, la main de Lennon s'agrippe à la mienne et ne la lâche plus. Il fend la foule, qui semble spontanément s'écarter devant lui, et il nous fait rejoindre l'amphithéâtre sans encombre.

– Installez-vous, on vous rejoint ! je lance alors à mes amis.

– Qu'est-ce qui se passe ? me demande Lennon après que je l'ai entraîné à l'écart.

– Tu te fous de moi ? je lui renvoie. J'ai droit à un sermon dès le jour de ton arrivée pour me faire jurer de ne dévoiler ta véritable identité sous aucun prétexte, et toi, tu balances qui tu es à Viola, comme ça ?

– Vous êtes amies, non ? Toi aussi, tu as compris qu'elle ne nous lâcherait pas tant que nous ne lui aurions pas avoué ce qui se passe ?

– Évidemment…

– Bon, alors tu comprends aussi que ça ne servait à rien d'essayer de lui raconter un bobard. En plus, j'y ai réfléchi. Elle est ma principale suspecte pour le moment. Lui dévoiler qui je suis va nous être bénéfique.

– En quoi ?

Lennon s'adosse nonchalamment contre un mur et lâche, un sourire malicieux sur les lèvres :

– Si elle est le corbeau, soit tu ne recevras plus aucune lettre de menace maintenant qu'elle sait que je suis là, soit elle tentera le tout pour le tout dans les prochaines heures. C'est simple !

Je me crispe. Qu'il puisse imaginer que Viola serait vraiment capable de me faire du mal me rend dingue.

– Ne t'inquiète pas, Dovie, me glisse-t-il pour m'apaiser. Quoi qu'elle tente, je serai là.

– Je ne m'inquiète pas… je le corrige. J'ai juste hâte que tu réalises que tu trompes sur le compte de Viola.

– Je serais ravi de la retirer de ma liste de suspects, crois-moi. Bon, on y va ?

Lennon et moi pénétrons dans l'amphi et prenons place côte à côte, juste à côté de Zack et Viola. Sur l'estrade, Felix, lui, se prépare à démarrer son cours.

Alors que je suis en train de sortir mes affaires de mon sac, Bobby, le fêtard invétéré, se poste devant nous. Le regard pétillant, comme toujours, il lance :

– Salut, les gars ! Vous êtes toujours partants pour ma fête la semaine prochaine ?

– Plus que jamais ! répond Zack.

– Tant mieux. Je me disais que… Oh, t'es nouveau, toi ? demande Bobby quand son regard tombe sur Lennon.

– Programme de découverte, se contente de répondre mon garde du corps.

– En fin d'année ? réplique Bobby en haussant les sourcils. C'est bizarre… Bon, quoi qu'il en soit, je me demandais si l'un de vous avait des contacts avec quelqu'un qui pourrait nous obtenir des pilules du bonheur pour ma petite sauterie ? Mon fournisseur habituel a eu quelques soucis avec les flics dernièrement.

Je jette un regard en biais à Lennon pour jauger sa réaction. Ici, tout le monde sait que lors des fêtes de Bobby, l'alcool n'est pas la seule substance qui tourne. C'est même pour cela qu'elles rencontrent un tel succès. Mais j'ignore ce que mon garde du corps peut en penser.

– Désolée, Bobby, mais on ne connaît personne de ce genre, lui répond Viola.

– Hm... Bon, je finirai bien par trouver. En tout cas, rassurez-vous, ce sera la folie, comme toujours. Oh, et bien sûr, tu es invité, ajoute-t-il à l'attention de Lennon. À plus, les gars.

Bobby s'éloigne en direction d'autres étudiants, certainement pour leur poser la même question qu'à nous. Comme il fait chou blanc, il finit par quitter l'amphi.

– Nom et prénom du suspect ? me demande discrètement Lennon en se penchant vers moi.

– Bobby Hoffmann, troisième année, fêtard plus qu'étudiant, je lui réponds.

– Est-ce que tu touches à la saloperie dont il nous a parlé ?

– Non, et ça ne m'intéresse pas. Mon carburant à moi, ce sont les margaritas.

Rassuré, Lennon ouvre son ordinateur et fait mine de se concentrer sur Felix, qui commence son cours. Viola en profite pour me murmurer :

– Tu as remarqué que je vous ai laissés vous asseoir côte à côte pour que vous puissiez discuter tous les deux tranquillement ?

– Comment ça ?

Ma meilleure amie lève les yeux au ciel.

– Tu plaisantes, Dovie ? Est-ce que tu as bien regardé la bombe à ta droite ?

Elle baisse encore un peu plus la voix lorsqu'elle ajoute :

– Il est ton garde du corps, en plus. Ce mec transpire la sexytude par tous les pores de sa peau. Dis-moi que tu le vois, quand même !

Oh que oui, je l'ai remarqué…

– Eh bien…

– N'essaye pas de me mentir, Dovie Bennett, je te connais par cœur.

Je ne réponds rien, me focalisant sur Felix. Mais Viola ne lâche pas l'affaire. Quelques secondes plus tard, je vois sa main glisser devant mon écran. Sur sa paume, au feutre, elle a écrit le nom du bar où nous avons l'habitude de nous retrouver, suivi de pas moins de trois points d'exclamation. Sauf qu'à moins de tromper la vigilance de Lennon, je ne vois pas comment je pourrais l'y rejoindre.

– Qu'est-ce qui se passe ? me glisse alors mon bodyguard, me faisant sursauter.

– Rien, pourquoi ? je lui renvoie.

– Tu sais que je n'aime pas faire ça, mais j'ai besoin de savoir ce que vous vous êtes dit.

– On était en train de parler de notre soutenance de thèse, je mens en battant innocemment des cils.

– Oh, je vois. Je suis curieux de savoir à quel moment tu as prévu d'y caser le mot « sexytude ».

Me voyant rougir, il ajoute :

– J'ai l'ouïe fine. Heureusement, ce n'est pas le cas des frères Lumière, sinon notre couverture aurait déjà été détruite.

– Les frères Lumière ? je répète. Zack et Felix ne t'ont rien fait, alors ce n'est pas la peine de commencer à leur donner des surnoms ridicules.

– Ridicules ? Moi, au contraire, je les trouve appropriés.

Je hausse les épaules. Lennon se rapproche de moi et me glisse :

– Tu n'as pas répondu à ma question. Alors, dis-moi, qui est sexy ?

– J'aimerais suivre ce cours, s'il te plaît.

– Allez, tu peux bien me répondre…

– Viola te trouve sexy, t'es content ?

– Viola, hein… Et toi ?

– Quoi, moi ?

Lennon se rapproche encore un peu plus de moi, si bien que nos coudes se touchent.

– Est-ce que tu me trouves sexy ? me chuchote-t-il.

Je relève la tête et plonge dans son regard. Pendant un bref instant, j'ai le souffle coupé par le pouvoir d'attraction qu'il exerce sur moi, et ce depuis notre rencontre.

– Oui, je lui réponds dans un souffle.

Je me rends compte de ce que je viens d'avouer au moment où Lennon écarquille les yeux.

– Non, mais je plaisantais, dit-il. Enfin, je ne pensais pas que tu allais vraiment répondre. Je te taquinais, Dovie.

Rouge pivoine, je me tasse sur ma chaise en espérant qu'une météorite s'écrase sur l'université dans les prochaines minutes.

14
Lennon

Dovie et moi marchons côte à côte sans échanger un mot. Il faut dire que son aveu un peu plus tôt m'a perturbé. Lorsque je lui ai demandé si elle me trouvait sexy, c'était simplement pour me montrer un peu moins formel, un peu moins sérieux qu'habituellement. Je voulais que Dovie ne me voie pas seulement comme son garde du corps, mais aussi comme une sorte d'ami, quelqu'un qui ne lui rappellerait pas automatiquement sa situation délicate. En aucun cas je n'aurais pensé qu'elle aurait l'audace de me répondre, et d'ailleurs je ne voulais pas vraiment savoir ce qu'elle pense de moi… mais j'aurais dû me douter qu'avec sa franchise sans limite les choses risquaient de tourner ainsi.

Maintenant, nous voilà en train d'avancer dans un silence inconfortable tandis que nous nous rendons à l'observatoire, où Dovie a rendez-vous avec son directeur de thèse. Des livres serrés contre sa poitrine, elle n'a pas osé me regarder dans les yeux depuis que le cours de Felix s'est terminé.

– Je crois que…

– À propos de tout à l'heure…

Nous nous taisons aussi brusquement que nous avons commencé à parler, tous les deux en même temps. La situation est tellement ridicule que je finis par en rire, parce que c'est la seule façon d'atténuer la gêne entre nous.

– Écoute, Dovie, on va oublier l'incident de ce matin, d'accord ? je lui propose.

– Si seulement…

– Ce n'est pas la peine d'en faire tout un plat, j'insiste. Tu as répondu sur un coup de tête, voilà tout. Ça nous arrive à tous de laisser échapper des choses qu'on ne pense pas.

– Si tu le dis !

– Bon…

J'arrête Dovie et l'incite à pivoter pour me faire face avant de déclarer :

– Vu la situation dans laquelle nous nous trouvons, il nous est interdit de nous ignorer. Alors autant laisser de côté les petites contrariétés, tu ne penses pas ? En ce qui me concerne, je suis déjà passé à autre chose.

Ma cliente se passe une main sur le front, encore mal à l'aise, mais elle finit par inspirer profondément et hocher la tête.

– OK, c'est oublié, dit-elle.

– Bien.

Nous pénétrons à l'intérieur de l'observatoire et, immédiatement, je sens une énergie différente émaner de Dovie. Ce qui me marque, c'est son sourire. Elle était encore préoccupée il y a quelques secondes, mais à présent, elle rayonne de sérénité.

Je l'observe attentivement tandis que nous progressons dans un couloir éclairé par une lumière bleue tamisée. Nous empruntons ensuite un escalier en métal, puis nous débouchons sur une pièce immense. De forme arrondie, elle possède un écran plat incurvé large de plusieurs mètres sur lequel des milliers de petits points scintillent. Plusieurs tables de travail sont également installées, ainsi que des bibliothèques remplies de bouquins et de plans.

Mais ce qui m'interpelle le plus, c'est la console tactile sur laquelle apparaissent plus de commandes que je n'en ai jamais vu.

Je dois admettre une chose, tout cela est impressionnant. Même si l'astronomie n'est pas vraiment ma tasse de thé, il faut quand même reconnaître qu'un endroit pareil donne envie de faire des découvertes.

– Dovie Bennett, pile à l'heure, lance monsieur Fernandez en venant à notre rencontre.

– Bonsoir, professeur, répond-elle, tout sourire.

– Et vous êtes ? demande-t-il en se tournant vers moi.

– Je fais partie du programme d'observation, j'indique. La doyenne m'a associé à Dovie pour qu'elle me fasse découvrir l'université.

– Vous ne pouviez pas mieux tomber. Mademoiselle Bennett est l'un de nos éléments les plus précieux, vous apprendrez beaucoup de choses à ses côtés.

Les joues de Dovie se teintent de rouge, ce que je trouve particulièrement craquant.

– Viens par ici, enchaîne le professeur. Voyons voir où en sont tes recherches.

Sur la table qu'il lui indique, Dovie dépose ses livres, ainsi que des plans, des croquis et des feuilles entières de calculs dont la seule vue suffit à me donner le tournis.

– Je bute toujours sur le même problème, commence-t-elle après s'être installée sur une chaise.

Je prends place à côté d'elle, silencieux, tandis qu'elle poursuit :

– Plus j'avance, plus le modèle de matière noire que je tente de définir me paraît cohérent, sauf sur un point : je n'arrive pas à le relier à ce que nous savons de la formation des amas de galaxies. J'ai fait des recherches, recommencé mes calculs, mais je suis dans une impasse. J'ai besoin de votre aide, professeur.

– Bon, avant toute chose, il me semble important d'expliquer à notre invité de quoi nous allons parler.

Fernandez se tourne vers moi, remonte ses lunettes rondes sur son nez et croise les mains devant lui.

– Dovie fait sa thèse sur la matière noire. C'est le grand sujet qui nous agite, nous autres astrophysiciens, depuis plusieurs années. Il s'agit d'une catégorie de matière susceptible d'expliquer un grand nombre de phénomènes qui, sans elle, ne s'accorderaient pas avec ce que nous savons de l'univers. Le seul problème, c'est qu'à ce jour, nous n'avons pas réussi à trouver un moyen de l'observer pour en prouver l'existence… Mais cela a de grandes chances de changer bientôt, grâce à mademoiselle Bennett. Elle s'efforce de proposer un nouveau modèle concernant la composition de la matière noire et travaille sur des hypothèses plus que prometteuses sur la manière dont nous pourrions la capter et l'étudier concrètement. Pour résumer, elle essaye d'exposer au grand jour des particules fantômes.

– C'est ça, confirme Dovie, rayonnant de fierté.

Je la dévisage en me demandant si elle se rend compte de la complexité de ce qu'elle ambitionne.

– Comme vous pouvez vous en douter, une telle avancée révolutionnerait l'astrophysique, reprend Fernandez. Ce serait un bouleversement scientifique de l'ampleur de ceux que Darwin ou Einstein ont provoqué en leur temps. C'est pour cette raison que le MIT a tout mis en œuvre pour favoriser les recherches de Dovie. Bien sûr, ce genre de projet ne se concrétise pas en quelques mois. Sa thèse n'est qu'un début : il faudra plusieurs années, voire plus d'une décennie avant que quelque chose de concret ne ressorte des hypothèses sur lesquelles elle travaille. Mais je la connais depuis longtemps, je sais qu'elle ne lâchera rien avant d'en avoir exploré à fond les moindres implications.

– Qu'est-ce que tu en penses ? me demande Dovie, tout excitée.

– Oh, eh bien, je trouve que c'est génial.

Elle s'esclaffe face à mon air complètement perdu.

– Si tu le veux bien, nous allons étudier tes nouvelles avancées, déclare le professeur.

Dovie ouvre son sac de cours, attrape ses lunettes et remonte ses cheveux en un chignon lâche duquel plusieurs mèches rousses s'échappent. Dans son monticule de papiers, elle attrape une liasse de documents et déclare :

– En creusant la question de la formation des amas de galaxies, je suis tombée sur cet article récent d'un chercheur de l'université de Tokyo. Il défend la théorie MOND d'une physique de la gravité qui change aux grandes échelles et tente de prouver que la matière noire n'existe pas ; il n'empêche que, dans cet objectif, ses équipes ont mené plusieurs expériences intéressantes, dont je pense que je pourrais exploiter les conclusions pour servir mon propre propos. Je voulais vous demander votre avis.

Fernandez s'empare des quelques feuilles que Dovie lui tend et les parcourt en silence pendant plusieurs minutes, avant de déclarer :

– Ah, je vois qu'il s'intéresse surtout à l'amas de Persée. Mais est-ce que tu ne pourrais pas viser encore plus large ?

Le professeur s'approche de la console et tapote dessus pour faire apparaître une nuée de points lumineux à l'écran. Aussitôt, Dovie fronce les sourcils.

– En quoi pensez-vous que le superamas d'Hercule pourrait nous aider ? demande-t-elle en pointant le graphe du doigt.

Ça ne devrait pas m'étonner qu'une étudiante en astronomie puisse reconnaître d'un coup d'œil un corps céleste, mais quand même, je ne peux m'empêcher d'être impressionné. Parce que, tout ce que je vois, moi, ce sont des petites paillettes lumineuses.

– Je te laisse deviner la réponse, souffle Fernandez.

Dovie acquiesce, puis plonge dans le silence. Ses yeux si particuliers se fixent sur un point invisible, et pendant un instant, elle semble… ailleurs.

Au moment où je commence à m'inquiéter, elle revient enfin à elle.

– L'échelle, voilà la clé… souffle-t-elle.

Le professeur hoche la tête avant de confirmer :

– L'université de Tokyo a limité ses recherches à un amas de galaxies. En passant au niveau supérieur, celui du regroupement de plusieurs d'entre eux, il est possible que des tendances bien plus claires se dégagent. Regardons cela en détail ensemble, si tu le veux bien.

Pendant l'heure qui suit, Fernandez et Dovie se plongent dans un tourbillon de calculs, d'hypothèses et de projections. Même si j'ai du mal à les suivre, je suis emporté par leur énergie à tous les deux. Et lorsque nous finissons par quitter l'observatoire, les yeux de Dovie brillent plus que toutes les étoiles qui percent la nuit.

– Alors, qu'est-ce que tu as pensé du professeur Fernandez ? me demande-t-elle tandis que nous traversons le campus. Il est incroyable, n'est-ce pas ?

– Certainement, mais personnellement, c'est toi qui m'impressionnes, je réponds.

– Ah bon ? fait Dovie, étonnée.

– Je t'assure. Tu comprendras qu'après avoir été témoin de vos échanges, j'ai beaucoup de questions à te poser.

– Je t'écoute. J'adore parler d'astronomie, alors demande-moi tout ce que…

– Je ne suis pas assez calé sur le sujet pour t'interroger là-dessus, je la coupe en m'esclaffant. Non, c'est toi qui m'interpelles.

Dovie penche la tête sur le côté, sincèrement surprise.

– Qu'est-ce qui peut bien t'intéresser chez moi ?

– Eh bien, d'abord, j'ai besoin de comprendre comment une jeune femme de vingt et un ans se retrouve à valider son doctorat la même année que des étudiants qui en ont, eux, au minimum vingt-cinq.

– Oh, c'est juste que j'ai quelques facilités, alors j'ai sauté une ou deux classes dans mon parcours scolaire.

– Une ou deux seulement ?

– À peu près… De toute façon, ce serait un peu trop long à expliquer.

– J'ai tout mon temps.

– Très bien… J'ai sauté deux classes en primaire, puis j'ai terminé mon lycée en trois ans au lieu de quatre, ce qui fait que je suis entrée à l'université à l'âge de quinze ans.

Quinze ans ? Mais qu'est-ce que je faisais de ma vie à ce moment-là, moi ?

– Ça a dû être perturbant, non ?

– Pas tant que ça. Jusqu'à ce que j'arrive ici, je me suis toujours sentie en décalage par rapport à mes camarades. Mais quand j'ai fait ma rentrée au MIT, j'ai aussitôt su que j'y étais à ma place. Sur ce campus, il y a des personnes de tous âges et de tous horizons, mais nous avons en commun notre passion pour les sciences. Peu importe que tu sois plus jeune que la moyenne, ici on ne te juge que sur tes capacités et sur ton travail, rien d'autre.

Comme je reste silencieux, Dovie lève les yeux dans ma direction et plaide :

– S'il te plaît, ne me dis pas que je suis surdouée. Quelqu'un qui est trop doué, ça n'existe pas. Je suis ce qu'on appelle un haut potentiel intellectuel.

– Comment tu l'as découvert ?

– Ce sont mes pères qui ont compris que j'avais quelque chose de différent lorsque, à l'âge de trois ans, au moment du coucher, j'ai attrapé mon livre préféré pour commencer à le leur lire.

– Incroyable…

Jusqu'à maintenant, je ne m'étais pas arrêté sur les détails du parcours de Dovie, trop concentré sur ma mission, mais il me semble maintenant évident que ma cliente n'est pas comme les autres. Elle sort du lot, elle est… fascinante.

– Ensuite, Trevor et Arnold ont décidé de consulter des spécialistes, pour me « tester », même si je déteste ce terme, poursuit-elle. Ils avaient besoin de savoir jusqu'où s'étendaient mes capacités, pour m'accompagner au mieux. Après cela, ils ont fait le choix de me laisser dans le système d'enseignement classique tout en me donnant accès à des cours de niveau supérieur. C'est dans ce cadre que j'ai rencontré le professeur Fernandez, lorsque j'étais au collège. À l'époque, en plus de ses fonctions au MIT, il enseignait l'astrophysique à des enfants, des ados qui me ressemblent. Il est comme moi.

– Tu veux dire que c'est un génie ?

Dovie s'esclaffe en secouant la tête, puis elle reprend :

– Notre connexion a été immédiate. C'était la première fois que je rencontrais quelqu'un qui me comprenais vraiment, qui savait ce qui peut se passer dans ma tête quand mon cerveau est en surchauffe. Durant tout mon cursus scolaire, il m'a emmenée deux fois par semaine ici, au MIT, pour que j'assiste à différents cours. Je suis tombée amoureuse de cette université, de ses valeurs et de ce qu'elle est capable d'apporter à mon esprit sans cesse à la recherche de réponses, de choses à apprendre. C'est tout naturellement que j'y ai postulé à la fin du lycée, et j'ai eu la chance d'y être acceptée. Le professeur Fernandez a continué à me prendre sous son aile, j'ai intégré son groupe de recherche, et depuis plus de deux ans, je prépare ma thèse sous sa direction. Il est un véritable modèle pour moi, un mentor.

– Quel chemin, mademoiselle Bennett. Vous m'impressionnez encore plus que je l'étais déjà.

Dovie s'esclaffe à nouveau, et ses joues se colorent de rouge.

– Alors, ça veut dire que tu as un QI supérieur à la moyenne ? je lui lance.

– Affirmatif.

– Il est de combien, si je peux me permettre ?

– Le QI n'est pas ce qui définit ton intelligence, c'est juste un chiffre.

– Quand même… Tu connais le QI d'Einstein ?

– Personne ne connaît le QI d'Einstein, pour la simple et bonne raison qu'il n'a jamais été officiellement « testé ». Le chiffre qui circule un peu partout n'est qu'une estimation.

– Et alors, quel est ce chiffre non officiel ?

– 160.

– Par rapport à lui, tu te trouves où ?

– À peu près dans ces eaux-là, dit Dovie en haussant les épaules.

Je plisse les yeux tandis que nous atteignons ma voiture, garée sur le parking du campus. Ma cliente s'installe côté passager et je m'insère dans la circulation.

À cette heure-là, Boston grouille de monde. Sa frénésie typique des grandes villes me rappelle à quel point j'aime vivre à Cape Cod, à quel point j'aime la douceur et la tranquillité de ma presqu'île.

– Centquatrevingtdouze.

Je me tourne vers Dovie, sourcils froncés.

– Pardon ?

– Mon QI, m'éclaire-t-elle. Il est de 192.

Ma bouche s'entrouvre d'elle-même. J'ai du mal à intégrer l'information tant elle paraît folle.

– Je n'aime pas le dire en général, parce qu'après les gens me regardent… comme toi en ce moment, ajoute Dovie.

Réalisant que je la dévisage comme un abruti, je me reprends et me concentre à nouveau sur la route.

– Je viens de comprendre, dis-je alors. Tout à l'heure, Felix t'a lancé une opération à résoudre. Tu es un petit génie du calcul mental ?

– Ça va peut-être te sembler bizarre, mais j'arrive à voir les chiffres. Dès que je suis face à une opération, ils se dessinent devant mes yeux et la solution m'apparaît presque instantanément.

– Tu as vraiment un don.

– Hm… j'ai longtemps pensé que c'était un fardeau. À cause de ça, je n'ai pas eu une vie normale. Me faire des amis a longtemps été pour moi un véritable parcours du combattant. Soit on me trouvait impressionnante, soit on me prenait pour une bête de foire, soit on tentait de m'utiliser pour que je fasse les devoirs de tout le monde. Et puis un jour, j'ai enfin eu mon ticket d'entrée pour l'université. Depuis, j'évolue au milieu de gens qui me considèrent comme leur égale… C'est aussi pour ça que j'ai eu du mal à accepter ton arrivée. Je me suis revue comme la jeune Dovie de onze ans qu'on met à l'écart… qui n'est pas normale.

La jeune femme porte son attention sur la circulation, mais j'ai le temps d'apercevoir la pointe de tristesse qui traverse ses prunelles. Son histoire me touche, bien plus que je m'y serais attendu.

Soudain, et alors que c'est généralement une chose que je m'interdis face à un client, je ressens l'envie de me confier à mon tour sur mon propre parcours de vie. Après tout, en me dévoilant un pan de son passé, Dovie m'a fait confiance…

Et puis je me souviens de la raison pour laquelle je suis ici. Je dois à tout prix garder une distance avec la personne sous ma protection, et les sentiments n'ont pas leur place au cours d'une mission.

Je choisis donc plutôt de détendre l'atmosphère.

– Je trouve qu'on forme une bonne équipe, toi et moi, je lance. Je suis sexy et tu es un génie.

– Lennon ! s'indigne Dovie. Tu m'avais promis qu'on ne parlerait plus de ça.

Son expression me fait éclater de rire ; après quelques secondes, elle s'esclaffe à son tour.

••••

Cruz(maispasTom)
Vous ne devinerez jamais qui j'ai croisé dans un resto de L.A. hier soir !

Cruz(maispasTom)
Laissez tomber, vous n'êtes pas assez imaginatifs pour deviner, je vais vous le dire.

Sawyer(maispasTomnonplus)
La ferme.

Billie(thebestkid)
Pas sympa, ça, Cruz.

Lennon(Johnqui?)
Quel connard, celui-là !

Jaxon(thenumber5)
Bon, tu vas cracher le morceau ?

Cruz(maispasTom)
Robert Downey Jr.

Billie(thebestkid)
Oh, Lenny, t'es là. Comment ça se passe chez les génies ?

Lennon(Johnqui?)
Je suis invité à une fête Harry Potter. Que quelqu'un m'envoie des renforts.

Jaxon(thenumber5)
Ne fais pas ton moldu, Lennon.

Lennon(Johnqui?)
Mon quoi ?

Cruz(maispasTom)
Hé, oh ? Vous êtes aveugles ? Vous avez vu ce que je viens d'écrire ?

Sawyer(maispasTomnonplus)
La ferme.

Billie(thebestkid)
Génial, Cruz. Tu lui as demandé un autographe ?

Cruz(maispasTom)
Pour quoi faire ? C'est pas le premier mec connu que je croise.

Lennon(Johnqui?)
Pourquoi tu nous en parles, alors ?

Cruz(maispasTom)
Parce que je pensais que ma famille serait intéressée par une telle information. J'aurais dû me douter que vous ne méritiez pas de l'apprendre.

Jaxon(thenumber5)
Cruz Westwood, le grand incompris de la famille...

Billie(thebestkid)
On est tous très contents pour toi, Cruz.

Lennon(Johnqui?)
C'est toi qui le dis, Billie. Personnellement, moi, je m'en tape.

Cruz(maispasTom)
...

Cruz(maispasTom)
...

Cruz(maispasTom)
...

Cruz(maispasTom)
...

Sawyer(maispasTomnonplus)
La ferme.

Je pose mon téléphone sur le canapé pour me reconcentrer sur l'écran de mon ordinateur. Comme hier, Dovie s'est isolée dans sa chambre dès notre retour de l'université, et je me retrouve à surveiller les alentours de la maison en attendant le livreur de courses.

Voldemort apparaît tout à coup sur l'une des caméras. Je le regarde traverser le grillage du voisin, courir sur la terrasse puis pénétrer dans la maison à travers la chatière que sa maîtresse a fait installer pour lui. Ensuite, sitôt à l'intérieur, le petit gars se précipite sur sa gamelle d'eau pour se désaltérer à grandes gorgées.

Profitant du calme, j'envoie la première liste de suspects que j'ai réussi à constituer à Dimitri, l'expert en renseignement de l'agence. Il est habitué à nous dégoter des informations sur chaque personne qui nous semble plus ou moins louche – un talent qui nous est très souvent d'une grande utilité en mission.

Soudain, un bruit sourd retentit à l'étage. Voldi et moi redressons la tête au même instant, en alerte. Sans attendre, je rouvre le logiciel de surveillance et je passe en revue les flux transmis par chaque caméra.

Rien.

Aucun mouvement.

À moins que…

J'agrandis la vidéo qui montre l'arrière de la maison, et en particulier la fenêtre de la chambre de Dovie. Mes yeux se plissent, et je ne peux m'empêcher de pester :

– Putain de merde !

15
Dovie

La fenêtre vient de se refermer dans un fracas de tous les diables.

Bravo, Dovie ! Y'a pas à dire, quand il s'agit de te fourrer dans des situations impossibles, tu es la reine.

Les yeux fermés, je tente de reprendre mon calme. Il ne faut surtout pas que la crise de panique qui est en train de monter en moi explose.

– Dovie !

Je sursaute et pousse un cri en me retenant *in extremis* à la bordure de ma fenêtre.

– Mais c'est pas vrai… qu'est-ce qui te prend ? j'entends grogner en contrebas.

– Lennon ?

– Évidemment, qui veux-tu que ce soit ?

Je déglutis, puis je reprends :

– Lennon, j'ai comme qui dirait un petit problème. Il faut que tu m'aides.

– Sans blague ! Est-ce que tu peux d'abord m'expliquer ce que tu fais debout sur le rebord de ta fenêtre ?

– Euh… non ?

Un court silence s'étire, puis mon garde du corps s'écrie, outré :

– Comment ça, « non » ?

– Disons que si je t'explique ce qui se passe, tu seras fou de rage, alors je ne préfère pas.

– Je suis déjà en colère, Dovie. Crois-moi, tu n'aggraveras pas la situation.

Tout en essayant de me concentrer sur la voix de Lennon, je prends de longues inspirations avant d'avouer :

– D'accord… Alors, j'avais prévu de retrouver Viola à notre bar habituel. Et comme je savais que tu insisterais pour m'accompagner si je t'en parlais, j'ai décidé d'y aller sans te prévenir…

– Et tu t'es dit que passer par la fenêtre était une bonne idée ?

– Eh bien, je n'allais quand même pas sortir par la porte d'entrée, tu m'aurais vue. Je voulais me faire discrète.

– Aucun doute, c'est réussi… réplique Lennon, sarcastique.

Une bourrasque de vent fait voler mes cheveux. Je m'accroche encore plus fort au montant de la fenêtre, tellement que le bout de mes doigts commence à être engourdi.

– Est-ce que tu veux bien ouvrir les yeux, au moins ? me demande mon bodyguard.

– Impossible, je souffle.

– Pourquoi ?

Je dois rassembler tout mon courage pour admettre :

– J'ai le vertige.

Lennon reste silencieux, si bien que je me demande s'il n'est pas parti en me laissant dans mon merdier.

– T'es là ? je coasse, inquiète.

– Excuse-moi, j'ai du mal à saisir comment tu as pu sérieusement planifier ton évasion par une fenêtre en sachant que tu as peur du vide, gronde Lennon en réponse. Il ne t'est pas venu à l'esprit qu'une situation comme celle dans laquelle tu te trouves pourrait arriver ?

– Non, parce que je n'avais pas prévu qu'une bourrasque refermerait ladite fenêtre derrière moi, m'enfermant dehors.

– Prévoir le temps qu'il va faire, ce n'est pas censé être ton métier ?

– J'observe les planètes, je ne suis pas miss météo, je proteste. Et pourquoi est-ce qu'on continue de parler ? Aide-moi à descendre, bon sang.

Malgré le bourdonnement qui enfle dans mes oreilles, je peux entendre le long soupir de Lennon.

– Bon, ne bouge pas, je vais t'ouvrir de l'intérieur, déclare-t-il.

– Surtout pas ! je m'écrie. Reste, s'il te plaît, ne me laisse pas toute seule.

– Mais comment veux-tu que je te porte secours si je ne peux pas rentrer dans la maison ?

– Je ne sais pas, mais si tu t'en vas, je vais certainement faire une crise de panique.

– Et merde, bordel !

– Je ne te le fais pas dire.

À nouveau, et pendant un instant qui me semble durer des heures, seul le silence me parvient.

– Lennon ? je couine.

– Je réfléchis, laisse-moi encore une seconde.

– Oh, mais je t'en prie, prends tout ton temps…

Bon sang, plus jamais je ne ferai le mur, c'est une certitude.

– OK, bon, il n'y a pas trente-six solutions, annonce enfin mon garde du corps. Mais avant de te dire ce qu'on va faire, j'ai besoin que tu ouvres les yeux et que tu me regardes.

– Hm hm…

– Dovie ! Tout ira bien. Dès que tu auras ouvert les yeux, je veux que tu te focalises immédiatement sur moi.

Je plisse les lèvres puis, après avoir pris une longue inspiration, j'ouvre les paupières. Et comme prévu, je rive mon regard sur Lennon, qui m'observe d'en bas.

– C'est bien, m'encourage-t-il, rassurant. Maintenant, il va falloir que tu te concentres. Quand je te le dirai, tu vas doucement lâcher le rebord de la fenêtre et tu sauteras.

Mes yeux s'écarquillent de stupeur.

– Pardon ? T'es malade ?

– Dovie, fais-moi confiance. Ne me quitte pas une seconde du regard et saute à mon signal, je te rattraperai.

Lennon se place pile sous moi et écarte les jambes, se campant sur ses appuis. Il tend ensuite les bras dans ma direction et attend.

– Est-ce que tu cherches à me tuer ? je lâche, transie de peur et de froid.

– C'est tout le contraire, en fait. Mon job, c'est de te maintenir en vie, je te rappelle. Alors fais-moi confiance, bon sang !

J'ai beau trouver l'idée folle, c'est finalement la seule que nous avons en stock. C'est pourquoi, lentement, je décrispe mes doigts.

– Voilà, c'est bien. Continue, Dovie.

– Tu jures de me rattraper, hein ?

– C'est promis.

– OK… OK, ça va aller… Je vais le faire…

– Souviens-toi, reste focalisée sur moi.

– Je vais y aller… Je vais sauter…

– Maintenant !

L'ordre de Lennon me fait l'effet d'une grande claque dans le dos. Mon corps prend les commandes : je fléchis les genoux et plonge droit vers mon bodyguard en fermant les yeux et en poussant un cri.

L'atterrissage me coupe le souffle, mais je sens des bras m'entourer immédiatement.

– Je te tiens, gronde Lennon, qui a reculé de plusieurs pas pour encaisser l'impact.

– Oh mon Dieu, je souffle en m'accrochant à son cou de toutes mes forces.

– Ça y est, c'est terminé.

– Je suis vivante, dis-je, mes membres commençant à trembler. Je suis vivante !

– Évidemment que tu l'es.

Au prix d'un grand effort, je réussis à desserrer mes bras de la nuque de Lennon et à croiser son regard.

– Merci, lui dis-je du bout des lèvres.

– Y'a pas de quoi, répond-il en parcourant mon visage des yeux. Tu n'as rien ?

Je secoue la tête, happée par ses prunelles émeraude.

D'aussi loin que je me souvienne, les héros ne m'ont jamais attirée, pour la simple et bonne raison que je n'ai jamais ressenti le besoin d'être sauvée par quiconque. Et puis, bam ! Lennon m'a été imposé, et je découvre jour après jour un homme prêt à tout pour me garder en vie, même lorsque *je* me mets dans des situations impossibles. Lennon a *choisi* de mettre sa personne au service des autres, de protéger des inconnus au péril de sa vie, et ce sans aucune envie d'être considéré comme un sauveur. Il fait tout ça par devoir, pour son travail… Seul un homme bien en est capable.

C'est à l'instant où je réalise cela, et tandis que mes yeux sont encore plongés dans les siens, que ça se produit : le drame, l'irréparable, le point de non-retour, le « j'aurais dû me douter que ça arriverait mais je n'avais pas prévu que ça me tomberait dessus aussi vite ».

L'étincelle.

Le feeling.

La connexion.

Le waouh.

Ce n'est plus seulement le physique incroyable de Lennon qui m'attire, mais ce qu'il dégage, ce qui fait qu'il est… lui.

– Dovie… me glisse-t-il soudain.

– Oui ? je murmure, le cœur battant.

– Tu recommences avec ton regard de psychopathe.

– Oh… désolée.

Les bras de Lennon quittent mon dos et il me repose à terre.

– Rentrons, maintenant, décide-t-il en m'entraînant avec lui.

16
Lennon

Je n'arrive pas à y croire. J'ai été engagé pour protéger cette fille d'une menace extérieure, et voilà qu'elle met elle-même sa vie en danger. Mon envie de lui passer un savon est forte, mais je dois me rappeler qu'elle est ma cliente et que je ne peux pas me permettre de lui dire tout ce que je veux… Quand même, elle vient de me coller une trouille bleue, et tout ça pour quoi ? Aller rejoindre sa meilleure amie en cachette !

Elle est tremblante dans mes bras tandis que nous contournons la maison pour retourner à l'intérieur. Au moment où nous grimpons l'escalier du porche, je remarque qu'un homme nous attend devant la porte. Instinctivement, je place Dovie derrière moi et je me mets en position d'attaque… avant de constater qu'aux pieds de l'inconnu gisent de nombreux sacs floqués au nom d'une épicerie.

Le livreur de courses…

J'inspire profondément pour retrouver calme et sérénité. Mon cœur bat encore trop vite.

Bordel… Quelle soirée merdique !

– Laissez tout ça ici, dis-je au jeune homme. On va s'en occuper.

Il acquiesce, me fait signer un reçu puis quitte la propriété.

– C'est toi qui as commandé tout ça ? me demande Dovie.

– Oui, je réponds. Ton frigo était vide, j'ai décidé de le remplir.

Sur ce, j'attrape un maximum de sacs et rentre dans la maison. L'inquiétude et l'adrénaline ont laissé place en moi à une colère qui enfle de plus en plus. Au lieu de mettre les points sur les « i » avec ma cliente, je préfère ne lui accorder que peu d'attention et commencer à ranger les courses. C'est plus sage si je veux éviter d'exploser…

Dans mon métier, les nerfs sont facilement mis à rude épreuve, alors il faut savoir se canaliser et faire redescendre la pression. Généralement, un affrontement au dojo contre l'un de mes frères ou une bonne séance de cardio fait l'affaire, mais ici, je n'ai pas ce qu'il faut… alors c'est la corvée des courses qui me sert d'exutoire.

Même si elle reste silencieuse, je sens la présence de Dovie derrière moi tandis que je referme le frigo, désormais plein, et que je passe aux placards.

– Tu es très en colère ? me demande-t-elle finalement.

Je prends le temps de ranger les dernières denrées avant de lui faire face.

– Si ça peut te rassurer, je me suis collé une telle trouille que je ne suis pas près de recommencer, ajoute-t-elle.

Face à son visage pâle et aux remords qu'elle affiche, mon irritation s'estompe un peu.

Elle est jolie, ce soir. Elle l'était déjà, bien sûr, mais elle a rehaussé ses yeux vairons d'un peu de maquillage et cela les rend encore plus hypnotiques que d'habitude. De plus, elle a noué ses longs cheveux roux à l'aide d'un ruban en satin blanc et porte une petite robe noire qui lui va à merveille.

– C'était idiot et dangereux, lui dis-je enfin.

– Je sais.

– Je ne suis pas là pour te garder captive, Dovie. Si tu m'avais fait part de ton envie de rejoindre ton amie, je l'aurais comprise.

– Vraiment ? Parce que j'ai le sentiment que tu aurais tout fait pour m'empêcher de quitter la maison ou que tu aurais demandé à t'incruster.

Je pose les mains sur le plan de travail en ricanant.

– Tu supposes bien, je confirme. Mais malheureusement, nous n'avons pas d'autre choix. Je croyais que la lettre que la doyenne nous a montrée hier t'aurait servi de rappel quant à la dangerosité de ta situation ; apparemment, je me suis trompé. Tu continues de prendre les menaces que tu reçois à la légère.

– C'est faux ! réplique Dovie en posant son sac sur un tabouret de la cuisine. Mais je te l'ai déjà dit, je refuse de laisser le corbeau gagner et de m'empêcher de vivre.

– Dans ce cas, je n'ai rien à faire ici.

Les yeux de ma cliente s'écarquillent.

– Ça ne peut pas fonctionner si nous ne sommes pas sur la même longueur d'onde, je reprends. Je cherche à te protéger et tu cherches à me fuir. On n'y arrivera pas comme ça, Dovie.

Elle baisse la tête. Une mèche de cheveux lui tombe devant le visage ; elle la remet gracieusement derrière son oreille.

– Je ne cherche pas à te fuir, mais à le fuir, lui, m'avoue-t-elle. Je ne veux pas qu'il puisse avoir un quelconque impact sur ma vie… et ta présence ici ne me fait penser à rien d'autre qu'à ça. Je sais que c'est stupide, mais je me dis que si j'arrive à faire un maximum de choses comme avant, alors c'est comme si la menace n'existait pas vraiment.

J'inspire longuement, contourne le plan de travail et me plante devant elle.

– Ce n'est pas stupide, je lui assure. Mais il faut que tu comprennes que si tu ne fais pas attention à toi, tu offres les clés de la victoire à la personne qui t'en veut. Elle a besoin que tu sois à découvert le plus possible pour t'atteindre. Sauf que je ne la laisserai pas faire, Dovie... Même toi, tu ne pourras pas m'empêcher d'accomplir ma mission.

Ma cliente sourit tranquillement avant de retirer ses chaussures ainsi que sa veste.

– Très bien, j'ai compris, déclare-t-elle. Je ne serai plus un frein pour toi, je te le promets.

– Je te remercie. Et s'il te plaît, à l'avenir, évite autant que possible de te retrouver suspendue quelque part. Ça me complique sensiblement la tâche de te garder en vie.

Son sourire se transforme en un petit rire... qui, étrangement, me ravit.

– Bon, je ne sais pas toi, mais toute cette aventure m'a ouvert l'appétit, je lance sur un ton léger pour tenter de détendre l'atmosphère. Je cuisine, ça te va ?

– Très franchement, j'ai l'estomac beaucoup trop retourné pour avaler quoi que ce soit, me répond Dovie. Je vais plutôt monter dans ma chambre et me coucher.

Je hausse un sourcil, suspicieux.

– Oh, crois-moi, j'ai compris la leçon, ajoute-t-elle. Le bord de ma fenêtre ne me verra plus jamais d'aussi près.

– Bon... Dans ce cas, bonne nuit.

– À toi aussi.

Dovie passe près de moi. Juste avant d'emprunter l'escalier, elle pose sa main sur mon bras et souffle :

– Merci, Lennon.

– Je ne fais que mon travail… Mais je t'avoue que je n'ai pas affaire à ce genre de situation tous les jours.

Dovie grimpe quelques marches puis s'arrête à mi-chemin de l'étage et lance :

– Au fait, les courses, ça fait partie de tes fonctions ?

– Pas vraiment, mais je ne pouvais pas nous laisser mourir de faim.

Une petite lueur s'allume dans l'œil bleu de ma cliente. Elle se penche par-dessus la rambarde et me demande :

– Est-ce que je pourrais jeter un œil au contrat que tu as passé avec mes pères ?

– Euh… pourquoi ?

Son haussement de sourcils me fait comprendre que je n'ai pas posé la bonne question.

– Parce que j'ai le droit de savoir quel accord me concernant une bande d'hommes a passé dans mon dos… à moins que tu n'aies envie de réentendre mon discours sur vos manières qui sont liberticides et totalement…

– Ça va, j'ai compris !

J'attrape mon téléphone portable, retrouve le contrat dans mes mails, puis tends l'appareil à Dovie. Elle fait défiler les pages, concentrée… jusqu'à ce que ses sourcils se froncent. Sans dire un mot, elle me rend mon smartphone puis disparaît à l'étage.

Bon…

Laissé seul, je prends la direction des fourneaux et entreprends de me cuisiner un repas. C'est alors que j'entends un grognement qui ne m'est pas inconnu. À mes pieds, Voldi piétine et tourne, et je comprends que c'est sa façon à lui de réclamer de la nourriture. C'est d'ailleurs la première fois qu'il m'approche sans montrer les dents.

– Ta maîtresse a raison, tu es un estomac sur pattes, lui dis-je.

Il aboie, puis il s'assied à côté de moi et me tient compagnie tout le temps que dure la préparation du dîner.

17
Dovie

– 150 000 dollars pour une mission de trois mois ? Vous êtes tombés sur la tête ?

– Ma colombe...

– Est-ce que tu te rends compte à quel point c'est excessif, papa ?

– Rien ne l'est quand ça concerne ton bien-être, réplique Arnold.

Agrippée à mon téléphone portable, j'arpente ma chambre en long, en large et en travers. Si les clauses du contrat que mes pères ont passé avec l'agence Westwood m'ont semblées plutôt raisonnables dans l'ensemble, je n'arrive toujours pas à digérer la somme d'argent que mes parents ont dépensée pour acheter la protection de Lennon.

– Ton père et moi gagnons bien notre vie, poursuit Arnold. Nous sommes prêts à payer le prix qu'il faudra pour garantir ta sécurité.

– Tout ça va vraiment beaucoup trop loin ! je m'écrie.

– ... mettre le haut-parleur... lui expliquer, moi. Dovie ? s'exclame Trevor, qui vient de prendre le combiné.

On ne va quand même pas se disputer à ce sujet une fois de plus ?

– Et pourquoi pas ?

– Bon, écoute, ce qui est fait est fait. Il va falloir que tu acceptes l'idée que nous ne ferons aucun compromis pour te prémunir du danger. Entre ton père qui se flagelle tous les jours et toi qui nous en veux, je commence à perdre patience. Vous me rendez dingue, les Bennett !

– Tu ne t'es jamais dit que c'est peut-être toi qui nous rends complètement fous ?

Ma réplique a le don de provoquer un silence au bout du fil… puis un rire. Et juste comme ça, ma colère s'envole. Mes pères et moi nous esclaffons ensemble, libérant les tensions accumulées au cours de ces derniers jours.

– Pouvons-nous passer à autre chose, maintenant ? reprend Arnold.

– Si vous voulez…

– Et si tu rentrais à la maison ? propose Trevor. Nous n'habitons pas si loin de Boston, tu n'aurais plus besoin de rester cloîtrée dans la bicoque de banlieue que l'université t'a dégotée.

Je soupire et rappelle :

– Norwood se trouve à une heure en voiture du MIT dans des conditions de circulation favorables… alors en pleine heure de pointe, tu sais que cela me ferait perdre un temps fou chaque jour de faire l'aller-retour. En plus, je refuse de vous mettre en danger. Je ne veux pas donner au corbeau l'idée de s'en prendre à vous aussi.

– Tout ce qui compte c'est ta sécurité, ma chérie, affirme Trevor. Nous nous moquons bien de ce qui pourrait nous arriver.

– Eh bien, pas moi ! j'assène pour clore le débat.

– En parlant de sécurité, comment ça se passe avec Westwood ? Il est compétent ?

Penser à mon garde du corps me fait rougir… et bafouiller.

– Oui, oui… très beau… bien ! Il est… très bien.

Du côté de mes parents, il y a un temps de flottement, puis…

– Veux-tu bien sortir les poubelles, mon chéri ? demande Arnold.

– Pourquoi ? proteste Trevor.

– Parce que je te le demande.

Le ton mielleux de mon père a raison de Trevor, qui s'éloigne en grommelant.

– Dovie ? reprend Arnold.

– Hm… je marmonne.

– Est-ce qu'il y a quelque chose dont tu aimerais me parler ?

– Hm hm…

– Dovie ?

– Quoi ? Ah, oui : j'ai fait un point sur ma thèse avec le professeur Fernandez aujourd'hui. Il vous salue et…

– Dovie Angela Bennett !

Je gémis et me laisse tomber sur mon lit.

– Lennon te plaît, c'est ça ? devine Arnold.

– Je t'en prie, ne dis rien à Trevor.

– Je n'ai aucunement l'intention de déclencher une guerre ouverte. Tu sais bien que ton père refuse catégoriquement de t'imaginer avec un garçon.

– C'est bien pour ça que *tu* es au courant de toutes mes histoires et pas lui. Je n'ai pas envie de lui briser le cœur.

Nous ricanons tous les deux, puis Arnold déclare :

– Si Trevor venait à découvrir que tu en pinces pour ton garde du corps, il le renverrait sur-le-champ, tu en as conscience ?

– Lennon est quelqu'un de bien ! je proteste.

– Je n'en doute pas. Seulement, il a été engagé pour te protéger, pas pour te draguer. D'ailleurs… est-ce qu'il a tenté quelque chose ?

– Là-dessus, tu peux être rassuré, c'est même tout le contraire.

– Bon… Écoute, ma colombe, je sais que sa profession et son physique impressionnant peuvent être très attirants, mais n'oublie pas que son métier est dangereux et, surtout, incompatible avec une petite amie ou quoi que ce soit qui s'en rapproche.

– Je sais, papa…

Je garde pour moi le « mais » que je m'apprêtais à laisser échapper…

Après s'être assuré que son message est bien passé, mon père raccroche et je libère le soupir coincé dans ma gorge. C'est peut-être fou, mais je suis incapable de refréner l'attraction que je ressens pour Lennon. Il ne m'accorde qu'une attention tout à fait professionnelle ; pourtant, je me sens tomber sous son charme, chaque jour un peu plus.

Si je n'arrive pas à enrayer la machine, j'ai bien peur qu'elle ne s'emballe et ne provoque de gros dégâts à mon cœur…

Lasse, je décide de faire ce qui me calme toujours lorsque mon esprit est en surchauffe : observer les étoiles. J'attrape un crochet sous mon lit puis je grimpe sur le matelas et lève la tête en direction de mon plafond. Je repère la fente habilement dissimulée par le système solaire que j'ai dessiné là-haut, glisse la pointe de métal à l'intérieur et, le plus discrètement possible, j'ouvre la trappe qui mène à l'étage supérieur.

Alors que je grimpe à l'échelle que j'ai fait descendre, je souris. Le grenier est certainement l'endroit que je préfère dans la maison. Des couvertures en recouvrent le sol tout entier, des guirlandes lumineuses sont disposées sur les murs, une petite bibliothèque est installée dans le fond et, surtout, un télescope trône face à un hublot, tourné en direction des étoiles.

Aménager cet endroit est la première chose que j'ai faite en arrivant dans cette maison. J'avais besoin de me sentir rassurée, et ce cocon m'y a bien aidée... Depuis, je m'y réfugie tous les soirs.

Après avoir retiré mes chaussures, je me dirige vers le télescope. Je le règle et fouille l'immensité du ciel, jusqu'à ce que je trouve l'amie que je cherchais.

– Salut, Vénus.

••••

Je me réveille en sursaut. Allongée sur les plaids qui garnissent le grenier, je me redresse avec peine. Comme souvent lorsque j'observe les étoiles, je me suis assoupie.

Deux coups sont alors frappés contre la porte de ma chambre, à l'étage inférieur, et je réalise que c'est sans doute ce bruit qui m'a tirée du sommeil.

– Dovie ?

– Oui ?

Et merde !

L'esprit encore embrumé, j'ai complètement oublié que Lennon n'est pas au courant pour ma cachette secrète. En soi, elle n'a rien d'exceptionnel, mais je suis contente d'avoir encore quelque chose qui m'appartient, à moi et à moi seule, quelque chose que je peux jalousement garder, une bribe d'intimité que je conserve malgré la surveillance constante qui m'a été imposée.

Lorsque j'entends la porte de ma chambre se refermer, je me redresse d'un bond. Comme je le craignais, mon « oui » a donné l'impression à Lennon que je l'invitais à entrer.

– Dovie ? répète-t-il.

J'aperçois sa tête levée en direction du plafond. Son air stupéfait est impayable et me donnerait presque envie de rire.

– Salut… dis-je.

– Qu'est-ce que…

Sans attendre, mon garde du corps grimpe à l'échelle et me rejoint au grenier. Dans la petite pièce, il paraît encore plus massif, plus intimidant… et encore plus sexy. C'est alors que je réalise une chose qui me laisse sans voix.

Il est torse nu !

Ma gorge se serre immédiatement et mon estomac se tord. Ma bouche s'entrouvre et s'assèche.

– Tu as aménagé un grenier ? s'étonne Lennon. Je n'en reviens pas… C'est donc ici que tu te caches tous les soirs ?

– Oui… Tu m'en veux ?

Il hausse les sourcils et lâche :

– Pourquoi est-ce que je t'en voudrais ?

Puis il s'approche tranquillement de moi. La façon dont il se déplace, tel un prédateur face à sa proie, m'empêche d'effectuer le moindre mouvement. Je ne parviens pas à détourner le regard de ses pectoraux impressionnants, de ses bras sur lesquels je fantasme depuis le début… Sa peau dorée, son sourire enjôleur…

Qu'est-ce qui est en train de se passer ?

– Qu'est-ce que…

Ma voix rauque trahit l'effet que Lennon me fait. Je m'éclaircis la gorge avant de répéter :

– Qu'est-ce que je peux faire pour t'aider ?

– J'étais dans le salon, en train de me préparer à aller me coucher sur ton canapé trois fois trop petit pour moi… quand j'ai repensé à ce que tu m'as avoué tout à l'heure. Que tu me trouves sexy…

– C'est-à-dire…

– Je sais que la franchise, c'est ton fort, et je crois qu'on est maintenant assez à l'aise l'un avec l'autre pour ne pas avoir peur de se parler avec honnêteté.

J'écoute ce que me dit Lennon sans l'entendre. Mon attention est entièrement happée par sa bouche, ses abdominaux, sa carrure, ses yeux verts et ce bun au-dessus de sa tête… Il est si beau à cet instant que c'en est presque criminel.

– Je vais te poser une question, et j'aimerais que tu y répondes avec sincérité, déclare-t-il. Est-ce que tu es attirée par moi, Dovie ?

Je reste coite un instant, avant de trouver la force de répondre – ou plutôt de bredouiller :

– Oh, eh bien… c'est-à-dire que… il fait chaud ici, tu ne trouves pas ?

– Dovie…

À la façon dont il prononce mon prénom, je me liquéfie encore un peu plus.

– Oui, je coasse. Enfin, je pense que c'est évident, non ? Tu crois que je te regarde comme une psychopathe depuis le départ, mais en fait, je…

– Tu ?

– Je rêve de te toucher, j'avoue, les joues brûlantes.

Lennon inspire longuement, et son sourire disparaît. Mais alors que je pense qu'il va quitter le grenier, choqué par mon aveu, il s'approche en fait de moi et attrape ma main.

– J'espérais t'entendre dire ça, parce que vois-tu, Dovie Bennett, moi aussi je rêve de te toucher depuis le début, souffle-t-il.

– Vraiment ?

D'un geste, Lennon m'incite à m'agenouiller, comme lui, sur les couvertures. Les battements de mon cœur accélèrent de plus en plus.

– Il y a quelque chose qui se passe entre nous, Dovie, murmure-t-il. Tu le sens toi aussi, n'est-ce pas ?

– Hm hm…

– Et même si c'est contre toutes mes règles, je n'ai pas envie de résister plus longtemps.

– Tu as raison, résister c'est nul, il ne… Oh mon Dieu…

Lennon pose sa grande main sur ma nuque et rapproche brusquement mon visage du sien. Le contact froid de sa chevalière sur ma peau provoque des frissons dans tout mon corps. Sans me lâcher du regard, mon garde du corps passe délicatement son pouce sur ma lèvre, puis, lentement, il fait glisser son nez le long de ma joue, jusque dans mon cou. J'expire tout mon oxygène d'un coup et je m'agrippe à ses larges épaules. Mes doigts s'enfoncent doucement dans sa peau lorsque je sens sa bouche contre mon épiderme.

– Lennon…

Mes mains glissent sur son dos musclé, son souffle caresse mon cou tandis que ses doigts se dirigent au creux de mes reins.

– Je crois qu'il est temps de passer aux choses sérieuses, murmure-t-il avant de reculer.

Au moment où il pose ses mains sur le bouton de son jean, je cesse de respirer.

Enfin…

Il dégrafe le bouton, baisse sa braguette dans un bruit terriblement excitant et…

J'ouvre les yeux. Autour de moi, tout est sombre et calme. Lennon ne se trouve pas dans le grenier, j'y suis seule. Pantelante, je me redresse. Le télescope pointe encore en direction du ciel et les couvertures sont en désordre.

La seule chose qui me rappelle le rêve que je viens de faire, c'est mon cœur qui bat la chamade.

Bon sang, c'était plus vrai que nature.

J'ai l'impression d'avoir véritablement exploré le corps de Lennon, que la douceur de sa peau est encore au bout de mes doigts.

– Et merde ! je râle en me passant une main sur le visage.

Prudemment, je quitte le grenier, puis je referme la trappe qui y mène. En jetant un œil à mon réveil, je réalise que le matin est presque là. Inutile de me recoucher… De toute façon, vu l'état dans lequel je suis, il m'aurait été impossible de me rendormir.

Je passe un pull chaud par-dessus mon t-shirt, puis je quitte ma chambre et descends au rez-de-chaussée sur la pointe des pieds pour ne pas prendre le risque de réveiller Lennon. Après le rêve que je viens de faire, je ne suis pas encore prête à croiser son regard.

Sauf que, prête ou pas, je ne vais pas avoir le choix. Arrivée au bas des escaliers, je découvre mon garde du corps en pleine séance de sport. Le canapé est désormais dans la salle à manger, et Lennon est en train d'enchaîner les pompes à un rythme déconcertant dans l'espace ainsi dégagé. À ses côtés, Voldi roupille, étendu sur le tapis du salon.

Ahurie et, je ne peux pas le nier, éblouie, j'observe mon bodyguard le plus discrètement possible. Les muscles de ses bras se contractent, sa peau est recouverte par une fine pellicule de sueur, et cela le rend encore plus attirant.

Je pourrais rester des heures à le détailler ainsi ; c'est d'ailleurs ce que je planifie de faire, puisque je m'assieds sur l'une des marches. C'est alors que l'escalier ancien décide d'émettre un craquement sinistre, qui attire immédiatement l'attention de Lennon. Je m'empresse de me relever et de terminer ma descente.

– Dovie ? Tu es déjà réveillée ?

Mon garde du corps attrape une serviette et s'éponge le visage, le cou, les bras…

Ses bras…

Ça suffit, Dovie, bon sang!

– Je n'ai pas très bien dormi cette nuit, dis-je en me rendant dans la cuisine.

– Un souci ? s'enquiert Lennon.

– Non, juste beaucoup de travail.

J'ouvre le frigo pour tenter de dissimuler ma gêne, et j'attrape quelques œufs à l'intérieur, histoire de me préparer un petit déjeuner.

– Une omelette, ça te dit ? je lance.

– Avec plaisir.

– Et un café noir ? je propose, parce que c'est ce que Lennon prend généralement.

– Laisse, je vais m'en occuper.

Il entre dans la cuisine, et pendant quelques minutes, nous évoluons tous les deux dans ce petit espace.

– Tiens, quelle est la citation du jour ? demande-t-il en déchirant la première feuille sur le bloc aimanté au frigo. « L'amour est comme le vent, nous ne savons pas d'où il vient. » Le dalaï-lama. Profond…

Quel timing…

– Au fait, reprend-il, j'espère que ça ne te dérange pas que j'aie déplacé ton canapé. D'habitude, je remets tout en place avant que tu te lèves, mais ce matin, tu m'as surpris.

– Pas de problème, fais comme chez toi.

– Ça va ?

– Oui, pourquoi ? Du sel pour ton omelette ? Oui, bien sûr, quelle question…

– Dovie…

Lennon attrape mon bras et me fait pivoter.

– Qu'est-ce qui se passe ? demande-t-il, inquiet.

– Je te l'ai dit, j'ai passé une mauvaise nuit alors je suis un peu fatiguée.

– Tu es sûre que c'est ça le problème ?

– Évidemment, que veux-tu qu'il y ait d'autre ?

Je tente de garder un visage aussi neutre que possible, priant pour que Lennon lâche l'affaire.

– Si tu le dis… finit-il par soupirer.

– Est-ce que tu pourrais mettre un t-shirt, s'il te plaît ?

Lennon regarde son torse, puis il croise à nouveau mon regard.

– Bien sûr. C'est vrai que ce n'est pas une tenue professionnelle, excuse-moi. Je crois que je commence à me sentir un peu trop à l'aise ici.

– Pas de problème.

Il passe dans le salon, y récupère son vêtement, puis il me dit :

– Finalement, je vais aller prendre une douche. Tu n'auras qu'à me laisser l'omelette sur le comptoir.

– Dacodac.

Lennon fronce les sourcils et disparaît à l'étage. Aussitôt, mes épaules s'affaissent.

« Dacodac » ? Vraiment, Dovie ?

Mon rêve m'a complètement bouleversée… Entre ça et mon atterrissage dans les bras musclés de mon bodyguard hier, je comprends qu'il ne sert à rien de me voiler la face : ce que je ressens pour Lennon est réel… et j'ai bien peur que des sentiments ne décident de s'installer en moi pour de bon.

18
Dovie

– Allez, mon grand. Va chercher…

Par la fenêtre de ma chambre, je regarde Lennon. Sur la terrasse, il tente de « dresser » Voldemort. Il attrape une balle et la jette de toutes ses forces à travers le terrain. Voldi, pas plus intéressé que ça, la regarde voler sans bouger.

– Bon, mon pote, on ne va pas y arriver comme ça. Bouge pas, je reviens.

Lennon disparaît dans la maison. Lorsqu'il en ressort quelques instants plus tard, il tient le gros sac de croquettes de Voldi dans ses mains. Amusée, je pose mon menton dans ma paume et me délecte du spectacle qui s'annonce hilarant.

Mon garde du corps remplit un petit bol et le plante sous le nez de mon chien, qui a pour réflexe de vouloir en gober tout le contenu.

– Ah, sûrement pas ! intervient Lennon. Si tu veux une récompense, tu vas devoir la mériter, mon grand ! Alors…

Il attrape la balle et la lance à nouveau, plein d'espoir. Mais Voldemort la regarde, langue et ventre pendants, sans esquisser le moindre mouvement.

– Bon, c'est pas grave, on va essayer autre chose.

Lennon sort son téléphone de sa poche et fait résonner le bruit d'une sonnette.

– Ça, Voldi, c'est danger, d'accord ? DAN-GER. Dès que quelqu'un sonne à la porte, tu dois aboyer pour intimider l'intrus, tu comprends ?

Voldi jappe et remue ses petites fesses de contentement. Lennon hausse les sourcils et se met à sourire.

– Tu comprends ça, mon pote ?

Voldi aboie en réponse et agite la queue de plus belle.

– Oui, c'est ça ! DANGER ! S.O.S. ! PAS BIEN ! MORDRE SANS ATTENDRE !

Soudain, un autre aboiement retentit. Lennon tourne la tête en direction de la clôture du voisin, derrière laquelle apparaît une petite chienne toute noire avec un collier rose autour du cou. Je souris en voyant Voldi se précipiter vers elle. Truffe contre truffe, les deux bouledogues se reniflent furieusement.

– C'est Bella, dis-je alors.

Lennon relève la tête et place une main devant ses yeux pour se protéger du soleil alors qu'il me détaille.

– C'est la petite amie de Voldi depuis qu'on est arrivés ici, j'explique. C'est elle qu'il va retrouver le soir.

– Tout s'explique… Je comprends mieux pourquoi il se conduit de façon irréprochable, tout à coup. Il fait le beau devant Bella, c'est ça ?

Entre ronflements et petits grognements, Voldi ne sait plus où donner de la tête.

Ah, l'amour…

– Descends et joins-toi à nous, me propose alors Lennon.

L'idée est tentante, mais depuis que j'ai rêvé de nous deux, je n'arrive pas à me trouver en sa présence plus de quelques minutes sans risquer de trahir mon trouble.

– Non merci.

Je referme la fenêtre et me rassieds devant mon ordinateur, décidée à me remettre au travail.

Mon attirance pour Lennon commence à poser problème… parce que je sais qu'il ne ressentira jamais la même pour moi. Je ne suis qu'un contrat de plus à ses yeux, une parenthèse professionnelle dans sa carrière.

Alors je préfère garder mes distances jusqu'à ce que sa mission soit terminée, qu'il retourne chez lui… et disparaisse de ma vie.

19
Dovie

Rester à l'écart de quelqu'un n'est pas toujours facile, surtout quand ce quelqu'un est censé vous coller aux basques vingt-quatre heures sur vingt-quatre. J'ai tenté par tous les moyens d'ériger un mur entre Lennon et moi pour éviter de tomber amoureuse de mon garde du corps, ce qui serait l'une des choses les plus stupides que je pourrais faire de ma vie. Sauf que l'intéressé ne me facilite pas la tâche… À sa décharge, il n'est au courant de rien, et si je vois bien qu'il a remarqué un changement chez moi, cela n'a pas l'air de le déranger.

Je me regarde dans le miroir et je rajuste ma jupe ainsi que l'écusson Gryffondor épinglé à mon pull gris. Ce soir a lieu la fête tant attendue organisée par Bobby, et je dois dire que j'ai plus que hâte d'y être, surtout au regard de ce qui s'est passé ces derniers jours. J'ai besoin de me vider la tête, de me sortir un grand brun au regard émeraude de l'esprit.

Après avoir ajusté le foulard bordeaux et doré dans mes cheveux et resserré ma cravate, je me détaille dans la glace.

Comme je n'ai aucune envie de porter une perruque pour parfaire mon déguisement, je décide de me confectionner un petit badge au nom d'Hermione Granger, pour qu'on ne puisse surtout pas me confondre avec Ginny Weasley, rousse comme moi. Enfin, tout sourire, j'apporte une dernière retouche à mon maquillage et enfile des bottines par-dessus mes collants.

C'est alors que j'entends des voix résonner au rez-de-chaussée. Intriguée, je quitte ma chambre pour voir de quoi il retourne, et je découvre Lennon en compagnie de ses deux acolytes du premier jour : Eleanor et Jaxon.

Merci ma bonne mémoire.

Ils me repèrent tous les trois en même temps et me détaillent de la tête aux pieds tandis que je descends les dernières marches qui me séparent d'eux.

– Bonsoir… Est-ce qu'il y a un problème ? je demande.

– Jax et Eleanor sont simplement venus faire leur vérification hebdomadaire du matériel et s'assurer que je n'ai pas besoin de renforts, m'indique mon garde du corps.

– D'ailleurs, vous allez à une fête ce soir, il me semble, réagit Jaxon. Tu n'as pas besoin de renforts pour ça ?

– J'hésite vraiment à te virer de notre conversation WhatsApp, grogne Lennon.

Loin d'être intimidé, Jaxon s'esclaffe avant de se tourner vers moi. Je remarque alors que sa cicatrice sur le menton se transforme en fossette lorsqu'il sourit… ce qui lui donne un charme fou.

– Salut Dovie. Je crois qu'on n'a pas encore eu l'occasion de se parler.

Jax s'approche et m'attire contre lui dans une brève accolade.

– Salut… je bredouille. Ravie de te revoir.

– De même, me répond-il en souriant. Alors comme ça, vous allez faire la fête, miss Granger ?

– Est-ce que je peux te dire à quel point je suis contente de voir que tu connais *Harry Potter* ? Non, parce que j'en ai assez que Lennon rate toutes les références que je tente de faire.

– Eh bien ça, c'est parce qu'il est un moldu, contrairement à moi.

Conquise, je me rapproche de Jaxon et lui glisse :

– C'est toi qui aurais dû être mon garde du corps. Tu penses qu'on peut encore faire l'échange ? Lennon, c'est possible ?

Alors que je m'attends à ce que ce dernier saisisse l'humour de mon propos, je le découvre en réalité totalement fermé lorsque je pivote vers lui. Il nous dévisage, Jaxon et moi, sans dire un mot. À côté de lui, Eleanor sourit de façon étrange et, après y avoir regardé à deux fois, je me fais la réflexion qu'elle est presque collée à mon bodyguard.

– Est-ce que tu es prêt ? je lance à ce dernier pour changer de sujet.

– Affirmatif.

Je l'observe attentivement, puis je hausse les sourcils en lâchant :

– Tu vas y aller comme ça ?

– Il est hors de question que j'enfile un quelconque costume.

– Mais tout le monde sera déguisé !

– Et au bout d'une demi-heure, tout le monde sera trop bourré pour remarquer qui porte quoi, donc ça ne pose pas de problème…

Je laisse pointer mon agacement et secoue la tête.

– Vraiment, Jaxon, tu ne veux pas m'accompagner, plutôt ?

– Pourquoi pas, répond-il.

Un silence s'installe. C'est finalement Lennon qui le brise.

– Puisque vous êtes là, Eleanor et toi, autant en profiter, fait-il, las. C'est vrai que vous avoir en renfort ce soir ne serait pas de trop.

– Est-ce que tu veux que je te prête quelques accessoires pour que tu puisses te déguiser ? je propose à Jax.

– Mais avec plaisir, belle Dovie. Je te suis.

Charmée, je grimpe l'escalier en résistant à l'envie de jeter la moindre bribe d'attention à Lennon, malgré son regard que je sens rivé sur moi.

••••

Notre arrivée chez Bobby ne passe pas inaperçue. Tout d'abord parce que Jaxon et Lennon sont tous les deux impressionnants, même si mon garde du corps a cet air renfrogné qui lui confère une aura plus dangereuse que celle qui est dégagée par Jax. Ce dernier m'a laissé lui dessiner une fausse cicatrice sur le front, et la paire de lunettes rondes sur son nez lui va comme un gant.

Eleanor, elle, ne fait rien pour cacher qu'elle n'est pas ravie d'être là, mais elle suit le mouvement sans rien dire.

Malgré leur décontraction apparente, le trio de bodyguards est clairement en mission ce soir. Scruter tout et tout le monde sans en avoir l'air, analyser, prévoir, anticiper… Ils sont tous les trois sur le qui-vive.

Nous pénétrons dans la maison de Bobby, d'où une musique assourdissante s'échappe. À l'intérieur, comme je le prévoyais, une horde d'étudiants saute, danse et braille à tue-tête les paroles de la chanson que crachent les enceintes poussées à pleine puissance.

Ici, tout crie Poudlard. Des gobelets qui passent de main en main aux écussons suspendus au plafond en passant par les bannières accrochées au mur, la décoration entière est aux couleurs des quatre maisons de l'école de magie. Et que dire des déguisements… Chaque personnage de ma saga préférée est représenté. Voir cela me réjouit vraiment.

À cet instant, Felix, Viola et Zack me repèrent et s'approchent de moi. Comme prévu, ma meilleure amie et son copain incarnent Voldemort et Bellatrix ; quant à Felix, il a revêtu la cape noire et adopté l'air revêche du professeur Rogue.

– Vous êtes trop beaux, leur dis-je, poussant ma voix pour qu'ils m'entendent par-dessus la musique.

– Toi aussi, ma première de la classe, répond Vi en me serrant dans ses bras.

– Les gars, je vous présente Jaxon et Eleanor, des amis de Lennon, j'annonce.

Face à la jeune femme, Felix écarquille les yeux. En toute objectivité, Eleanor est magnifique… et comme mon ami est un idiot, il tentera de l'aborder après quelques shots. J'espère juste qu'il ne va pas se faire trop mal en se heurtant à la bodyguard. Je ne la connais pas, mais quelque chose me dit qu'elle n'est pas du genre à perdre son temps avec des étudiants.

– Allez, viens danser avec moi, me lance Viola en m'attirant avec elle.

– Dovie !

La voix de Lennon et sa main autour de la mienne m'empêchent de bouger. Ce contact fait palpiter mon cœur, et c'est pour cela que je m'approche de lui pour qu'il soit le seul à m'entendre lui glisser à l'oreille :

– S'il te plaît, laisse-moi profiter de cette soirée. Regarde un peu autour de toi, la maison est pleine à craquer. Jamais personne n'oserait m'attaquer devant tant de témoins.

Le sentant sur le point de protester, j'ajoute :

– Vous êtes trois à pouvoir me surveiller ce soir. Je n'ai pas eu l'occasion de me vider l'esprit depuis longtemps, alors s'il te plaît, Lennon, accorde-moi cette soirée… ou juste une heure d'évasion, au moins. Soixante minutes, c'est tout ce que je te demande.

Pendant un court instant, nous nous regardons droit dans les yeux, en silence. Puis, visiblement à contrecœur, mon garde du corps me donne son accord d'un bref hochement de tête.

– Merci ! je m'exclame.

– Ne quitte pas une seconde mon champ de vision, me prévient-il.

– Promis. À tout à l'heure !

Déjà, Viola m'entraîne à travers la foule. La dernière chose que je sens avant de me perdre entre la chaleur des corps, ce sont les doigts de Lennon qui laissent partir les miens…

20

Lennon

– Je vous laisse : si je veux tenir le choc, je vais avoir besoin d'un verre… ou deux… ou cinq.

Eleanor s'éloigne d'un pas traînant en direction du bar pendant que Jax et moi restons en retrait à surveiller Dovie.

– Alors, comment se passe la cohabitation avec ta cliente ? me demande mon meilleur ami.

– Comme toutes les autres depuis sept ans, je réponds en haussant les épaules. C'est pas toujours simple, mais la mission doit être menée à bien.

– Hm hm… C'est bizarre, parce que j'ai cru remarquer qu'il y a quelque chose entre vous.

– Tu te trompes.

– Je ne crois pas, non. Je pense qu'une petite flamme s'est allumée entre elle et toi.

– Et moi, je pense que tu es un connard.

– Alors pourquoi es-tu devenu jaloux lorsqu'elle a évoqué la possibilité de changer de bodyguard ?

Je gronde pour seule réponse. Jaxon s'esclaffe avant de me mettre une tape sur l'épaule.

– Oh, allez, tu sais que tu peux tout me dire. Tu es incapable de la lâcher du regard, Lenny, admets-le.

– Je te rappelle que Dovie est sous ma protection, alors effectivement, je me dois de toujours savoir où elle se trouve.

Jaxon soupire, s'adosse au mur en attrapant un verre dans les mains d'un mec déjà trop bourré pour se rendre compte de quoi que ce soit, puis suggère :

– Tu sais, ce n'est pas parce que ça a foiré avec Eleanor que ce sera aussi le cas avec toutes les autres nanas.

Je me pince l'arête du nez et ferme les yeux l'espace de quelques secondes. Lorsque je les rouvre, Dovie est toujours au milieu de la piste de danse, en train de se mouvoir dans tous les sens et de rire avec sa meilleure amie. La voir si insouciante me réchauffe le cœur. Tout le monde devrait pouvoir vivre sa vie sans craindre une quelconque menace, et même si cela voudrait dire que je ne l'aurais jamais rencontrée, j'aurais aimé que ce soit le cas pour elle.

– Lenny ? m'interpelle Jaxon.

– Quoi ?

– On arrête les conneries. Sois franc.

À mon tour, j'attrape un verre qui passe sous mes yeux. Je le liquide d'une traite avant d'affirmer :

– Elle est ma cliente, je suis son garde du corps.

– Et donc ?

– Ça ne pourrait pas marcher entre nous.

– Ça veut dire que tu es attiré par elle ?

– Putain, Jax… évidemment que oui. Regarde-la. Elle n'est pas juste belle, elle est aussi intelligente, tu n'imagines même pas à quel point. Et puis elle est drôle, un peu bizarre à la fois… Qu'est-ce que tu veux que je te dise ? Oui, il y a quelque chose qui grandit entre nous ; je le sens, et je sais qu'elle aussi. Pour une raison qui m'échappe, elle a commencé à s'éloigner de moi ces deux derniers jours, ce qui signifie qu'elle a compris que tout ce qui pourrait se passer entre nous ne nous apporterait rien de bon. Je ne suis pas venu ici pour trouver quelqu'un avec qui me mettre en couple, mais parce que l'institut Westwood a signé un contrat avec les Bennett et que je dois l'honorer. D'autres questions ?

– Non, tu en as assez dit.

– Quel emmerdeur tu es, je grogne en subtilisant deux nouveaux verres.

Jax et moi les liquidons d'une traite.

Au loin, je repère soudain un mec qui s'approche de Dovie et Viola. Il se contente d'abord de danser à leurs côtés avant de subtilement se placer entre elles, me bouchant la vue. Sans attendre, je me redresse, prêt à intervenir, mais l'étudiant bouge alors et ma cliente réapparaît… souriante.

Même si je n'en ai aucunement le droit, la voir passer un bon moment avec ce mec me blesse. Immédiatement, je décrète qu'il n'est pas assez bien pour elle, qu'aucun autre ne le serait, d'ailleurs… à part moi ?

C'est ridicule, putain ! Reprends-toi, Lennon.

– Au fait, à quelle heure il faut que je sois là samedi, pour l'anniversaire de…

Une jeune femme trébuche sur le tissu de sa longue cape et les quatre verres qu'elle tenait dans les mains partent s'écraser droit sur Jax et moi. Je me précipite vers l'avant et réussis à retenir la fille de justesse pour lui éviter une mauvaise chute.

– Ça va ? je lui demande tandis qu'elle cligne des yeux, totalement perdue.

– Tu m'as sauvé la vie…

– N'exagérons rien.

Lentement, je l'aide à se redresser. Elle tangue et se raccroche à mon bras, avant de plaquer une main sur sa bouche.

– Je vais vomir.

Jax et moi affichons un rictus dégoûté en regardant partir la fille, puis nous tentons d'éponger nos vêtements trempés d'alcool avec les moyens du bord.

– Je suis bien content d'avoir échappé à la vie étudiante, je bougonne.

Je jette un paquet de serviettes en papier désormais dégoulinantes sur une table, puis je reprends place à mon poste d'observation… sauf que Dovie n'est plus là. Je passe la foule au crible, à gauche, à droite, mais je ne la vois nulle part.

– Lennon ? s'inquiète Jax. Qu'est-ce que…

– Elle n'est plus là, dis-je en me frayant un chemin à la hâte vers le centre de la piste.

J'y trouve Viola et Zack en train de s'embrasser, mais aucune trace de Dovie.

– Viola ! je m'écrie. Où est-elle ?

– Quoi ? demande la jeune femme, perdue.

– Dovie, où est-elle ?

– Calme-toi, mon pote, me lance Zack.

– Je ne sais pas, Lennon… elle… je ne sais pas, me répond Viola, réalisant soudain la gravité de ce que cela signifie.

Je fais signe à Jaxon de checker le côté ouest de la maison pendant que je m'occupe de l'aile est. Je fends la foule sans ménagement ; des fêtards protestent sur mon passage, mais je m'en cogne. Ce qui m'importe, là, c'est de retrouver Dovie, et vite.

– Bobby ! je hurle en apercevant l'hôte de la soirée.

J'abats ma main sur son épaule avec force, ce qui le fait se retourner d'un coup.

– Ça va pas, mec ? râle-t-il. T'es malade de…

– Est-ce que tu as vu Dovie ?

– Dovie ? répète-t-il, les yeux injectés de sang. Non, je l'ai pas vue, pourqu…

Je le repousse sans le laisser terminer pour reprendre mes recherches au plus vite.

– Est-ce que tu as vu Dovie ? je lance à la première étudiante que je croise.

– Qui ?

– Laisse tomber. Dovie ! je m'écrie par-dessus la musique. Dovie !

– Qu'est-ce qui se passe, Lennon ? me demande Eleanor en apparaissant à côté de moi.

– Dovie a disparu. J'ai détourné le regard quelques secondes et…

– Mais elle n'a pas disparu, elle est juste montée à l'étage avec un type.

Je me fige et dévisage ma collègue.

– Quoi ?

– Le mec avec qui elle discutait au milieu de la piste… Ils sont montés ensemble à l'étage. Et crois-moi, il n'avait pas l'air de l'y emmener de force, alors détends-toi.

– Mais qu'est-ce que tu racontes, enfin ? Dovie sait qu'elle ne doit pas s'éloigner de moi une seconde.

– Eh bien, elle l'a fait, réplique Eleanor en croisant les bras sur sa poitrine. En même temps, elle n'a aucun compte à te rendre, vous n'êtes pas ensemble… si ?

– Hein ? Tu es en train de tout mélanger ! Je te rappelle qu'un corbeau la menace, il est crucial que je puisse la surveiller en permanence.

Je pousse Eleanor hors de mon chemin, fais signe à Jaxon de me rejoindre et me précipite vers l'escalier, dont je grimpe les marches trois par trois. À cet instant, le bodyguard et l'homme se mélangent et ils veulent tous les deux retrouver Dovie le plus vite possible, même si c'est pour des raisons bien différentes.

– Dovie ! je m'écrie en arrivant à l'étage.

Je passe la tête dans une première chambre, puis dans une autre.

– Dovie, réponds-moi !

– LENNON !

Le hurlement vient de la pièce au bout du couloir. Je me précipite contre sa porte, mais elle est verrouillée. L'adrénaline explose dans mon corps, si bien qu'il me suffit d'un seul coup de pied pour enfoncer le battant.

– Lennon !

En larmes, Dovie se précipite dans mes bras. Je l'attire contre moi et la serre pendant quelques secondes, histoire de la rassurer et de m'apaiser maintenant que je l'ai retrouvée… puis j'inspecte la pièce d'un regard circulaire pour comprendre ce qui s'y passe. Je tombe alors sur un connard dont le regard apeuré me réjouit.

– Occupe-toi d'elle, dis-je à Jaxon. Moi je m'occupe de lui.

Je suis sur l'inconnu en deux enjambées. De rage, j'agrippe son cou avant d'attraper son poignet et de lui tordre le bras jusque dans le dos ; ensuite, je le projette face contre le mur et l'écrase de tout mon poids.

– Qu'est-ce que tu lui as fait ? RÉPONDS !

– Rien du tout, bredouille le lâche.

– Tu l'attires dans une chambre, tu fermes la porte à clé et je la retrouve en pleurs, mais tu n'as rien fait ? Tu te fous de ma gueule ?

– C'est elle qui a commencé à paniquer pour rien, je voulais simplement…

– Quoi ? Tu voulais quoi ? Allez, crache le morceau, petite merde.

– Arrête, putain, tu m'empêches de respirer… se plaint-il.

– Alors tu ferais bien de te dépêcher de parler avant de manquer d'oxygène.

– Lennon !

Je fais fi de la voix de Dovie en arrière-plan et gronde, tirant le bras du type encore plus loin en arrière :

– J'attends.

Son cri de douleur me satisfait et me donne envie de recommencer.

– Quelqu'un... quelqu'un a glissé un mot sous la porte de ma chambre, sur le campus... articule le mec.

– Qui ça ? Quel mot ? Parle, vite !

– Lennon, je crois que tu devrais desserrer un peu ta prise, intervient Jaxon.

À contrecœur, je m'exécute.

– C'était un message accompagné de cinq cents dollars en liquide, couine l'étudiant. Il disait que je devais attendre que Dovie soit seule pour lui donner ça...

Il glisse une main dans sa poche et en sort une feuille qu'il me tend avec peine. Je le relâche pour m'en saisir, tout en le surveillant du coin de l'œil. Je déplie le papier et je découvre, le cœur battant, une phrase écrite à l'aide de coupures de journaux.

DERNIER AVERTISSEMENT

Sans perdre une seconde, j'attrape le connard qui gémit au sol et je le plaque à nouveau contre le mur.

– Qui t'a donné ça, hein ? Qui ?

– Je ne sais pas, je t'ai dit que ça a été glissé sous ma porte !

– Tu mens !

– Non, je te le jure. Tiens, regarde... Les billets étaient dans une enveloppe, je l'ai encore.

Il pointe sa poche des yeux, m'incitant à attraper l'enveloppe qui en dépasse. Et, effectivement, je trouve cinq billets de cent dollars à l'intérieur, ainsi que les instructions dont il m'a parlé plus tôt.

– Et merde, je peste en me passant une main dans les cheveux. Merde, merde, merde.

– Lennon…

Je me tourne vers Dovie. Face à la détresse dans son regard, la colère me quitte. Elle a besoin de moi, besoin de mon soutien, de ma protection. Je ne peux pas flancher maintenant.

– Jax, appelle les flics et dis-leur ce qui s'est passé, je demande. Et toi, Dovie, je te ramène à la maison.

Avec douceur, je passe un bras autour de ses épaules et je la garde serrée contre moi tandis que nous quittons l'étage. En bas, nous tombons sur Zack et Viola. Cette dernière se précipite sur Dovie pour la serrer contre elle.

Aucun autre étudiant n'a conscience du drame qui vient d'être évité, et cela me rend dingue.

Près du bar, j'aperçois Eleanor qui nous dévisage. D'un regard, je lui fais comprendre que nous allons avoir une sérieuse conversation tous les deux. J'hésite même à la retirer de la mission immédiatement tant le comportement qu'elle a eu me paraît inacceptable.

Mais pour l'instant, ma seule préoccupation, c'est Dovie. Il n'y a qu'elle qui compte.

21
Lennon

J'ouvre la porte-fenêtre de la salle à manger à Voldi, qui trépigne en attendant de retrouver l'extérieur, puis je fais signe à Jaxon et Eleanor de me rejoindre dehors, sous le porche.

– Comment va Dovie ? me demande mon meilleur ami dès que j'ai refermé derrière nous.

– Bien, je réponds. Elle est un peu sonnée, mais il y a eu plus de peur que de mal. Elle est allée prendre une douche pour se détendre un peu. Quoi de neuf de ton côté ?

– Je me suis renseigné sur le mec qui l'a attirée à l'étage tout à l'heure. Il s'appelle Adrian Hawkins. Ce nom te dit quelque chose ?

– Rien du tout.

– Les flics l'ont interrogé, mais il n'a fait que leur répéter ce qu'il nous avait déjà raconté. Ils l'ont embarqué au poste pour lui mettre la pression. Cela dit, ils ne vont pas pouvoir le garder longtemps, ils n'ont rien de solide contre lui.

– Et merde, je crache. Ce connard mériterait au moins de passer la nuit derrière les barreaux, ça lui éclaircirait les idées.

– Désolé, Lenny, lâche Jaxon. Dimitri m'a dit que tu lui avais fait parvenir une première liste de suspects potentiels. Qui est dans ton viseur ?

Je m'installe sur le petit banc en bois installé devant la maison et pose les coudes sur mes genoux en soupirant :

– J'ai commencé par référencer toutes les personnes qui gravitent autour de Dovie, et crois-moi, il y en a beaucoup. Ensuite, j'ai fait un tri. Pour le moment, je me focalise sur son groupe d'amis. S'il y a bien une chose que j'ai comprise en suivant des cours au MIT, c'est que dans cette université, ce sont les résultats qui comptent. Je ne serais pas étonné que Zack, Felix ou Viola soient jaloux du parcours de Dovie et veuillent lui faire de l'ombre. Et puis, on ne peut pas dire qu'ils se soient vraiment inquiétés du sort de leur amie ce soir.

– Leur comportement ne m'a pas paru anormal, tempère Jax. Entre l'alcool, la musique et le monde, il est fort possible qu'ils n'aient pas compris ce qui s'est passé exactement.

– C'est plausible, c'est vrai, je concède.

– La bonne nouvelle, c'est que Dovie s'en sort indemne, intervient Eleanor pour la première fois depuis le début de la conversation.

Je redresse lentement la tête. Je n'arrive pas à croire qu'elle ose dire une chose pareille.

– On peut savoir ce qui t'a pris, ce soir ? je gronde avec hargne. Et ce n'est pas la peine de jouer les innocentes, je n'ai pas de temps à perdre.

– Je vais vous laisser discuter tranquillement, glisse Jax avant de s'éloigner vers le SUV rutilant qu'il a emprunté au parc automobile de l'institut.

Je me lève et me rapproche d'Eleanor, qui me défie, ses yeux plantés dans les miens.

– Tu as été imprudente, j'assène. Tu savais que nous ne devions pas perdre Dovie du regard une seule seconde.

Pourtant, tu l'as vue monter à l'étage avec ce mec et tu n'as pas levé le petit doigt.

– Qu'est-ce que tu voulais que je fasse ? Notre rôle est d'assurer la protection de nos clients, pas de les baby-sitter.

– Tu es sérieusement en train de me donner un cours sur *mon métier* ?

– Je l'exerce également, me rappelle Eleanor.

– Et ce soir, tu as été en dessous de tout.

Frappée par la dureté de mes paroles, ma collègue recule d'un pas.

– Tu as sciemment laissé Dovie se mettre en danger ! je reprends. Je veux savoir pourquoi.

– Ce n'est pas ce que j'ai fait ! se défend Eleanor.

– Ah, vraiment ? Parce que je ne me rappelle pas t'avoir vue avec Jax et moi lorsqu'il s'est agi de maîtriser le type qui menaçait notre cliente. Et si je me souviens bien, tu étais encore au bar lorsque nous avons quitté la maison, non ?

Eleanor se mord la lèvre avant de soupirer, gênée :

– Écoute, Lennon…

– Je veux connaître la raison pour laquelle tu t'es comportée ainsi, je la coupe.

– Mais enfin, c'était à toi de la surveiller, pas à moi ! s'agace-t-elle.

– Et c'est ce que j'ai fait. J'ai réagi immédiatement et l'ai retrouvée en quelques minutes. Mais ces mêmes minutes que j'ai perdues à la chercher auraient pu être décisives pour le corbeau, ou n'importe qui d'autre. Je ne suis pas en train de te reprocher de ne pas avoir fait mon travail, Eleanor, je t'en veux parce que tu savais où Dovie était et que tu ne me l'as pas dit. Alors je te le demande pour la dernière fois : pourquoi ?

– Ce que je veux savoir, moi, c'est s'il se passe quelque chose entre vous.

Écœuré, je secoue la tête.

– C'est donc ça… je souffle. Tu as laissé Dovie prendre un risque par jalousie ? Mais de quel droit t'es-tu permis une chose pareille ?

– Tu le sais très bien !

– Apparemment non, puisque je te le demande. Alors parle !

– Parce que je t'aime encore, Lennon, et que j'ai peur que tu tournes la page.

Je ricane sans pouvoir m'en empêcher.

– Ah bon, tu m'aimes ? C'est étrange, parce que ce n'est pas l'impression que j'ai eue quand tu m'as trompé.

Eleanor se raidit. Je n'avais pas prévu de rouvrir les cicatrices douloureuses, mais c'est elle qui m'y a poussé. À elle d'assumer ce qui va être dit.

– Je n'arrive pas à croire que tu essayes de te poser en victime dans cette histoire, je poursuis.

– Ce n'est pas ce que je fais, objecte-t-elle.

– Bien sûr que si. Je te rappelle qu'on a rompu il y a un an, Eleanor, parce que *tu* as eu une aventure avec un autre. Il n'y a pas de discussion à avoir ou d'excuse à te trouver. Tu m'as eu et tu m'as perdu. Tu n'as aucun droit sur moi et surtout pas celui de me demander des comptes quant à une prétendue relation que j'entretiendrais avec ma cliente.

– Lennon…

– Non, cette fois, ça suffit. Je ne suis pas en train de dire que tu ne regrettes pas ou que tu ne souffres pas, mais ne compte pas sur moi pour te plaindre. Tu me connais, non ? Pour moi, la loyauté est, après ma famille, ce qu'il y a de plus important… Tu sais que je ne te pardonnerai jamais ta tromperie, alors arrête d'essayer de revenir dans ma vie, parce que ça n'arrivera pas. J'ai tourné la page, Eleanor, que tu l'acceptes ou pas.

Elle détourne le regard pour que je ne puisse pas déceler les larmes qui emplissent ses yeux, mais c'est trop tard.

– Je suis désolé, mais tu avais besoin d'entendre ça, dis-je, plus calme.

Eleanor reste silencieuse et immobile. Après quelques secondes, j'ajoute :

– Jaxon t'attend.

Mon ex essuie rapidement ses yeux et descend les marches du porche. Avant qu'elle ne rejoigne le SUV, je lui lance :

– Une dernière chose.

Elle se retourne, et je déteste la lueur d'espoir qui passe dans ses prunelles malgré la discussion que nous venons d'avoir.

– Je te retire de la mission, j'annonce.

– Quoi ? Lennon…

– J'appellerai mon père dès demain pour qu'il te trouve un remplaçant.

Sans attendre de réaction de la part d'Eleanor, je rentre dans la maison, ferme la porte derrière moi et la verrouille immédiatement. Inquiet pour Dovie, je monte les escaliers pour prendre de ses nouvelles. Elle a quitté la salle de bain, plongée dans le noir. En revanche, un faisceau lumineux filtre par-dessous la porte de sa chambre. Le plus doucement possible, je toque contre le battant.

– Entre, Lennon.

Je m'exécute et trouve Dovie assise en tailleur sur son lit, en train de pianoter sur son téléphone.

– Comment vas-tu ? je lui demande en me postant près d'elle.

– Bien, répond-elle avec un petit sourire.

Puis elle me tend son téléphone, que je prends sans comprendre ce qu'elle attend de moi.

– Remonte les douze derniers messages.

Je m'exécute et découvre une conversation partagée avec Felix, Viola et Zack. Leurs derniers échanges ne sont qu'une salve de « Qu'est-ce qui s'est passé ? », « Où es-tu ? » et « Je suis désolée de ne pas avoir été là pour toi » ainsi qu'un nombre incalculable de smileys en larmes de la part de sa meilleure amie.

– J'ai réussi à les rassurer et à empêcher Viola de venir ici, m'indique Dovie lorsque je lui redonne son smartphone.

– Et tu m'autorises à lire votre conversation ? je m'étonne.

– Après ce soir, ça me semble important de ne plus garder la moindre information pour moi.

J'hésite à m'asseoir près d'elle sur le matelas, mais j'ai conscience que ce serait certainement déplacé. À la place, je croise les bras sur mon torse, restant debout.

– Dovie, je sais que tu as certainement envie d'effacer l'incident de ce soir de ta mémoire, mais j'aimerais que tu me dises si tu te souviens de quelque chose de particulier, je déclare. Un geste, un mot ou un détail à propos d'Adrian qui m'aiderait à comprendre s'il est un pion du corbeau, comme il l'affirme, ou s'il tente simplement de brouiller les pistes.

Ma cliente réfléchit un instant avant de secouer la tête.

– Au départ, on s'est simplement isolés à l'étage parce qu'on n'arrivait pas à s'entendre en bas, avec la musique, dit-elle. Seulement, quand j'ai vu qu'il fermait la porte de la chambre à clé, j'ai paniqué. Ensuite, il m'a répété plusieurs fois d'arrêter de crier, qu'il devait simplement me montrer quelque chose et que ça ne prendrait pas longtemps. Je n'ai pas réussi à retrouver mon calme.

– Personne ne te le reproche, bien au contraire : dans une telle situation, donner l'alerte est essentiel. Tu as fait ce qu'il fallait, ne t'inquiète pas.

– Pas vraiment, rétorque Dovie, doucement. Tu m'avais dit de ne pas trop m'éloigner de toi et je…

– Hé, ne te tracasse pas, dis-je en m'installant naturellement à côté d'elle. Peu importe ce que je t'avais dit, ce qui s'est passé n'est en rien ta faute. Je ne veux surtout pas que tu te sentes coupable de quoi que ce soit, tu m'entends ?

Elle hoche rapidement la tête, bien que ses yeux s'embuent.

– Je vais te laisser te reposer. Demain, tout ira mieux.

– Non, s'il te plaît.

Dovie pose une main sur mon avant-bras pour me retenir, avant d'ajouter :

– Je sais que j'en demande certainement beaucoup, mais… tu ne voudrais pas rester avec moi jusqu'à ce que je m'endorme ?

– Dovie…

– Ce n'est pas professionnel, je sais. Mais je n'ai pas très envie de me retrouver seule, là.

Face à son regard brillant, j'ai bien du mal à résister. Dans ma tête, tout se bouscule. Les règles que je me suis imposées, celles que mon métier implique, les conseils de mon père… Si je me fiais à ma raison, je quitterais la chambre sans plus tarder.

Seulement… c'est plus compliqué que ça. En moi, vouloir et devoir s'opposent, et force m'est de constater qu'à cet instant, ma priorité, c'est que Dovie se sente bien. Si ma présence à ses côtés peut l'aider à ne pas penser à ce qui s'est passé ce soir, alors soit…

En me voyant acquiescer, elle s'empresse de me laisser le côté droit du lit. Prudemment, je m'allonge sur le dos en veillant à ce que nos peaux ne se frôlent pas. Dovie m'imite et s'installe dans la même position que moi. Je passe mes bras sous ma tête tandis qu'elle croise ses mains sur son ventre. Pendant quelques instants, nous regardons le plafond. Le système solaire qui y est dessiné me fait sourire. Dovie sème des graines de sa passion partout où elle passe…

– Parle-moi, murmure-t-elle.

– De quoi ?

– De toi. Tu connais beaucoup de choses sur ma vie, mais à part que tu as une sœur fan de *Harry Potter*, je ne sais presque rien te concernant…

– Parce que c'est ainsi que ça doit se passer. Mon travail est de te protéger, et c'est plus simple de le faire quand l'affect n'entre pas en compte. Si je me confie à toi et que nous nous rapprochons, je prends le risque que mes décisions à ton propos ne soient plus objectives.

– Tu n'as jamais eu de relation avec une cliente ?

Est-ce une note d'espoir que j'entends dans sa voix ? J'espère que non…

– Jamais, je réponds.

– Mais avec une collègue, oui…

Je tourne la tête vers Dovie. Penaude, elle triture l'une de ses mèches rousses.

– J'ai entendu ta conversation avec Eleanor… avoue-t-elle.

– Tu l'as entendue ? Alors que les portes et les fenêtres étaient fermées ?

– Bon, d'accord… Je vous ai écoutés.

Je ricane et secoue la tête.

– Je suis désolée de ce qu'elle t'a fait, susurre Dovie.

– Ce n'est pas grave…

– Moi, je trouve que ça l'est.

– C'est de l'histoire ancienne et c'est tout ce qu'il y a à en retenir.

Je me rends compte que j'ai parlé sur un ton beaucoup plus sec que je le voulais lorsque Dovie recommence à fixer le plafond en silence. Après cette soirée catastrophique, l'idée de la peiner m'est presque douloureuse, alors je lui demande avec douceur :

– Qu'est-ce que tu veux savoir ?

Elle pivote immédiatement dans ma direction et lâche :

– Qu'est-ce qui t'a plu chez elle ?

Je hausse un sourcil, surpris par cette question, mais j'y réponds tout de même :

– Eleanor est fonceuse et intelligente. Lors de notre première rencontre, j'ai trouvé sa détermination impressionnante. Malheureusement, il semble que le manque de fidélité soit son principal défaut et pas de chance pour elle, c'est celui qui me répugne le plus.

– Est-ce que tu étais amoureux d'elle ?

– Oui.

– Est-ce que tu l'es encore ?

– Non.

– Quel âge as-tu ?

– Vingt-six ans.

– Est-ce que tu es de Boston ?

– Non.

– Lennon ! fait Dovie, agacée par mes réponses lapidaires.

Avec un sourire, je lui assure :

– OK, OK, je vais parler.

Elle joint ses mains et les cale sous son oreille en me fixant intensément.

– Je vis à Cape Cod avec mes frères Cruz, Sawyer et Jaxon, ma sœur Billie et nos parents, dis-je.

– Jaxon est ton frère ?

Je souris en coin.

– Il n'y a pas que le sang qui fait la famille. Alors oui, il l'est.

– Et vous vivez tous ensemble ?

– Dans la même maison, je confirme. Est-ce que je peux te demander quelque chose moi aussi ?

– C'est injuste, tu viens seulement de commencer à te dévoiler, réplique Dovie.

– Une question, et tu pourras ensuite continuer ton interrogatoire.

– OK… capitule-t-elle en roulant des yeux.

Comme elle, je pivote sur le côté pour pouvoir la regarder.

– Est-ce que *tu* es déjà tombée amoureuse ? je lui lance.

– Deux fois.

– Qu'est-ce qui s'est passé ?

– Eh bien, si au départ tout allait bien, Adam a fini par être mal à l'aise avec l'idée de sortir avec une étudiante de trois ans de moins que lui, mais plus avancée dans le cursus universitaire… Il se sentait inférieur ou quelque chose comme ça. Alors il m'a plaquée. C'était il y a deux ans.

– Et pour l'autre ?

– Il ne partageait pas mes sentiments… Et l'amour à sens unique, c'est naze.

Comme elle ne s'étend pas plus, je ne la force pas à se confier.

– D'où vient ton prénom ? j'enchaîne. Parce que je n'avais jamais rencontré de Dovie avant toi.

– Hé, c'était mon tour de te cuisiner.

– Promis, c'est la dernière question que je te pose ce soir.

Plus nous parlons, plus la fatigue s'installe dans les yeux de ma cliente. Pour une raison qui m'échappe, elle lutte contre le sommeil.

– Trevor et Arnold ont fait appel à une mère porteuse pour me concevoir, me raconte-t-elle. Dès qu'ils ont su que j'étais une fille, ils se sont mis à chercher un prénom pour moi. Il se trouve que la grand-mère d'Arnold s'appelait Dove[2]. Étant très attaché à elle, il voulait que je porte son prénom pour lui rendre hommage… mais Trevor, lui, voulait m'appeler Lexie. Les mois ont passé et ils n'ont pas

2. Prénom signifiant « colombe », en anglais.

réussi à se mettre d'accord. Jusqu'à ma naissance. À ce moment-là, il leur a semblé évident qu'ils devaient faire un compromis… et ils ont opté pour Dovie.

– Un prénom original pour une personne unique… je commente.

Dovie sourit doucement. Ses yeux papillonnent et elle étouffe un bâillement, mais ça ne l'empêche pas de me demander :

– Parle-moi encore de toi, s'il te plaît.

Je souris, puis je m'exécute :

– Eh bien, contrairement à toi, j'ai arrêté mes études à la fin du lycée et j'ai directement intégré la formation de bodyguards proposée par l'institut Westwood. Ensuite, dans le cadre de mon métier, j'ai visité une grande partie du pays, rencontré beaucoup de monde et appris à travailler avec ma famille… Pour certains, c'est un vrai challenge, mais ça ne l'a jamais été pour nous. Je me sens chaque jour chanceux de les avoir, d'avoir *cette* famille. Sans eux, je ne sais pas où je serais aujourd'hui. Je suis certain que Billie et toi vous entendriez bien. Quant à Cruz et Sawyer, ils sont faciles à aimer, alors ça ne devrait pas…

Je me tais brusquement. D'abord parce que Dovie a les yeux fermés, le souffle régulier et qu'elle dort paisiblement… et surtout parce que je me rends compte de ce que j'étais en train de projeter. Pour quelle raison ma cliente rencontrerait-elle ma famille ? Ça n'a aucun sens ! Je savais que me confier n'était pas une bonne idée, ça ne l'est jamais.

Pire encore, je m'aperçois que l'idée de rester encore un moment près de Dovie, même si elle s'est déjà endormie, me séduit bien plus que ça ne le devrait. Impossible de rester allongé à ses côtés plus longtemps : je me redresse le plus lentement possible, puis je quitte la chambre sur la pointe des pieds et referme la porte derrière moi.

C'est alors que je comprends à quel point je vais devoir être fort. Parce que si je n'y prends pas garde, Dovie pourrait bien briser mes défenses et se frayer un chemin jusqu'à mon cœur… ce qui ne doit en aucun cas arriver.

Rappelle-toi, Lennon : ne jamais mélanger travail et vie privée…

22
Lennon

– VOLDEMORT !

Mes yeux s'ouvrent d'un coup lorsque ce cri déchire le silence.

– Voldi ! Il est l'heure de revenir, mon grand.

J'écrase un oreiller sur mon visage en grognant avant de me redresser et de m'étirer en bâillant. Je fais rouler mes épaules pendant quelques secondes pour détendre mes muscles raidis à cause de mes nuits sur ce foutu canapé trop petit, puis je quitte le salon et me rends sur la terrasse.

Comme je le craignais, Dovie, dans son pyjama orné du logo de la NASA, secoue son paquet de croquettes de haut en bas face au grillage qui sépare son jardin de celui du voisin.

– Allez, Voldem…

Je place deux doigts sous ma langue et émets un sifflement strident et sec, qui fait sursauter ma cliente.

– Bon sang, Lennon, mais…

Elle est interrompue dans sa phrase par un concert de ronflements familiers. Voldi, lancé à pleine vitesse, déboule langue pendante et fonce à travers le trou de la clôture. Cette fois, il n'a besoin de s'y reprendre qu'à une fois pour faire passer son ventre imposant.

– Je vois que l'entraînement a fonctionné, remarque Dovie.

– Il est efficace, je l'avoue, dis-je. D'ailleurs, je me demande si je ne vais pas lui apprendre aussi quelques trucs de défense.

Ma cliente se redresse vivement et remonte ses lunettes sur son nez d'un geste rapide.

– Ah non, réagit-elle. Dans cette maison, nous sommes contre la violence.

– Quand tu dis « nous », tu englobes qui ?

– Voldemort et moi ! réplique-t-elle. Il fait partie du foyer. Et je refuse qu'il devienne un chien d'attaque.

– Tout de suite les grands mots, je soupire. Je voudrais simplement qu'il puisse reconnaître les bruits suspects et donner l'alerte en cas d'intrusion. Je ne vais pas en faire un chien de combat.

– Encore heureux !

Soudain, une autre salve de ronflements se fait entendre, et c'est Bella qui débarque depuis le terrain du voisin. Elle commence à aboyer ; j'attrape Voldemort au moment il gobe ses dernières croquettes et je le cale sous mon bras, avant de prendre Dovie par le poignet.

– Loin de moi l'idée de me mettre en travers de l'histoire d'amour de ces deux âmes sœurs, mais il me semblait t'avoir demandé de ne pas sortir de la maison sans moi, même pour aller sur la terrasse, je rappelle en rapatriant tout ce petit monde à l'intérieur.

Voldi s'empresse de trottiner en direction de son panier dès que je le pose à terre. Quant à Dovie, elle me dévisage, bras croisés.

– Je n'ai passé que cinq minutes dehors, et je m'apprêtais à rentrer, proteste-t-elle.

Je penche la tête sur le côté en haussant les sourcils.

– Bon, d'accord, désolée… soupire-t-elle.

À cet instant, la sonnette de la maison retentit. Je lève un doigt en direction de Dovie pour lui signifier de ne pas bouger, puis je me dirige vers le boîtier installé à l'entrée permettant de voir sur un écran qui se présente.

– Tes pères, j'annonce avant de déverrouiller la porte.

Dès que je l'ouvre, les deux hommes se précipitent sur leur fille, qu'ils attirent dans leurs bras et serrent contre eux.

– Oh, bon sang, ma colombe, comment vas-tu ? s'affole Arnold.

– Très bien, merci, mais qu'est-ce que…

– Raconte-nous tout ce qui s'est passé, absolument tout, lance Trevor.

– Laisse-la d'abord nous dire comment elle se sent, réplique son mari.

– Mais je ne comprends pas comment… tente à nouveau Dovie.

– Ce lâche, si je l'avais devant moi, je le…

– Trevor ! intervient Arnold, l'empêchant de dévoiler des pensées sanguinaires.

– Arrêtez ! s'écrie Dovie.

Elle observe ses pères un instant, puis leur demande d'une voix plus douce :

– Comment êtes-vous au courant pour ce qui m'est arrivé chez Bobby ?

– C'est moi qui les ai prévenus, je l'éclaire.

Dovie cligne un instant des yeux, surprise.

– Mais pourquoi…

– Parce que nous sommes tes parents, enfin ! répond Trevor. Évidemment que nous devons être au courant si quelqu'un s'en prend à toi.

– Techniquement, ce sont eux, mes clients, je précise. C'est leur signature qui se trouve sur mon contrat… alors je dois leur rendre des comptes dès qu'il se passe quelque chose.

Ébahie, Dovie croise les bras et me dévisage en secouant lentement la tête. Pas de doute, cette information va me valoir quelques remontrances.

– Peu importent les détails, reprend Arnold en attirant sa fille sur le canapé. Raconte-nous tout.

Pendant de longues minutes, Dovie relate les événements de la veille. L'inquiétude de ses parents grimpe un peu plus à chaque mot.

– Cette fois, c'en est trop, éructe Trevor lorsqu'elle conclut son récit. Il est hors de question que tu termines l'année dans cette université.

– Pardon ? s'insurge Dovie.

– Nous ferons les démarches pour que tu soutiennes ta thèse sans avoir besoin de remettre les pieds là-bas.

– Mais non, je refuse ! Papa, raisonne-le, s'il te plaît, demande Dovie en se tournant vers Arnold.

Celui-ci grimace et se contente de détourner le regard.

– J'hallucine, souffle sa fille, estomaquée. Il est hors de question que je sacrifie les deux derniers mois qui me restent au MIT. Je veux y aller, comme tout le monde.

– Et moi, je te dis que tu n'es plus en sécurité là-bas, martèle Trevor en se levant.

Il se tourne alors vers moi, me fusillant des yeux.

– Il me semblait que vous aviez été engagé précisément pour que ce genre de situation n'arrive pas.

– C'est exact, j'acquiesce en m'approchant de lui. Dovie a échappé à ma visibilité quelques secondes. Ça n'aurait jamais dû arriver.

– Elle vous a échappé ? répète Trevor. Mais quel genre de garde du corps êtes-vous ?

– Papa ! s'exclame Dovie.

– Vous avez raison, monsieur Bennett : je n'ai aucune excuse pour avoir relâché ma surveillance, même pour un court instant.

– Eh bien, au moins, vous reconnaissez votre incompétence, c'est déjà ça, lâche-t-il, acerbe.

– PAPA !

– Trevor, tu vas trop loin, intervient Arnold. Ce qui compte, c'est que monsieur Westwood ait retrouvé notre fille à temps et que rien de grave ne se soit passé.

– Si tu le dis, réplique Trevor, acerbe, avant de quitter la maison en claquant la porte.

Je comprends sa colère et je ne suis offensé par aucune de ses attaques. J'imagine facilement que si mon père avait été averti des détails de ce qui s'est passé hier soir, il m'aurait lui aussi mis face à mes erreurs.

Je m'en veux tellement pour cette petite baisse de vigilance…

– Veuillez excuser mon mari, il a tendance à avoir un comportement disproportionné lorsqu'il s'agit de notre fille, me glisse Arnold avec un sourire penaud.

– Vous n'avez pas à vous excuser, je lui réponds. Rien de ce qu'il a dit n'était faux.

– Lennon…

– Ce n'est rien, Dovie, fais-je en évitant son regard. Je vous promets qu'une chose pareille ne se reproduira plus.

– Nous avons confiance en vous, sinon nous ne vous aurions pas confié la sécurité de notre fille.

Arnold se penche et dépose un baiser sur la joue de Dovie. Cette dernière plaide :

– Papa, essaye de raisonner Trevor, s'il te plaît…

En ce moment même, je l'aperçois en train de faire les cent pas sous le porche, le téléphone collé à l'oreille, aboyant des ordres dans le combiné. Arnold soupire, puis lâche :

– Tu connais ton père. Il est impulsif et il dit souvent des choses qui dépassent sa pensée, mais après un moment, la pression finit par redescendre. Malgré tout…

– Oh non, s'il te plaît, proteste Dovie.

– Malgré tout, reprend son père, je suis d'accord avec lui. Tu n'es plus en sécurité au MIT. Mais comme tu es aussi tête de mule que lui, je sais que ça ne sert à rien d'essayer de te détourner de tes projets. Alors je suppose que je vais à nouveau jouer les médiateurs entre vous deux… Ne t'en fais pas, tu ne seras pas obligée de quitter ton université si tu ne le veux pas.

– Merci, papa, fait Dovie en attirant Arnold dans ses bras.

– Ma colombe, murmure-t-il en enfouissant son visage dans ses cheveux roux.

Ayant la désagréable impression d'être un voyeur en restant planté là à les observer, je m'éclipse à la cuisine pour leur laisser de l'intimité, bien que je perçoive encore des bribes de leur conversation.

– … de faire attention à toi, d'accord ?

– … lui dire que Lennon n'y est pour rien, s'il te plaît.

– … te rappeler ce que je t'ai dit.

Entendre Dovie argumenter pour me défendre m'est insupportable. Elle n'a pas à le faire, en aucun cas. C'est à moi de prendre mes responsabilités et d'assumer mes erreurs. À moi et à personne d'autre.

Alors qu'elle finit de discuter avec son père, j'ai le temps de préparer du café ainsi que le petit déjeuner. Lorsque la porte d'entrée se referme et qu'elle me rejoint, je sens un élan de colère m'envahir.

– Eh bien, ça s'est mieux passé que ce que je… commence-t-elle.

– Tu n'aurais pas dû faire ça, je la coupe en faisant glisser une tasse dans sa direction.

– Faire quoi ?

– Me défendre.

– Et pour quelle raison ?

Je soupire.

– À ton avis, Dovie ? La dernière fois que nous nous sommes trouvés dans la même pièce que tes parents, tu leur as crié haut et fort que tu ne voulais pas de moi. Et voilà qu'aujourd'hui tu justifies mes actes, tu refuses que ton père déverse sa colère sur moi…

Sourcils froncés, Dovie réplique :

– Tu aurais voulu que je le laisse t'insulter ?

– Ses reproches étaient fondés, et tu le sais toi aussi.

– Non mais je rêve. Tu n'es pas infaillible, Lennon.

– Si, justement, c'est ce que je dois être. C'est pour ça que j'ai été formé, pour ça qu'on a fait appel à moi.

– Qu'est-ce que tu veux que je te dise ? Que je suis simplement humaine ? Que le fait d'avoir vécu avec toi ces dernières semaines m'a fait changer d'avis sur toi ? Excuse-moi d'avoir des sentiments, de ressentir des émotions et de les laisser sortir.

– Des sentiments ? je répète, ahuri.

Dovie reste silencieuse, bouche bée… et lorsque ses joues rougissent, mon cœur rate un battement.

Non…

– Dovie, qu'est-ce que…

– Mais non, quand je parle de sentiments, c'est simplement pour dire que… enfin, tu sais bien… c'est juste que… oh bon sang, Lennon…

Elle cache son virage écarlate entre ses mains et se laisse tomber sur un tabouret de la cuisine. Agrippé au plan de travail, je la dévisage, le cœur battant.

– Je ne sais pas… murmure-t-elle.

– Tu ne sais pas quoi ? je répète, stupéfait.

– Ce que je ressens pour toi… Mais je sais que je ressens bel et bien quelque chose.

– Oh, bon sang ! C'est pas vrai, Dovie, dis-moi que j'ai mal entendu.

Une petite voix dans ma tête tente d'interpeller ma conscience, de me faire comprendre que je me comporte comme un abruti à perdre mon sang-froid alors que ma cliente se contente simplement de s'ouvrir à moi… sauf que je suis pétrifié et incapable de penser correctement. Ce que j'ai tenté d'éviter par tous les moyens est en train d'arriver. J'ai laissé quelque chose se créer entre Dovie et moi, une proximité qui va nous compliquer la tâche désormais.

– Ce n'est pas aussi grave que tu as l'air de le penser, tente-t-elle, rassurante.

– Ça, c'est toi qui le dis.

Je prends le temps de réfléchir au meilleur moyen de lui faire entendre raison… et il s'avère qu'après réflexion, il n'y a pas trente-six solutions.

– Bon, écoute, Dovie. Ça, là, je commence en nous montrant tous les deux, ça ne peut pas arriver. C'est interdit.

– Par qui ? demande-t-elle d'une petite voix.

– Par le bon sens. Tu ne te demandes pas pourquoi je ne suis jamais sorti avec l'une de mes clientes ? Parce que c'est une très, très mauvaise idée. Alors retire-toi ça de la tête, parce qu'il ne se passera rien entre nous.

Le visage de Dovie perd de ses couleurs. Au ralenti, elle repousse sa tasse devant elle, puis se lève.

– J'ai compris, souffle-t-elle.

Elle passe devant moi et s'engage dans l'escalier.

– Attends une seconde, lui dis-je.

Un pied sur la première marche, elle se fige sans pourtant se tourner dans ma direction.

– Je vais devoir partir demain matin… des affaires personnelles à régler, je lui indique. Un de mes collègues viendra me remplacer auprès de toi pour la journée. Je serai de retour avant la tombée de la nuit.

– Génial !

Furieuse, Dovie grimpe l'escalier. Une fois arrivée à l'étage, elle claque la porte de sa chambre. J'entends alors un bruit qui n'avait plus retenti depuis le soir de mon arrivée ici : celui d'un verrou que l'on ferme. Comme le premier jour, Dovie me signifie clairement que je ne suis pas le bienvenu à ses côtés.

Retour à la case départ… et c'est très bien comme ça.

23
Dovie

Le cerveau humain m'a toujours fascinée.

Durant une nuit de sommeil, nous rêvons, même si nous sommes parfois incapables de nous en souvenir à notre réveil. Pendant que notre corps se repose, l'inconscient, lui, s'en donne à cœur joie. Ce qu'il y a de bien avec les rêves, c'est qu'ils nous font voyager dans des contrées inconnues, qu'ils réalisent nos souhaits les plus fous. Ils sont rassurants : quels que soient les drames, les moments de honte, de tristesse ou de colère que nous avons vécus pendant la journée, la nuit, nous en sommes libérés… jusqu'au réveil, au moment où la conscience nous jette en pleine face tout ce que nous avions oublié.

Ce matin, c'est ce qui m'arrive. La couette remontée jusque sous mon nez, je fixe sans le voir mon plafond adoré. Mes yeux ne se sont ouverts que depuis quelques minutes ; pourtant, la conversation que Lennon et moi avons eue hier se rejoue déjà dans ma tête.

Je me suis flagellée durant toute la journée pour avoir osé lui dire qu'il faisait naître des choses en moi, mais curieusement, ce matin, c'est surtout contre lui que je suis en colère. Parce que ce n'est pas ma faute si ce colosse de près de deux mètres panique face à des sentiments, ce n'est pas ma faute non plus s'il est incapable de supporter un quelconque rapprochement, et ce n'est certainement pas ma faute s'il est un trouillard. Le problème des hommes comme lui, c'est qu'ils sont conditionnés depuis leur plus jeune âge à être des rocs, des forces de la nature, des machines, et que face aux émotions humaines, ils perdent leurs moyens.

Jusqu'à hier, j'étais prête à parier que Lennon aussi ressentait ce petit quelque chose entre nous, cette étincelle qui commençait à briller…

Tu parles !

Je soupire profondément, reste encore un long moment allongée, puis je décide qu'il est temps de sortir de ce lit. Il est hors de question que je m'apitoie sur mon sort.

Lennon ne veut pas de moi ? Tant pis pour lui.

Je rejette la couette, enfile un gilet par-dessus mon pyjama puis descends l'escalier, prête à lui faire face, et surtout, à l'ignorer.

– Bonjour, mademoiselle Bennett.

Le cri de terreur que je pousse fait bondir Voldi de son panier. Une main sur le cœur, je lance, en haussant la voix pour couvrir les aboiements de mon chien en panique :

– Mais vous êtes qui, vous ?

Un grand chauve à l'allure de videur de boîte de nuit se tient dans mon salon, l'air concentré et un chouïa flippant.

– Je m'appelle Tony, me dit-il. Je suis le garde du corps qui remplace Lennon pour la journée.

– Le qu… Oh ! Ah oui, je me souviens. Vous êtes là jusqu'à ce soir.

À ma décharge, à partir du moment où Lennon a rejeté mes sentiments comme s'il s'était agi d'une vulgaire chaussette, je n'ai plus écouté un traître mot de ce qu'il m'a raconté et surtout, je ne lui ai plus adressé la parole.

Tony et moi nous dévisageons un moment dans un silence seulement brisé par les grognements de Voldi qui, furieux d'avoir été réveillé, se venge sur les bords de son panier en les mordant avec hargne. Mon nouveau garde du corps n'a rien à voir avec Lennon. Déjà parce qu'il a visiblement plus de quarante ans et qu'il est plus petit et moins carré… Cela dit, il en impose tout de même suffisamment pour me passer l'envie de lui chercher des noises.

– Alors, qu'est-ce qu'on va faire aujourd'hui ? je lui demande.

– Monsieur Westwood proposait que vous et moi restions à l'intérieur de la maison, pour plus de sécurité.

– Ah, il a dit ça…

Foutue armoire à glace.

– Génial, encore une journée qui s'annonce riche en découvertes, je lance avec ironie.

Je m'apprête à remonter dans ma chambre, mais au milieu de l'escalier, je m'arrête et me penche par-dessus la balustrade pour demander à Tony :

– J'ai une question… Vous connaissez *Harry Potter* ?

– Euh… non, mademoiselle.

Pourquoi ne suis-je pas étonnée ?

– Fantastique ! je peste. Bon, vous m'excuserez, mais je retourne là-haut. Si vous avez faim, servez-vous dans le frigo, si vous vous ennuyez, allumez la télé, en bref, faites comme chez vous. Voldemort, viens là !

Mon bouledogue se précipite dans ma direction et grimpe les marches une par une, suivant mon pas. Une fois dans ma chambre, je m'écrase sur mon matelas, dépitée, face contre les oreillers.

Ma maison est devenue un repaire pour bodyguards à la culture littéraire plus que limitée.

24
Lennon

La douceur de Cape Cod… Comme ça me fait du bien de la retrouver. Boston est une ville sympathique, mais ce n'est pas ma maison.

Pour le plaisir, je longe le bord de mer pour en apprécier la vue avant de prendre la route qui monte vers les hauteurs de la ville. Le chemin familier jusqu'au manoir m'emplit de légèreté, l'agent de sécurité dans sa cabine qui m'ouvre la grille aussi et, quand je me gare sur le parking près de la fontaine, je me sens enfin chez moi.

J'espère que Dovie a cessé de m'en vouloir.

Ah, bordel, non ! Il est hors de question que je me laisse distraire aujourd'hui.

Je grimpe les quelques marches qui mènent à l'entrée du manoir. Avant que je ne pose le pied sur la dernière, Michel m'ouvre la porte et m'accueille avec le sourire.

– Bon retour chez vous, Lennon. Comment allez-vous ?

– À la perfection, maintenant que je suis ici. Ma famille est dans le coin ?

– Ils sont tous réunis au salon.

– Parfait.

Je donne une tape amicale sur l'épaule du majordome, puis je prends la direction de la pièce de vie. Là, installés dans les larges canapés confortables, mes frères, ma sœur et mon père discutent tout en terminant un petit déjeuner copieux.

– Lenny ! s'écrie Billie en m'apercevant.

Ma petite sœur pose son verre de jus de fruits sur la table basse et se précipite dans ma direction. Je la rattrape au vol, la serre contre moi et dépose un baiser sur le sommet de sa tête.

– Comment tu vas ? je lui demande.

– Tu m'as manqué, me répond-elle avec chaleur.

Dès que je la repose, Cruz s'approche de moi bras tendus et m'attire contre lui dans une accolade musclée. Après quelques tapes dans le dos, nous nous dévisageons en souriant.

Les liens qu'entretiennent les enfants nés d'une grossesse multiple ne ressemblent à aucun autre. La séparation que mes frères et moi venons de vivre n'a duré que quelques petites semaines, mais celles-ci nous ont paru aussi longues que des années. Chacun de nous trois emporte avec lui une partie des deux autres quand il s'en va.

Partout où je suis, ils sont avec moi et je sais qu'il en est de même de leur côté.

– Content de te revoir, petit frère, me dit Cruz.

– Tu n'es son aîné que de quarante-trois secondes seulement, lui fait remarquer Sawyer en approchant pour me saluer d'une accolade.

– Et le tien d'une minute trente-deux, réplique Cruz.

– C'est bon, on a compris, intervient Billie. Sawyer est un bébé, Cruz un vieux, et Lenny, le petit bonhomme du milieu.

Nous dévisageons notre sœur avant de nous jeter des coups d'œil.

– Elle vient vraiment de me traiter de bébé ? s'insurge Sawyer.

– Et moi, de petit bonhomme ? je renchéris.

– Je ne relèverai même pas l'affront qu'elle vient d'oser me faire, termine Cruz.

– On ne peut pas laisser passer ça, les gars, je décrète.

– Certainement pas, m'appuie Cruz.

– Oh non, je vous défends de… au secours ! s'écrie Billie en fonçant dans le salon, tandis que nous nous lançons à ses trousses.

– Ça suffit, on se calme, les enfants ! clame notre père.

Il siffle bruyamment au moment où nous nous emparons de notre sœur, qui est hilare dans nos bras. Nous la laissons s'échapper, puis je rejoins mon père pour l'embrasser sur la joue et je me joins au reste des Westwood pour terminer le petit déjeuner. Je pioche une viennoiserie et me sers une tasse de café avant de me caler dans les coussins moelleux du canapé. Ils m'ont manqué, après avoir dû subir si longtemps le sofa de Dovie, à peu près aussi confortable qu'une planche de bois.

Bon sang, mais c'est pas vrai ! Pourquoi est-ce que je pense encore à elle ?

– Alors mon grand, comment se passe ta mission ? me demande mon père.

– Ça va, je réponds. Et toi, Cruz ? C'était sympa, Los Angeles ?

Mon but en lui posant cette question est clairement de changer de sujet. Pour Oscar Westwood, chacun de ses enfants est un livre ouvert dans lequel il lit avec une facilité qui relève presque de la sorcellerie. J'ai bien peur que si je commence à parler de Dovie, il ne comprenne que quelque chose me tracasse…

– Ah, L.A… commence Cruz, rêveur. Les filles y sont bronzées et hyper jolies, il faut l'admettre.

La remarque fait râler Billie et notre père, tandis que Sawyer et moi adressons un discret clin d'œil à notre frère. Ce dernier poursuit :

– Sinon, j'ai écumé les boutiques de luxe, mangé aux meilleures tables, dormi dans un hôtel sublime, et j'ai raccompagné la femme de l'émir et ses enfants sains et saufs à leur jet privé hier. Mission accomplie, donc.

– Comment ça se fait qu'ils aient fait appel à un service de sécurité étranger ? s'étonne Billie. La famille n'a pas de gardes du corps attitrés ?

– L'émir était en voyage diplomatique, et son staff sécurité l'accompagnait. Pour les vacances de sa femme et de ses filles, il a décidé de faire appel à nos services, comme l'année dernière.

– Le métier t'intéresse, Billie ? je lance à ma sœur. Tu veux te joindre à l'équipe ? Il n'y aura jamais trop de Westwood à l'institut.

– Sûrement pas, répond-elle. Plus qu'un an et je serai officiellement une pédopsychiatre. Je pourrai enfin venir en aide aux enfants victimes de traumatismes.

– Tu sais, au départ, je me suis demandé pourquoi tu avais choisi de faire des études de psychologie, intervient Sawyer. Ensuite, j'ai compris, et franchement, je suis admiratif, Billie. Vouloir empêcher des gamins de devenir aussi dérangés que Cruz une fois adulte, c'est tout à ton honneur.

– Oh, mais c'est très drôle, ça, Sawyer, proteste l'intéressé. T'as déjà pensé à faire du stand-up ? Tu devrais, ça nous permettrait d'engager quelqu'un de plus compétent que toi pour entraîner les recrues.

– Tu veux que je te montre mes compétences en t'éclatant ta belle gueule ?

– Sawyer, on a déjà eu cette conversation un million de fois. Je sais que tu es frustré que Lennon et moi ayons pris tous les gènes canon disponibles, mais tu ne devrais pas être si dur avec toi-même. Il n'y a pas que l'extérieur qui compte. Le plus important, c'est ta personnalité, mon grand.

– Enfoiré.

– Stop, les garçons ! s'exclame notre père.

Mes frères s'esclaffent chacun de leur côté. Entre eux, ça a toujours été comme ça : Sawyer et Cruz adorent se lancer des piques… Quant à moi, je préfère ne pas prendre parti et les regarder se laminer verbalement, comme si j'étais devant un bon film.

– Comment tu t'en sors à l'université, Lenny ? demande Sawyer à cet instant, en attrapant un morceau de brioche.

Je soupire en posant ma cheville droite sur mon genou gauche.

– C'est comme si j'avais atterri au milieu d'un peuple qui parle une autre langue, je raconte. Il y a des étudiants partout, leurs cours me donnent l'impression d'avoir le QI d'un bulot… Bref, l'enfer, quoi.

– Oh, n'exagère pas, me tempère Billie. J'ai entendu dire qu'au MIT, ils possédaient un observatoire incroyable. Tu as pu le voir ?

– Oui, Dovie et moi, on y est déjà allés. C'est vrai que c'est un endroit impressionnant ! Une énorme boule qui donne l'impression de se trouver au centre de l'univers.

Je souris face au visage excité de ma sœur.

– Et Dovie Bennett, ta cliente… comment va-t-elle ? m'interroge mon père. La cohabitation n'est pas trop pesante ?

La pointe d'avertissement que j'entends lorsqu'il utilise le mot « cliente » me hérisse, mais je garde un visage serein et réponds :

– Dovie est facile à vivre.

Quand elle ne tente pas de s'enfuir par la fenêtre, qu'elle ne braille pas le nom de son chien aux premières lueurs du matin et qu'elle ne fait pas de réflexions sur ma taille immense…

Heureusement, mon père ne me pose pas d'autres questions, et le petit déjeuner se poursuit dans la bonne humeur. S'assurer que tout se passe bien dans la vie des autres est l'une des choses que nous préférons faire, ma famille et moi.

Bientôt, cependant, les visages commencent à se crisper. L'ambiance s'alourdit au fil des minutes, et les cœurs se serrent.

– Les enfants, il est temps d'y aller. Votre mère nous attend, annonce finalement notre père en se redressant.

Nous l'imitons tous… sauf Sawyer.

– Sawyer… tente Cruz.

– Embrassez-la pour moi. Dites-lui que je l'aime.

– S'il te plaît… murmure Billie en prenant la main de notre frère. Maman sera tellement contente que tu sois là pour son anniversaire.

Sawyer secoue la tête. Sa mâchoire se contracte sous l'effet de la contrariété et du chagrin qui prend le dessus en lui.

– Fils… dit mon père en posant une main sur son épaule. Personne ne t'obligera à faire quoi que ce soit contre ta volonté. Sache juste que ta décision n'a pas à être définitive. Nous allons passer la journée avec ta mère, alors tu peux venir nous retrouver quand tu veux.

– Et si tu choisis de ne pas te montrer, personne ne t'en voudra, je complète.

Billie plisse les lèvres, prête à protester ; d'un regard, je lui fais comprendre que ce n'est pas le moment. Après quoi elle, Cruz, notre père et moi quittons la maison les bras chargés de cadeaux et de fleurs.

••••

– Bienvenue, monsieur Westwood. Je vois que vous n'êtes pas venu les mains vides, comme d'habitude. Ellen sera très contente de vous savoir là.

– Merci, Céleste, répond notre père avant d'emprunter un couloir.

Nous lui emboîtons le pas, en suivant un chemin que nous connaissons par cœur.

En apparence, rien ne trahit que cet endroit est une clinique : on se croirait plutôt dans un hôtel de luxe. Les sols rutilent, des plantes égayent les lieux, le personnel ne porte pas de blouse, aucune odeur d'aseptisant ne règne, et surtout, les patients sont installés dans des suites au confort optimal.

Après quelques mètres, nous pénétrons dans un ascenseur qui nous conduit au dernier étage. Seulement quelques chambres s'y trouvent, réservées aux personnes importantes… ou à ceux qui ont les moyens de se les payer.

Habitude oblige, mon père toque doucement contre la porte numéro 10. Malgré tout ce temps, je crois qu'il espère encore entendre la voix de notre mère lui dire d'entrer.

Dès que nous pénétrons dans la chambre décorée avec goût, nos regards se rivent au lit médical installé au milieu de la pièce… et à la personne qui y gît.

Maman.

La main de Billie se referme sur la mienne. Je la lui serre doucement en guise de soutien.

– Bonjour, mon amour. Joyeux anniversaire, chuchote notre père en se penchant pour déposer un tendre baiser sur les lèvres de notre mère. Tout le monde est là.

– Joyeux anniversaire, maman, lançons-nous tous les trois.

Nous déposons les cadeaux sur la table ronde près de la fenêtre, à côté d'un joli bouquet de tulipes blanches. Peu à peu, nous prenons tous place sur le lit. J'embrasse le front de notre mère pendant que Billie lui prend la main et que Cruz lui caresse les cheveux.

– Sawyer t'embrasse, j'annonce. Il nous a chargés de te dire à quel point il t'aime.

– On t'a aussi apporté un gâteau avec des bougies, intervient Billie.

– Mais ne t'inquiète pas, on t'aidera à les souffler, termine Cruz, ce qui nous fait sourire.

Au fond de moi, je comprends que Sawyer refuse de venir ici, à cette date bien précise. C'est toujours extrêmement douloureux de voir notre mère sans qu'elle puisse nous regarder, de lui parler sans qu'elle nous réponde, et de regarder l'écran qui affiche les chiffres de ses constantes… toujours les mêmes, et ce depuis trois ans.

Depuis le jour où la vie des Westwood a basculé dans l'horreur.

Chacun de nous a encore cette journée gravée dans sa mémoire. Il pleuvait à torrent, et Sawyer était chargé d'emmener notre mère jusqu'au lieu de la surprise d'anniversaire que nous lui avions concoctée. Tout allait bien… jusqu'à ce que mon frère s'aperçoive qu'une voiture avait pris la sienne en filature. Immédiatement, en bon garde du corps, il s'est mis sur ses gardes. Notre mère étant une ancienne actrice à la retraite, il n'était pas rare que des paparazzis tentent de lui voler une photo. Au cours des dernières années, ils semblaient pourtant s'être calmés… jusqu'à ce jour maudit.

Obsédé par l'idée d'obtenir un cliché volé, le journaliste a commencé à se montrer imprudent, à s'approcher beaucoup trop près de la voiture. Fatalement, ce qui devait arriver arriva : un accident de la route terrible qui a plongé ma mère dans un coma dont elle n'est toujours pas sortie trois ans plus tard, et dont, selon les médecins, elle ne sortira jamais.

À partir de ce moment, Sawyer n'a eu de cesse de se flageller. En tant que bodyguards, nous sommes formés à conduire sur n'importe quelle surface et dans n'importe quelles conditions… Seulement, ce jour-là, rien ne s'est passé comme prévu. Depuis, mon frère vit avec sur la conscience le poids de n'avoir pas réussi à empêcher un tel drame… de ne pas avoir réussi à faire ce qui est pourtant son métier : protéger.

Évidemment, dans notre famille, personne ne lui en veut. Nous savons tous qu'il a fait de son mieux, se mettant lui-même en danger pour tenter de garantir la sécurité de notre mère.

Mais les remords et la culpabilité sont des poisons qui peuvent bousiller jusqu'au plus solide d'entre nous.

Depuis l'accident, Sawyer n'a plus jamais effectué une seule mission de protection, préférant enseigner l'art du combat aux nouvelles recrues de l'institut Westwood. Quelque chose qu'il maîtrise bien, au regard de tout ce qu'il a besoin d'évacuer.

Quelques coups résonnent contre la porte de la chambre. Le visage de Jaxon apparaît dans l'entrebâillement et il entre, un bouquet de marguerites à la main.

– Salut les Westwood, lance-t-il.

– Ah, le voilà, réagit mon père en attirant Jax contre lui. J'espère que Sawyer finira par venir lui aussi, il n'y a rien que j'aime plus au monde que voir ma famille au complet.

Je déteste déceler une telle émotion suinter des yeux de mon père. Je déteste imaginer la peine qu'il ressent de savoir la femme qu'il aime dans un terrible entre-deux : pas morte, mais pas totalement en vie non plus.

Jaxon dépose son bouquet de fleurs sur la table de chevet, puis il se penche près de ma mère et pose doucement sa main sur la sienne.

– Joyeux anniversaire, Ellen, dit-il.

Je ne pourrai jamais oublier le jour où Jax et moi nous sommes rencontrés. Nous avions seize ans, nous étions au lycée et Jaxon faisait partie de ces ados qui n'ont pas les dernières fringues à la mode. Pire encore, il était négligé et subissait beaucoup de moqueries de la part de camarades plus aisés. La protection des plus faibles courant dans mes veines depuis toujours, j'ai d'abord servi de garde du corps à Jaxon contre les brutes du bahut, jusqu'à ce que, peu à peu, nous devenions amis. Ensuite, lorsque j'ai découvert que sa mère l'élevait seule et qu'elle était addict, constamment défoncée à l'héroïne, j'ai proposé à Jax de venir passer du temps au manoir. Avant la fin du lycée, sa mère a fait une overdose, il s'est retrouvé orphelin et mes parents ont accepté de l'accueillir chez nous. Et ainsi, mon meilleur ami est devenu mon frère. La loyauté sans faille ainsi que l'amour inconditionnel qu'il nous porte sont réciproques.

Au fil des minutes, la chambre d'hôpital se mue doucement en un endroit chaleureux. Pour que ce jour ne paraisse pas plus sombre qu'il ne l'est déjà, nous déballons les cadeaux, discutons, passons les musiques préférées de notre mère, commandons à déjeuner, soufflons les bougies… Sans elle, rien n'est pareil, mais j'ai la conviction qu'elle sait que nous sommes près d'elle depuis le début et que nous le serons toujours.

Les heures passent, le soleil descend de plus en plus vers l'horizon. Après un dernier baiser, un dernier mot, nous quittons la chambre.

Mon père reviendra rendre visite à notre mère demain, comme presque chaque jour depuis l'accident. Il s'est délesté de beaucoup de responsabilités liées à l'agence et à l'institut en nous les déléguant, à Cruz, Sawyer, Jaxon et moi. Il se rend disponible pour son épouse autant que possible.

– Sawyer n'est pas venu, fait remarquer Billie lorsque nous sortons de la clinique.

– Laisse-lui le temps, lui renvoie Cruz.

– Ça fait déjà trois ans, répond-elle, agacée. Il peut arriver n'importe quoi à maman à tout moment, et lui, il…

– Billie Ellen Westwood, je t'interdis de juger ton frère, l'interpelle mon père.

– Toi qui étudies la psychologie, tu devrais savoir que l'être humain est complexe, renchérit Jaxon.

– Oh, ça, pour le savoir, je le sais, à force de te côtoyer.

Il l'attrape par les épaules et l'emporte jusqu'à la voiture, ce qui la fait éclater de rire.

– Attendez-moi, tous les deux, leur lance Cruz. Lennon, une seconde !

Je me tourne vers mon frère, qui sort un petit pochon de l'intérieur de sa veste.

– J'ai ce que tu m'as demandé, m'annonce-t-il.

– Merci beaucoup.

– C'est pour ta cliente ? Un cadeau ?

Son clin d'œil lui vaut un grondement agacé de ma part.

– C'est surtout pour la protéger… j'affirme. Mais je vais attendre un peu avant de le lui donner.

– Pourquoi ?

Parce qu'elle m'a avoué avoir des sentiments pour moi, que je lui ai dit qu'une relation entre nous serait une très mauvaise idée et qu'elle m'en veut pour ça.

Au lieu de déballer tout ça, je me contente d'un haussement de sourcils.

– Comme tu veux, lâche Cruz. Tant que j'y pense, j'ai aussi des informations pour toi de la part de Dimitri.

Je déplie le morceau de papier que mon frère me tend. Sur ce document sont compilés les résultats des recherches que mon collègue a faites sur les suspects que je lui ai listés. Voilà qui va m'aider à y voir plus clair dans mon enquête.

Cruz et moi cognons nos poings en guise d'au revoir, puis je me dirige vers ma berline. J'avais promis à Dovie que je serais de retour avant la tombée de la nuit, et ce sera le cas. Déjà que nous nous sommes quittés en mauvais termes, je ne voudrais pas qu'elle ait d'autres raisons d'être en colère contre moi…

J'espère que sa journée en compagnie de Tony s'est bien passée. Ce n'est pas le plus marrant d'entre nous, mais c'est l'un des plus anciens et des plus consciencieux gardes du corps de l'agence. Je sais qu'entre ses mains, Dovie est en sécurité.

– Lennon, me hèle mon père en s'approchant de moi.

Une main sur la poignée de la portière de ma voiture, je pivote dans sa direction.

– Avec toutes ces émotions, j'ai oublié de t'annoncer une bonne nouvelle : j'ai trouvé quelqu'un pour venir prendre la relève auprès de ta cliente, déclare-t-il.

Ah…

– Vraiment ?

– Il se trouve qu'Hassan a parfaitement réussi sa dernière mission. Je pense qu'il s'en sortira très bien en milieu universitaire.

– Hassan, tu es sûr ? Il a quitté la formation il y a peu de temps seulement. Il doit encore se faire la main.

– Mais non, il est très qualifié. Après tout, il fait partie des meilleures recrues de la dernière promotion.

Mon père plisse les yeux et ajoute :

– Ça a l'air de te contrarier. C'était pourtant ce dont nous étions convenus : que je te remplace le plus tôt possible. Tu m'as dit toi-même que cette mission te rebutait.

– Oui, enfin, c'était il y a quelques semaines, je plaide. J'avais oublié que la protection rapprochée me plaisait beaucoup.

– Donc, tu veux continuer ?

– Sauf si tu penses que c'est une mauvaise idée… Mais maintenant que j'y suis, que je connais l'entourage de Dovie et que ses amis me connaissent aussi, ce serait compliqué d'expliquer mon départ soudain et l'arrivée de quelqu'un d'autre auprès d'elle. Déjà qu'il m'a été difficile de passer pour un véritable étudiant… J'imagine qu'Hassan serait encore plus déstabilisé, d'autant qu'il n'a encore jamais effectué de mission de couverture. Donc…

L'ombre d'un sourire passe sur les lèvres de mon père. Il me dévisage pendant ce qui me semble une éternité, puis lâche :

– Très bien. Dans ce cas, ne changeons rien.

– Super. J'y vais, ma cliente doit attendre impatiemment que je la libère de Tony.

– Bien sûr… À bientôt, mon grand.

25
Lennon

La petite maison de banlieue semble étrangement calme lorsque je grimpe les quelques marches du porche. Pourtant, de la lumière filtre par la fenêtre du salon, dont les rideaux sont tirés. Je sors mon téléphone et me connecte à l'application qui me permet de désactiver l'alarme qui protège les lieux. Enfin, j'attrape mes clés et je déverrouille la porte d'entrée.

– … c'est parce qu'elle avait le retourneur de temps qu'elle a pu assister à autant de cours. Enfin, Tony, suivez un peu !

– Mais du coup, personne n'est mort ?

– Eh bien non : Harry et Hermione ont réussi à sauver Buck *et* Sirius Black.

– Sirius, qui est le parrain de Harry et aussi… un gros chien noir.

– Voilà !

Depuis l'entrée, j'observe Dovie et Tony. Ils sont tous les deux installés sur le canapé, devant la télé encore allumée. Un générique de fin défile à l'écran. Voldemort, qui n'a pas bougé une oreille malgré mon arrivée – il faut vraiment que je forme ce chien –, ronfle bruyamment sur le tapis du salon.

– D'accord, reprend Tony. Mais du coup, si c'est Harry qui a lancé le petrus…

– Le patronus ! le corrige Dovie. Le petrus, c'est du vin.

– Oui, donc, si c'est Harry qui a lancé le patronus de la biche, ça veut dire que les couches du temps se superposent ?

C'est quoi ce bordel ? De quoi est-ce qu'ils parlent ?

– Exactement, acquiesce Dovie, surexcitée. Le passé, le présent et le futur sont intimement liés. Est-ce que ce ne serait pas extraordinaire si, quand on a des impressions de déjà-vu, ce serait parce que nous avons réellement déjà vécu ces instants ? Peut-être qu'un ancien nous qui est désormais un futur nous a fait et dit à l'avance tout ce que nous sommes en train de faire et de dire à cet instant.

Hein ?

– Je ne crois pas, déclare Tony en secouant la tête. Parce que je m'en souviendrais si je vous avais déjà rencontrée, mademoiselle.

– Oh, Tony, glousse Dovie en bousculant l'épaule de mon collègue, qui semble charmé.

Non mais je rêve !

– Bon, on lance le prochain film ? propose ma cliente.

Mais je m'éclaircis la gorge pour annoncer ma présence et mettre fin à ce… truc qu'ils sont en train de partager. En m'entendant, Tony bondit du canapé et place sa main à sa ceinture, prêt à dégainer son arme.

– Ce n'est que moi, j'annonce en levant les mains. Cela dit, ça aurait pu être n'importe qui d'autre et aucun de vous deux ne se serait rendu compte de quoi que ce soit… surtout pas toi, Tony.

– Désolé, Lennon, me répond-il en quittant sa posture offensive. Mademoiselle Bennett et moi étions absorbés dans…

– Un film, je le coupe. Je t'ai connu plus attentif…

– Hé, c'est injuste ! intervient Dovie.

– Ne te mêle pas de ça, je lui lance.

Je sais que c'est irrationnel, mais les voir si complices ne me plaît pas du tout.

– Évidemment que je m'en mêle, reprend ma cliente, agacée. Tu as demandé à Tony de rester ici et tu m'interdis d'aller à l'extérieur, alors qu'est-ce que tu voulais qu'on fasse en attendant ton retour ?

– Encore une fois, Dovie, cette discussion ne te regarde pas.

– Oh, arrête ton cinéma, Lennon. Ce n'est pas parce que tu refuses la moindre étincelle de bonheur dans ta vie que tout le monde doit te ressembler.

Ses mots planent dans l'air un instant. Nous nous défions tous les deux du regard tandis que Tony, mal à l'aise, regarde partout sauf dans notre direction.

– Tu peux rentrer, je prends la relève, je lui indique.

– Entendu, me répond-il. Mademoiselle Bennett, ça a été un plaisir de vous rencontrer.

– Attendez…

Dovie ouvre un tiroir du meuble télé pour en sortir plusieurs DVD, puis les dépose dans les mains de mon collègue en lui disant :

– Prenez ça. Ce sont les huit films de la saga. Vous pourrez les regarder avec votre fils, je suis sûr que ça lui plaira. Maintenant que vous êtes incollable sur le monde des sorciers, je pense que votre cote de popularité va remonter auprès de votre ado.

– J'espère que vous avez raison. Merci. Mais vous, comment allez-vous faire sans vos DVD ?

– Oh, je connais tous ces films par cœur… et puis, j'en ai une copie sur mon ordinateur.

– Dans ce cas…

Tony attire maladroitement Dovie contre lui, ce qui me fait grogner intérieurement. Enfin, il la relâche et me rejoint dans l'entrée alors même que ma cliente disparaît dans la cuisine.

– Comment ça s'est passé ? je lui demande tandis qu'il enfile sa veste.

– Très bien. Il n'y a eu aucun incident à déplorer, aucun mouvement suspect sur les caméras, ça a été le calme plat.

– Tant mieux. Fais bonne route pour rentrer, et encore merci d'avoir accepté de me remplacer pour la journée.

– Pas de problème, tu l'as déjà fait tellement de fois pour nous… Et puis, c'était sympa de passer du temps avec cette jeune fille. Elle est vraiment exceptionnelle.

À qui le dis-tu, mon pauvre Tony…

Une fois mon collègue parti, je verrouille la porte derrière lui, remets en route l'alarme ainsi que le détecteur de mouvement sous le porche, puis je passe dans la cuisine pour y retrouver Dovie, que je découvre en train d'empiler de la nourriture sur un plateau. Sur un ton léger, je lâche :

– Tony m'a dit qu'il avait passé une super… Dovie ?

Sans m'accorder un seul regard, elle quitte la pièce, son plateau en main, et se dirige vers l'escalier.

– Dovie ! je l'appelle de nouveau. Écoute, je comprends que tu m'en veuilles, mais je crois qu'on devrait…

– Bonne nuit, Lennon. Voldemort, viens là, mon grand !

Le chien pédale sur le carrelage, ses petites griffes cliquetant sur le sol dur. Ce traître prend le temps de grogner en passant à côté de moi, drapé d'une indignation étonnante quand on sait que nous étions devenus bons amis ces derniers temps.

Des pas brutaux retentissent dans l'escalier, puis viennent deux bruits qui me sont devenus désagréablement familiers.

Une porte qui claque.
Un verrou qui se tourne.
La routine…

26
Dovie

C'est la guerre !

En tout cas, ça l'est de mon côté. Hier soir, en revenant de son jour off, Lennon aurait pu décider de se faire pardonner son comportement, mais au lieu de ça, monsieur a choisi d'agresser Tony qui, lui, a été exemplaire. La petite blessure qu'il m'a infligée en se moquant de mes sentiments pour lui est encore douloureuse, alors me voici transformée en général de ma propre armée, prête à remporter la bataille face à mon garde du corps.

Après m'être douchée et habillée, je descends au rez-de-chaussée pour prendre mon petit déjeuner. Sans surprise, Lennon est dans le salon, en train d'enchaîner les abdos. Ma bouche s'assèche.

Ce corps… ce petit chignon au-dessus de sa tête… et ces bras, mon Dieu, ces bras…

STOP ! C'est la guerre, Dovie !

Discrètement, je me faufile dans la cuisine, attrape du pain et entreprends de me préparer des toasts.

– Ah, Dovie, tu es réveillée, j'entends Lennon me lancer.

Ignore-le, surtout, ignore-le.

– Dovie ? Bon, est-ce qu'on va cesser ces gamineries ? poursuit-il. Tu m'en veux, je le conçois, mais il faut que tu passes à autre chose !

Le toaster me renvoie mes tranches de pain grillées. Je les attrape, les tartine de beurre tout en enclenchant la bouilloire, puis je me tourne vers Lennon qui est désormais accoudé au plan de travail.

– Tu ne lis pas ta citation du jour ? me demande-t-il.

Je repose mon couteau et me tourne vers mon frigo. Au lieu de mes Post-it habituels, je trouve un morceau de papier sur lequel une phrase est inscrite à la main :

« La vie, c'est comme une bière. Si tu lui retires le pétillant... ben, c'est plus une bière. Donc, si tu retires le pétillant de ta vie... ben, c'est pas une vie. »

Lennon Westwood.

Figée, je serre les lèvres pour m'empêcher de rire, malgré le regard laser de mon garde du corps dans mon dos.

– Alors ? Qu'est-ce que tu penses de mes talents de poète ? m'interroge-t-il.

Le visage aussi inexpressif que possible, je retourne préparer mon petit déjeuner.

– C'est intéressant comme approche, dis-je simplement.

– Allez, je sais que tu te retiens de sourire...

– Pas du tout.

– Dovie...

– Bon, ça va !

Incapable de me retenir, je m'esclaffe et placarde à nouveau la citation sur le frigo. Une telle perle doit être laissée à la vue de tous.

Pendant quelques secondes, le silence retombe entre Lennon et moi. C'est moi qui finis par le rompre en demandant :

– Est-ce que tu vas t'excuser ?

– M'excuser ? répète-t-il.

– D'avoir ri de mes sentiments !

Lennon se pince l'arête du nez en soupirant.

– Écoute, j'ai bien réfléchi à tout ça, je pense que tu *crois* ressentir quelque chose pour moi, mais tes émotions sont biaisées, Dovie.

– Ah oui ? Et pour quelles raisons ?

– Mais parce que… tu te retrouves enfermée ici avec moi la plupart du temps, la situation avec le corbeau t'angoisse et j'apparais en sauveur…

Bouche bée, je le dévisage.

– Donc, ce que tu es en train de dire, c'est que je te vois comme une sorte de héros, que je t'idéalise ?

– Pas exactement, mais…

– C'est ridicule. Parce que je *sais* ce que je ressens, et surtout, depuis quand je le ressens. En l'occurrence, tu m'attires depuis que tu es apparu sur le pas de ma porte. À ce moment-là, je ne savais pas encore qui tu étais.

Je verse de l'eau bouillante dans mon mug comme si tout était normal, comme si je ne venais pas d'admettre à haute voix avoir été frappée par la foudre dès l'instant où j'ai vu mon bodyguard. Sans me démonter, j'ajoute :

– Oh, et encore une chose. Mon inconscient ne t'imagine pas le moins du monde en chevalier blanc prêt à venir me délivrer de ma tour d'ivoire pour m'emporter dans un château dans lequel nous nous marierons et aurons douze enfants… Ce que je visualise plutôt, c'est toi débarquant un soir dans ma chambre, m'embrassant avant de me renverser sur mon lit et nous deux faisant l'amour… J'en rêve littéralement chaque nuit depuis une semaine.

Les joues brûlantes, je quitte la cuisine le plus dignement possible. En montant l'escalier, je lance :

– Et mets un t-shirt, parce que ça n'aide pas !

Le silence pétrifié de mon garde du corps à cet instant est jubilatoire.

Dovie, un – Lennon, zéro pointé.

27
Lennon

L'une des choses que j'aime le moins dans cette mission, ce sont les heures que je passe au labo avec Dovie pendant qu'elle planche sur sa thèse. Dans ces moments-là, elle est tellement concentrée sur ses recherches que rien ne peut l'en détourner… mais pour moi, le temps s'écoule lentement.

– Bon sang, ça ne fonctionne pas ! râle-t-elle en déchirant une nouvelle feuille de calculs tous plus complexes les uns que les autres.

– Est-ce que je peux t'aider ? je lui demande.

– J'en doute… à moins que tu sois incollable sur la matière noire.

– Salut, comment vous allez ?

Je bondis de ma chaise, surpris par cette intrusion… et m'arrête juste avant de me jeter sur Felix.

– Putain, mec, t'as vraiment un problème, râle-t-il. Qu'est-ce qui te prend de réagir comme ça quand tu me vois ?

– Et toi, pourquoi est-ce que tu débarques toujours de cette façon ? je lui renvoie.

Felix secoue la tête et se place à une table de travail en bougonnant. Le silence retombe dans le labo. Dovie frappe sur les touches de son ordinateur portable à une vitesse impressionnante, sans dévier son regard de l'écran. Je vois bien qu'aujourd'hui son travail ne la satisfait pas. Elle est bloquée sur le même problème depuis ce matin sans parvenir à le résoudre, mais malgré tout, elle persévère. Je suis impressionné par sa détermination.

Soudain, un petit morceau de papier atterrit sur son clavier. Elle se fige, s'empare du mot et se tourne vers Felix, qui sourit comme un abruti. Elle reforme alors une petite boule en levant les yeux au ciel et la relance en direction de son envoyeur.

– 13 261, déclare-t-elle.

Felix vérifie le résultat sur sa calculatrice puis jure en tapant du poing sur sa table.

– Est-ce qu'il va cesser un jour de faire ça ? je glisse à Dovie.

Je n'obtiens qu'un haussement d'épaules pour toute réponse.

Au moins, elle ne m'a pas ignoré, ce qu'elle semble prendre un malin plaisir à faire depuis deux jours… Il faut dire que depuis l'aveu qu'elle m'a fait concernant ses rêves, elle n'ose plus croiser mon regard ; et honnêtement, moi aussi, j'ai du mal à la regarder dans les yeux.

« Ce que je visualise plutôt, c'est toi débarquant un soir dans ma chambre, m'embrassant avant de me renverser sur mon lit et nous deux faisant l'amour… J'en rêve littéralement chaque nuit depuis une semaine. »

Je devrais ressentir de la gêne en sa présence, mais à la place, chaque fois que je l'observe, je ne vois désormais rien d'autre que nos corps nus et entremêlés.

C'est une véritable torture.

– Quoi ? murmure-t-elle brusquement en me jetant un coup d'œil.

Je hausse les sourcils, surpris par sa question. Elle enchaîne :

– Tu me regardes comme un psychopathe… C'est toi qui me le reproches d'habitude, alors arrête ça !

Et merde !

Un bruit de pas résonne derrière nous, et je redresse la tête pour voir débarquer le professeur Fernandez.

– Ah, Dovie, tu es là, fait-il, soulagé.

– Un problème ? demande-t-elle en refermant son ordinateur.

– J'aurais besoin de te parler un instant.

– Bien sûr.

Dovie se lève, mais à l'instant où elle s'apprête à suivre son directeur de thèse, elle se rappelle que s'éloigner de moi n'est pas une option et demande :

– Est-ce que Lennon peut nous accompagner, s'il vous plaît ?

Fernandez tique, Felix hausse les sourcils. Quant à moi, je me redresse pour montrer que ce n'est pas négociable.

– Si tu veux… concède le professeur.

Nous quittons le labo pour nous rendre dans une salle attenante, vide, à l'exception d'un petit bureau. Dès que la porte se referme, Fernandez explose.

– Je sais ce qui se passe ! assène-t-il en plaquant ses mains sur ses hanches.

– Comment ça ? s'étonne Dovie.

– Je viens d'avoir une conversation avec la doyenne, elle m'a tout raconté sur ta situation. Vous êtes son garde du corps, je me trompe ?

Bien qu'apprendre la trahison de la doyenne me contrarie au plus haut point, je garde un visage neutre tout en faisant un pas en direction de Dovie.

– Mais… commence cette dernière.

– Pourquoi tu ne m'as pas dit que tu étais harcelée ? enchaîne son prof. Pourquoi m'avoir caché que quelqu'un te menace à cause de tes travaux ?

– Pas si vite, j'interviens. Vous allez nous donner quelques explications. Pourquoi la doyenne vous a-t-elle parlé de cette histoire, à vous précisément ?

Fernandez me dévisage, puis il soupire et s'assied sur le bord du bureau.

– Elle m'a convoqué pour me parler de ce qui s'est passé avec Adrian le soir de la fête de Bobby Hoffmann, révèle-t-il.

– Mais pourquoi ? demande Dovie.

– Parce qu'Adrian est mon neveu.

Ah ben merde…

D'instinct, je me place carrément devant ma cliente, cette fois.

– Écoutez, je sais ce que vous vous dites, mais je vous promets que ce n'est pas Adrian qui harcèle Dovie depuis des mois, assure Fernandez.

– Qu'est-ce qui vous permet d'en être certain ? je réplique.

– Je le crois quand il m'affirme qu'il n'a voulu faire de mal à personne. Le corbeau s'est servi d'Adrian et l'a jeté en pâture pour que les soupçons se portent sur lui.

– Professeur, vous ne m'avez jamais dit que votre neveu était au MIT, fait remarquer Dovie en s'accrochant à mon bras.

– Adrian ne souhaitait pas que notre lien familial soit dévoilé, il avait peur qu'on l'accuse de bénéficier d'un traitement de faveur ou de subir des moqueries de la part des autres étudiants.

Fernandez se passe une main sur le visage, pousse un soupir, puis suggère :

– Dovie, peut-être que tu devrais arrêter tes recherches… au moins pour le moment ?

– Quoi ? Non ! Je n'ai pas bossé aussi dur pour tout arrêter maintenant ! proteste-t-elle.

– Mais je refuse de te savoir en danger, rétorque son professeur. Je tiens beaucoup à toi et il est hors de question que tu risques ta vie pour la science.

– Ça, c'est à moi d'en décider, martèle-t-elle.

– Bon, on va se calmer un peu, j'interviens. Professeur, où est votre neveu en ce moment ?

– Il est retourné chez ses parents pour quelques jours. Toute cette histoire l'a perturbé, et il craint qu'on n'essaye encore de le piéger.

Je soupire à mon tour en essayant de comprendre la logique de tout ce bordel. Pourquoi quelqu'un qui en veut à Dovie essayerait-il de faire porter le chapeau à un tiers ? À moins que ce ne soit pas seulement l'étudiante qui soit visée, mais aussi son directeur de thèse avec qui elle collabore pour ses recherches ?

– Adrian est quelqu'un de bien, plaide une dernière fois Fernandez. Je te jure qu'il ne te veut aucun mal, Dovie.

– Je vous crois, répond celle-ci.

Mais je crains que sa relation avec son professeur n'obscurcisse son jugement. En attendant, ce que je constate, moi, c'est que toute cette histoire se complexifie de jour en jour.

28
Dovie

Adrian Hawkins.

Le trouver sur les réseaux sociaux n'aura pas été bien compliqué. Apparemment, il n'a aucun problème à y étaler sa vie. Je fais défiler les photos qu'il a postées. Maintenant que je sais qu'il appartient à la famille du professeur Fernandez, il me fait un peu moins peur. Parce que j'ai confiance en mon directeur de thèse et en son jugement : s'il me dit qu'il est persuadé que son neveu est victime d'un complot, je veux bien le croire. Malgré tout, ma curiosité me pousse à en découvrir un peu plus sur lui ; malheureusement, je n'apprends pas grand-chose, à part qu'il est passionné par la biochimie, comme Felix, qu'il soutient férocement les Red Sox et qu'il aime faire la fête avec ses amis.

En somme, Adrian est un étudiant lambda qui ressemble à des milliers d'autres.

En soupirant, je repose mon téléphone portable et me laisse aller en arrière dans le canapé du salon. Passer des heures à stalker Hawkins ne m'aidera pas, je dois me concentrer sur autre chose… Forcément, j'ouvre mon ordinateur pour avancer sur ma thèse.

Mais je m'interromps bien vite lorsque Lennon et Voldemort débarquent depuis la terrasse où ils étaient en pleine séance de dressage, affublés d'un accoutrement pour le moins… intéressant. Que la montagne qui me sert de garde du corps soit vêtue d'un short et d'un t-shirt ne me perturbe pas plus que ça…

Quoique… tous ces muscles à l'air libre, c'est de la torture.

Ce qui me laisse perplexe, en revanche, c'est de voir mon pauvre chien engoncé dans de petits chaussons adaptés à ses pattes.

– Qu'est-ce que tu lui as fait ? je lance à Lennon, perplexe.

– Je l'ai mis en condition.

– Pour quoi faire, au juste ?

– Aller courir ! Il fait chaud aujourd'hui, ses coussinets doivent être protégés du bitume.

OK…

– Depuis quand Voldi et toi allez courir tous les deux ? j'enchaîne.

– C'est la première fois.

Comme je continue de le dévisager sans rien dire, Lennon poursuit :

– Écoute, je sais que c'est tendu entre nous depuis une semaine et que tu m'en veux énormément…

– Si peu…

– Ça commence à me peser. Et généralement, quand j'ai besoin de me changer les idées, je pars courir quelques kilomètres ou je m'octroie une bonne séance de cardio.

– Donc, tu t'es changé parce que tu t'apprêtes à faire un footing ?

– *Nous* allons faire un footing. Voldi et moi sommes déjà prêts, nous t'attendons.

Je pouffe tout en croisant les bras.

– Il est hors de question que j'aille courir avec vous, je déclare.

– S'il te plaît, Dovie.

– Non seulement j'étais en train de bosser sur ma thèse, au cas où tu ne l'aurais pas remarqué, mais surtout, en plus de me coller aux basques, tu m'obliges aussi à faire des choses dont je n'ai pas envie, maintenant ?

– Je ne t'oblige à rien, je te demande juste une faveur.

– Et pourquoi je te l'accorderais ?

– Oh, je ne sais pas, peut-être parce que ça fait des semaines que je suis ici et que je n'ai pas encore eu un moment de répit !

– Parce que j'en ai eus, moi, peut-être ? je m'écrie. Je n'ai pas demandé à t'avoir dans les pattes, Lennon Westwood.

– Je n'ai rien demandé non plus, je ne fais que mon travail, tonne-t-il.

L'aboiement de Voldi nous interrompt dans notre dispute. Immédiatement, nous baissons le ton pour ne pas l'effrayer.

– Je suis désolé, lâche soudain Lennon.

– À propos de quoi ? je lui renvoie.

– J'ai compris, d'accord ? Je n'aurais pas dû prendre tes sentiments à la légère et je n'aurais pas non plus dû t'expliquer ce que tu ressens réellement, c'était très présomptueux de ma part.

– Enfin… je soupire. On progresse.

– Mais…

– Oh, bon sang…

– Tu ne trouves pas que tu exagères un peu, Dovie ? souffle Lennon. M'éviter, m'ignorer de cette façon, c'est rude, non ? J'ai peut-être commis une erreur, mais la façon dont tu me le fais payer n'est pas très réglo. Je te rappelle qu'on vit ici tous les deux et que la moindre tension entre nous rend la cohabitation invivable. Tu ne penses pas qu'on pourrait juste passer à autre chose ? Retrouver la relation qu'on avait avant ?

Je le fixe pendant un moment. Le problème, c'est que je ne veux pas de la relation qu'on avait avant, je veux plus, je le veux tout entier et il ne semble pas prêt à l'accepter. Malgré tout, j'apprécie qu'il ait fait la démarche de me présenter ses excuses. Et puis, ma rancune me fait bien plus de mal qu'à lui.

– Ça m'épuise d'être en guerre contre toi, j'avoue.

– Alors ne le sois plus.

– T'as raison, ça en devient ridicule.

– Du coup, est-ce que tu acceptes de venir courir avec Voldi et moi ? Tu sais qu'il est exclu que je te laisse ici seule sans surveillance… alors, si vraiment tu refuses, nous n'irons nulle part, mais j'ai vraiment envie que tu nous accompagnes.

Je soupire et me passe une main dans les cheveux. Je peux comprendre la frustration de Lennon : après tout, je suis peut-être enfermée avec lui, mais il l'est aussi avec moi, et je réalise qu'il a certainement besoin de respirer un peu.

– Bon, d'accord, je concède. Laisse-moi juste quelques minutes pour me préparer. Mais je te préviens, je déteste le sport. Je considère que ça revient à se faire volontairement du mal !

– Au contraire, c'est génial, s'enthousiasme mon garde du corps. Tu verras, tu auras l'impression de revivre !

••••

– JE VAIS MOURIR… Je le sens, la vie est en train de quitter mon corps !

– Dovie…

– Mes poumons rétrécissent, mes organes me lâchent… L'oxygène n'alimente plus mes cellules, je suis déshydratée.

– Tu exagères, on n'a couru que neuf cents mètres.

Je jette un regard meurtrier à mon bodyguard. Je souffle comme un taureau prêt à charger, la peau de mes joues est écarlate, mais lui, beau à se damner avec son épiderme doré par le soleil, il trottine à mes côtés avec une aisance insolente. De son côté, Voldemort aussi court, langue pendante, ouvrant la marche de notre trio atypique. Il semble se plaire dans ses petits chaussons.

– Oh, bon sang, je ne vais pas pouvoir continuer, Lennon, je crache. Ne t'occupe pas de moi, je vais m'asseoir ici quelques heures jusqu'à ce que mon cœur ait retrouvé un rythme normal.

– Ne raconte pas de bêtises, s'esclaffe-t-il. Tu as bien plus de ressources que tu ne le penses.

– Tu prends ça beaucoup trop à la légère… Il y a une lumière qui m'aveugle. À mon avis, c'est très mauvais signe.

– C'est le soleil, Dovie… Il me semblait que tu l'avais déjà vu une ou deux fois, pourtant.

Je geins tout en me tenant le côté droit. Soudain, la main de Lennon attrape la mienne. Sans un mot, il augmente le rythme tout en m'entraînant avec lui. Tandis que nous poursuivons notre chemin vers ce qui me semble être les portes de l'enfer, je lui jette un petit coup d'œil. Grâce à sa stature, il me tient désormais à l'ombre… Je laisse errer mon regard sur lui et me surprends à remercier intérieurement l'inventeur du short, qui me permet d'apprécier ses cuisses musclées, ses mollets d'athlète et…

Oh !

– Tu as un tatouage ? je constate, ébahie.

– Tu mates ? réplique Lennon.

Ce qu'il y a de bien, c'est qu'avec la chaleur, il ne pourra pas savoir si je rougis ou si c'est juste l'effort qui me met dans cet état.

– Un W pour « Westwood » ? je hasarde en désignant le motif sur sa peau.

– Exact.

– Pourquoi est-il entouré d'un cercle ?

– C'est le logo de l'agence. Cette entreprise, ce n'est pas juste un employeur comme les autres : c'est ma famille. J'adore travailler avec mes frères et mon père, et je me dis souvent que porter le même nom qu'eux est la meilleure chose qui me soit arrivée. Cruz, Sawyer, Billie et Jaxon pensent pareil, d'ailleurs : eux aussi se sont fait ce tatouage.

– Waouh. Vous êtes vraiment très proches. Et cette phrase ? Elle est aussi en rapport avec ta famille ?

Tranquillement, Lennon ralentit jusqu'à s'arrêter, et j'en profite pour lire l'inscription à voix haute :

– « Face à l'adversité, ensemble, toujours. »

– C'est la devise des Westwood, m'explique-t-il. Et oui, mes frères et ma sœur aussi l'ont tatouée sur leur corps.

Il tire de son sac à dos de course deux bouteilles, dont je m'empare rapidement. Puis il remplit un petit bol et le pose par terre devant Voldi. Ensuite, il avale deux grandes gorgées d'eau… et face à la vision de mon garde du corps luisant de sueur, tête en arrière et pomme d'Adam montant et descendant, je manque de faire un malaise.

On dirait qu'il fait exprès de se rendre encore plus sexy, c'est dingue !

– Et toi ? Est-ce que tu as des frères et sœurs ? me demande-t-il après avoir refermé la bouteille.

– Non, je suis fille unique, je réponds après m'être reprise. Arnold et Trevor ont fait le choix de n'avoir que moi.

– Je me demandais… Excuse-moi par avance si tu trouves ma question déplacée, mais… est-ce que tu sais qui est ta mère ? Tes pères t'en ont déjà parlé ?

– J'ai quelques photos d'elle durant sa grossesse. Je sais qu'elle s'appelle Angela et qu'elle avait vingt-quatre ans au moment où elle m'a portée. Trevor m'a expliqué que c'était une camarade de fac, à Arnold et à lui. Lorsqu'ils ont cherché la mère parfaite pour concrétiser leur projet, ils l'ont choisie parce qu'elle était la fille la plus intelligente qu'ils connaissaient.

– Tu as hérité de son cerveau, on dirait.

J'acquiesce, puis je reprends :

– Elle a accepté d'être leur mère porteuse parce qu'elle avait besoin d'argent à ce moment-là. Arnold et Trevor voulaient qu'elle fasse partie de ma vie, mon deuxième prénom est d'ailleurs le sien. Sauf qu'après l'accouchement, elle leur a dit que c'était beaucoup trop difficile pour elle de les voir avec moi en sachant qu'elle ne pourrait jamais être véritablement ma mère. Alors elle a déménagé dans un autre État, et ils n'ont plus jamais entendu parler d'elle.

– Est-ce qu'elle te manque ?

– Trevor et Arnold ont été des pères absolument géniaux. Mais il m'est arrivé quelques fois de me dire que j'aurais aimé qu'elle soit là, surtout à l'adolescence, quand mon corps s'est mis à changer et que mes hormones crevaient le plafond. À l'école, aussi, quand j'étais la risée des enfants qui avaient un père et une mère. Il y a vingt ans, les couples homosexuels étaient tellement mal perçus… Aujourd'hui, heureusement, on commence enfin à les accepter plus facilement. Trevor et Arnold se sont battus pour combler leur désir d'enfant, ils m'ont aimée et élevée du mieux qu'ils ont pu, et si c'était à refaire, je les choisirais mille fois comme parents. J'ai décidé de ne pas penser à ce que j'aurais pu avoir et d'apprécier ce que j'ai, c'est aussi simple que ça.

– C'est une très bonne façon de voir les choses.

Nous nous sourions doucement, en silence, jusqu'à ce qu'un jappement de Voldi vienne briser notre moment de complicité. Nous reprenons alors notre course en sens inverse, direction la maison.

– Je te propose un truc, me dit Lennon tout en enchaînant les foulées.

– Je t'écoute.

– On sprinte sur les derniers mètres pour voir lequel de nous deux arrive en premier chez toi.

– Qu'est-ce que j'y gagne ?

– Tu as accepté de venir courir avec moi, alors si tu me bats, j'accepterai de faire ce que tu veux.

M'embrasser ? Me toucher ? Me caresser…

– *Tout* ce que je veux ?

– Tant que c'est légal et pas dangereux, oui, précise-t-il, ce qui me fait rire.

– Très bien, laisse-moi réfléchir… Oh, je sais ! Je veux sortir. Aller dans un bar, boire des cocktails, croiser du monde. Je veux quitter cette maison.

– Ça me va. Si tu gagnes, je t'invite ce soir.

– Et si *tu* gagnes ? je lance.

Un sourire machiavélique naît sur les lèvres pleines de mon garde du corps.

– Tu viendras faire un footing avec moi trois fois par semaine, annonce-t-il.

Mes yeux s'écarquillent, et la perspective de subir à nouveau cette torture me donne la force de m'élancer en direction de ma maison, que j'aperçois déjà. Mes pieds frappent le bitume, je souffle bruyamment, ma poitrine siffle, ma gorge est en feu, mais je puise dans mes dernières forces. Derrière moi, j'entends Voldemort qui s'élance à ma poursuite en aboyant.

Enfin, je passe la barrière de mon petit jardin et fonce jusqu'à la porte d'entrée.

– Ah ! Dans ta face, le bodyguard ! j'éructe. J'ai botté tes fesses d'armoire à glace !

– Je t'ai laissée gagner, s'amuse-t-il en arrivant derrière moi.

– Rassure-toi comme tu peux, je réplique. On se retrouve dans une heure au salon. À moi les margaritas !

29

Lennon

Une heure plus tard, je suis devant la télévision, en train de gratter l'arrière des oreilles de Voldemort, lorsque j'entends derrière moi :

– Et voilà, je suis prête.

Je me lève d'un bond, attrape ma veste qui gît sur le canapé… et me fige.

Waouh… Est-ce que c'est légal d'avoir de telles jambes ?

Au bas de l'escalier, Dovie, tout sourire, me regarde en attendant que je sorte de ma transe. Sauf que la petite jupe noire qu'elle porte me trouble. Et que dire de son débardeur blanc et de son décolleté ?

Comme souvent, ses sublimes ondulations rousses sont retenues par un nœud en soie. Cela dégage son visage, et je suis totalement ébloui par ses yeux bleu et vert ainsi que par les petites taches de rousseur sur son nez.

« Ébloui » ? Non, « subjugué », plutôt…

Péniblement, je déglutis.

La soirée va être longue…

– C'est… ça te va bien, dis-je d'une voix rauque.

– Merci. On y va ?

Retrouvant mes fonctions motrices, je me mets en marche et nous quittons la maison. Gentleman, j'ouvre la portière de ma voiture pour que Dovie s'installe sur le siège passager, puis je prends place au volant.

– Ce matin encore, je prévoyais de t'ignorer jusqu'à la fin de mes jours, et là, on a un rencard, fait-elle en bouclant sa ceinture.

– Quoi ? Attends, Dovie, ça n'a rien d'un rencard, d'accord ? je proteste. Nous sommes simplement deux personnes…

– Jeunes et sexy…

– Qui vont boire un verre ensemble.

– Je sais.

Sur ce, Dovie se tourne vers moi avec un sourire de psychopathe et ajoute :

– Mais quand même… j'ai compris que rien n'arriverait jamais entre nous deux, alors ne me retire pas le plaisir d'imaginer que cette soirée est bel et bien un rencard. Après tout, on rentrera ensemble à la fin…

Je secoue la tête puis démarre la voiture.

••••

J'attrape les verres que la serveuse fait glisser dans ma direction avant de traverser le bar pour rejoindre Dovie, qui m'attend installée à une table.

– Une margarita pour le petit génie et une bière pour moi, j'annonce.

– Surtout, ne lui retire pas le pétillant…

Nous rions, puis Dovie s'empare de sa boisson et en avale une longue gorgée.

– J'adore les margaritas, fait-elle.

Elle rejette inconsciemment ses cheveux derrière elle, dévoilant la peau laiteuse de ses épaules. Ensuite, elle lâche :

– Très bien, monsieur Westwood, parlons affaires. Où en es-tu de ton enquête ?

– Tu veux discuter de ça ce soir ? je soupire. Il me semblait qu'on s'octroyait un moment de détente !

– Je suis détendue. Mais j'aimerais savoir si tu continues de soupçonner mes amis de vouloir me faire du mal.

– Dovie… Je ne pense pas que ce soit une bonne idée qu'on débatte de ça.

– Bien sûr que si ! Je te rappelle que je suis la principale intéressée. J'ai le droit d'être tenue au courant de tes avancées.

– Bon, comme tu veux. Je ne pense pas que Felix, Zack ou Viola aient quoi que ce soit à voir avec les menaces que tu reçois.

– Vraiment ? s'étonne Dovie, les yeux écarquillés.

– Tu aurais préféré que je te dise l'inverse ? je réplique en riant.

– Non, évidemment, mais tu semblais tellement sûr qu'il fallait se méfier de mes amis…

– Je me suis focalisé sur eux parce qu'ils gravitent continuellement autour de toi. Mais après les avoir bien observés, je pense que je peux les retirer de ma liste de suspects.

– Tu vois, je te l'avais dit. Nous sommes bien trop proches pour qu'ils cherchent à me nuire.

Je hausse les épaules en avalant une gorgée de ma bière.

– Ce ne sont pas vos liens qui me font penser qu'ils sont innocents, ce sont quelques détails de toute cette histoire qui ne collent pas avec leurs profils.

– Lesquels, par exemple ? Une autre, s'il vous plaît, lance Dovie à la serveuse derrière le bar en montrant son verre de margarita déjà vide.

Son visage respire la joie. Je suis franchement impressionné par sa capacité à rester positive malgré ce qui se passe dans sa vie.

– Déjà, je commence, j'ai remarqué qu'aucun de vous n'a les mêmes ambitions pour sa carrière. Felix veut devenir biologiste, Zack et Viola seront certainement les futurs Pierre et Marie Curie…

– Tu connais des scientifiques ? me renvoie Dovie, surprise.

– Je ne suis pas aussi cultivé que toi, mais quand même… Pour en revenir à ton avenir, rien à voir avec celui que projettent tes amis : dans quelques années, tu seras certainement à la tête de ta propre station spatiale.

Le petit gloussement de Dovie se loge directement au creux de mon estomac… et dans un autre endroit, ce qui rend mon jean grandement inconfortable tout à coup.

– Il me paraîtrait étonnant que Felix, Zack ou Viola veuillent t'empêcher de faire une avancée incroyable dans un domaine qui n'est pas le leur, j'ajoute. Je me suis également renseigné sur eux : l'un des informaticiens de l'agence m'a sorti un dossier complet sur leurs parcours.

– Liberticide, se contente de dire Dovie en grignotant la rondelle de citron qui trônait sur le bord de son verre.

– Prudent, je réplique. En tout cas, ça m'a permis d'apprendre qu'aucun d'eux ne vient d'une famille aisée. Ils ont accédé au MIT grâce à leurs résultats excellents, pour lesquels ils ont reçu une bourse.

– Où veux-tu en venir ?

Je termine ma bière et fais signe à la serveuse de m'en apporter une autre… ainsi qu'une troisième margarita pour Dovie, qui est plus qu'heureuse de cette initiative. Je réponds ensuite :

– Comment des étudiants boursiers avec peu de moyens auraient-ils pu donner cinq cents dollars à Adrian pour te faire passer un message ? S'ils avaient eu cet argent, je suppose qu'ils l'auraient utilisé autrement.

Perdue dans ses pensées, Dovie garde le silence pendant quelques minutes. Je finis par lui demander :

– Qu'est-ce qui te contrarie ?

– Je suis heureuse de savoir que les personnes les plus proches de moi ne me veulent pas de mal, mais je ne peux pas m'empêcher de me dire que nous sommes dans une impasse, souffle-t-elle. Où chercher ? Vers qui se tourner ?

– J'étudie encore les informations que j'ai reçues sur Adrian, le professeur Fernandez, la doyenne, Bobby… Tout le monde est dans mon viseur, même le chauffeur de taxi qui t'a baladée pendant une semaine entre ta maison et le MIT.

Dovie pousse un soupir tremblant.

– Et si ce cauchemar ne finissait jamais ? s'angoisse-t-elle.

– Hé, ne t'inquiète pas.

Instinctivement, je pose ma main sur la sienne pour lui apporter un peu de réconfort.

– Je suis là et je trouverai qui cherche à te nuire, je te le promets.

La douceur de son sourire à cet instant et la confiance que je perçois dans ses yeux me bouleversent. Il m'est désormais impossible de nier plus longtemps à quel point cette femme me touche… et m'attire. J'ai combattu ce sentiment aussi longtemps que je l'ai pu, mais mes défenses sont en train de tomber une à une et je ne sais pas quoi faire pour empêcher cela… ni même si j'ai envie de l'empêcher.

– Bon, il est de temps de clore le sujet, je décrète. Ça te dirait, une petite partie de billard ?

– Je ne sais pas y jouer, me répond Dovie.

– Alors je vais t'apprendre. Prends ton verre.

Elle m'emboîte le pas tandis que nous nous dirigeons vers le fond du bar, où sont installées plusieurs cibles de fléchettes et deux tables de billard. Après avoir déposé nos verres, je tends une queue à Dovie, qui l'observe avec le même regard perdu que celui que j'arborais sans doute la première fois que j'ai assisté à un cours d'astronomie.

– Tu verras, il n'y a rien de compliqué, dis-je en riant.

Je rattroupe les boules dans un triangle, puis je le retire et me positionne face à la table.

– Je vais faire le bris, et ensuite, je t'explique tout.

Concentré, je vise la pointe du triangle et donne un coup sec qui envoie s'éparpiller les boules un peu partout.

– C'est très simple, j'indique. Le but, c'est d'envoyer les boules de couleur dans les trous à l'aide de la boule blanche. Comme ça.

Je m'empare de la craie, en recouvre l'embout de la queue de billard, puis je me penche pour viser. La boule blanche en percute deux autres, envoyant valser une bleue dans les filets.

– Ça a l'air facile, déclare Dovie. À mon tour.

Elle se place en m'imitant et se baisse jusqu'à ce que sa poitrine frôle le tapis de la table. La vue plongeante que j'ai sur son décolleté m'oblige à prendre une longue inspiration.

Au moment où elle tire, le bout de la queue percute le tapis et elle manque son coup.

– C'est parce que tu n'adoptes pas la bonne position, dis-je. Viens, je vais te montrer.

Je lui tends la main, qu'elle prend immédiatement, et je l'attire devant moi. Me plaçant contre son dos, je dépose la queue de billard entre ses mains et l'incite à se pencher doucement.

– Ce n'est pas parce que tu as le nez contre le tapis que tu viseras mieux, je lui explique. Le secret, c'est d'avoir un placement de main parfait. Comme ça.

Je fais doucement glisser la queue de billard sur ses doigts. La parfaite conscience que j'ai de son corps à cet instant est une véritable torture. Mon torse large englobe son dos, mes bras recouvrent totalement les siens et ma joue est collée contre la sienne. La dernière fois que je me suis trouvé aussi proche d'elle, c'est quand elle a sauté depuis le rebord de sa fenêtre et que je l'ai rattrapée dans mes bras. Son parfum délicieux chatouille mes sens, me donnant envie de la respirer à l'infini.

– Redresse ton pouce, je lui suggère en baissant instinctivement la voix. Il doit faire office de crochet, de point de stabilité pour ta main. C'est bien.

– Je n'imaginais pas que le billard pouvait être aussi distrayant.

– Concentre-toi, Dovie Bennett.

– Facile à dire… L'objet de mes fantasmes est littéralement collé à moi.

– Dovie, je grogne, plus de frustration que de mécontentement.

– OK, OK. Je t'écoute.

– Bien. Garde la boule de ton choix dans ton viseur, focalise-toi sur ta respiration, et quand tu te sens prête, donne un coup rapide et sec.

Dovie reste immobile quelques secondes, puis frappe. La boule blanche percute la rouge et la fait rouler sur quelques centimètres.

– Pas mal, mademoiselle Bennett.

– C'est vous qui m'avez tout appris, monsieur Westwood.

Après m'avoir gratifié d'un clin d'œil, elle se décale de quelques pas pour reprendre sa position. Je détaille les courbes de son corps sans vergogne… avant de remarquer que je ne suis pas le seul à le faire. Un peu plus loin, un groupe d'étudiants qui jouent aux fléchettes ont l'air captivés par la jupe de Dovie et ses cuisses attirantes.

Devant leurs sourires goguenards, un grondement menace de quitter ma poitrine. Mon envie de les obliger à détourner les yeux est forte mais à la place, je les gratifie d'un regard furieux et me repositionne derrière mon petit génie, bien trop occupée à viser une boule orange pour remarquer l'attention lubrique dont elle fait l'objet.

– Tu ne peux plus te passer de moi, on dirait ? me lance-t-elle en se redressant.

– Continue de t'entraîner au lieu de jubiler, parce que dès que je vais rentrer dans la partie, je ne te laisserai aucune chance.

Dovie hausse les sourcils et penche la tête sur le côté.

– Est-ce que tu es en train de me dire que tu me fais une fleur ? Que la pauvre inexpérimentée que je suis a besoin de plusieurs tours de chauffe avant d'affronter le grand Lennon ?

– C'est exactement ce que je dis.

Elle glousse, s'éloigne de moi et positionne à l'autre bout de la table de billard.

– Lance la partie, la vraie ! m'ordonne-t-elle.

– Puisque tu y tiens…

Je reforme le triangle et me permets d'effectuer le premier coup. Pendant quelques minutes, j'envoie les boules dans les poches les unes à la suite des autres, sentant le regard de Dovie braqué sur moi. Petit à petit, elle se rapproche et, au moment où je me positionne pour effectuer un nouveau coup, je sens sa hanche frôler la mienne.

– Dovie… je grogne.

– Oui ? fait-elle innocemment.

– Déconcentrer l'adversaire est considéré comme de la triche.

– Parce que je te déconcentre, là ? s'étonne-t-elle. Je ne fais que te regarder, pourtant. J'essaye de comprendre ta technique… de voir comment tu places tes mains, comment tes doigts glissent sur la queue…

Je tente de faire abstraction de sa voix douce aux accents aguicheurs et envoie une nouvelle boule vers l'un des angles de la table… ce qui est un échec cuisant, à cause de Dovie qui s'est soudain collée contre moi. Sa poitrine se presse contre mon flanc et je l'entends murmurer :

– Oups…

Je me redresse au ralenti et me retourne alors. Face à face, nous nous dévisageons… À cet instant, il ne m'est plus possible de nier ce qui est né entre nous. Là, alors que quelques centimètres séparent mon torse de sa poitrine, j'ai le sentiment qu'une force invisible nous pousse l'un vers l'autre.

– Je t'ai déjà dit à quel point tu étais grand ? lâche-t-elle dans un souffle.

– Une ou deux fois, je réponds, les yeux rivés sur ses lèvres roses.

– Et que je te trouve très, très, très beau ?

– Dovie…

– Je sais que tu ne veux pas entendre parler de mes sentiments mais, s'il te plaît, embrasse-moi.

Mon estomac se tord, mes poumons se vident de leur air.

– Bientôt, toute cette histoire sera terminée, poursuit Dovie, les yeux brillants. Tu reprendras le cours de ta vie. Je sais que je ne peux pas te forcer à ressentir quelque chose pour moi, mais j'aimerais profiter de cet instant… J'ai besoin que tu m'embrasses. Juste une fois. Pour ne pas regretter, lorsque tu seras parti, de ne pas avoir saisi l'opportunité qui s'offrait à moi.

Bon sang… Comment résister à une telle demande ?

La réponse est simple : je n'ai plus la force de le faire.

Je jette la queue de billard sur la table. Poussé par un besoin viscéral de toucher la peau de Dovie et de connaître le goût de ses lèvres, je glisse une main sur sa nuque et dans ses cheveux soyeux, tout en passant mon bras autour de sa taille pour la coller contre mon corps. Surprise, elle expulse un soupir tout en me dévorant des yeux. Mais après un petit sourire en coin de ma part, elle pose les mains contre mon torse. Doucement, je caresse son nez du mien sans la quitter du regard. Puis, incapable d'attendre plus longtemps, je joins nos bouches.

Si au départ je voulais effleurer ses lèvres tendrement, la passion qui nous consume depuis un moment en décide autrement. Et c'est un baiser dévorant que nous échangeons. Nos langues se cherchent, les mains de Dovie quittent mon torse et partent à l'assaut de mes bras. Il ne m'échappe pas qu'elle passe et repasse sur mes biceps comme si elle cherchait à graver leur contact sur ses paumes.

– Je crois que je suis obsédée par tes bras, murmure-t-elle, essoufflée, contre ma bouche.

– Ah oui ?

J'attrape sa taille, la soulève et la dépose sur le bord de la table de billard avant de m'insérer entre ses jambes. Puis j'agrippe son visage à deux mains et fonce à nouveau sur ses lèvres, l'embrassant avec ardeur. Le doux gémissement qui s'échappe de sa bouche fait accélérer mon pouls, ses jambes se verrouillent à ma taille et elle m'attire encore plus près d'elle, glissant une main dans mes cheveux et tirant sur mes mèches en soupirant de désir.

Quelques sifflements retentissent alors, m'éjectant de la bulle que nous avons créée. Je redresse la tête pour découvrir les sourires goguenards du groupe d'étudiants juste à côté de nous. Retrouvant toute ma maîtrise, j'aide Dovie à descendre de la table, puis je l'entoure de mes bras pour ne pas davantage l'exposer aux regards d'inconnus.

– On rentre à la maison ? propose-t-elle, les lèvres gonflées par notre baiser.

– On rentre à la maison, je confirme en l'entraînant avec moi.

30
Dovie

Je n'arrive toujours pas à croire à ce qui s'est passé il y a quelques minutes. Que Lennon a cédé, que nous nous sommes embrassés… et quel baiser c'était. Craignant qu'il n'y mette fin bien trop vite, j'ai essayé de le toucher partout où je le pouvais, m'attardant plus que nécessaire sur ses bras qui font naître tant de sensations en moi.

Maintenant, nous rentrons en silence, mais pas dans un silence gêné. Je ne cesse de sourire comme une idiote, et même si Lennon est plus stoïque que moi, il n'en est pas moins excité par ce qui va se produire une fois que nous serons arrivés. La lueur d'impatience dans son regard ne trompe pas.

Nous avons passé des semaines ensemble dans ma petite maison de banlieue, mais je sais que, lorsque nous poserons un pied à l'intérieur dans quelques minutes, tout sera différent. Jusqu'à aujourd'hui, je n'aurais jamais cru que mon garde du corps puisse partager mes sentiments, vu la force qu'il mettait à les combattre, mais il semblerait que je me sois trompée.

En tout cas, je l'espère… Cependant, j'ai décidé que, même si notre « histoire » doit prendre fin aux premières lueurs du jour demain, j'aurai vécu mon rêve pendant quelques heures. Rien que ça, ça n'a pas de prix.

Lennon emprunte le dernier virage qui mène à notre rue. Enfin, il se gare devant la maison, coupe le moteur… et le calme s'abat sur la voiture. Muets, nous regardons le pare-brise sans le voir.

Mon cœur bat la chamade, mes mains sont moites, je prie de toutes mes forces pour que le trajet n'ait pas fait changer Lennon d'avis. Maintenant que j'ai goûté à ses lèvres, j'ai besoin de plus, je ne survivrais pas à un refus de sa part.

Lentement, il se tourne dans ma direction. Même dans la pénombre, ses yeux verts brillent comme deux émeraudes.

Il est si beau…

Face à son visage si séduisant, je suis incapable de prononcer un mot, et ça tombe bien, parce que c'est lui qui se décide à parler.

– Je crois qu'il est temps que je t'avoue quelque…

Lennon s'interrompt brusquement.

Quoi ? Qu'est-ce que tu veux m'avouer ?

Son regard s'écarquille, et je comprends alors que sa réaction n'a rien à voir avec moi.

– Putain ! souffle-t-il.

Comme lui, je porte mon attention en direction de la maison… et me fige d'effroi. Une énorme croix rouge barre ma porte d'entrée, à la manière d'une cible. Quant aux deux fenêtres qui l'encadrent, elles sont littéralement explosées. Un trou béant en perce les carreaux, et sur ma pelouse, de petits morceaux de verre accrochent la lumière de la lune.

– Lennon… dis-je, tremblante.

– Dovie, ne panique pas.

– Tu penses que c'est un cambriolage ?

Mais le regard que Lennon pose sur moi confirme mes pires craintes. Ma maison n'a pas été prise pour cible au hasard… C'est le corbeau qui est passé à l'action.

Mon cœur s'emballe, ma respiration accélère.

Il sait où je vis, il m'a trouvée.

– Voldi, je m'écrie soudain en portant mes mains à ma bouche. Oh non, non, non !

– Dovie, écoute… Écoute-moi !

L'ordre de Lennon me fait sursauter, mais il a le mérite de m'aider à me recentrer.

– Voilà, respire, reprend-il, plus doux. Maintenant, je veux que tu m'écoutes et que tu fasses ce que je vais te dire, c'est compris ?

Je hoche vivement la tête en retenant les larmes qui s'accumulent dans mes yeux.

– Bien.

Il attrape son téléphone et me le met dans les mains. Ensuite, il tape un coup sec sur la boîte à gants pour l'ouvrir. Il plonge la main à l'intérieur et en retire une lampe torche ainsi qu'un pistolet.

– Lennon… je souffle.

– Peut-être que la personne qui a vandalisé ta maison est encore à l'intérieur, déclare-t-il. Je dois aller vérifier.

– Non…

– Si je ne suis pas ressorti de la maison dans dix minutes, je veux que tu appelles la police.

– Non, s'il te plaît.

Lennon attrape mon visage entre ses mains et s'assure que mon regard ne quitte pas le sien alors qu'il m'assène :

– Dovie, concentre-toi. J'ai besoin que tu exécutes les tâches que je te donne sans discuter.

– D'accord, je réponds, terrifiée.

– C'est bien. Dès que j'aurai quitté la voiture, je veux que tu la verrouilles derrière moi.

Je hoche la tête. Lennon sort de l'habitacle et referme sa portière le plus doucement possible. Il me fixe, et je m'empresse d'actionner le verrouillage automatique. Ensuite, il me montre ses dix doigts levés, me rappelant le nombre de minutes pendant lesquelles je vais devoir attendre son retour.

Je le regarde remonter ma petite allée et grimper les marches du porche sur la pointe des pieds. Son arme dans sa main droite, la lampe torche dans la gauche, il pousse ma porte d'entrée d'un coup d'épaule puis disparaît à l'intérieur de la maison. Dans mon esprit, un compte à rebours s'enclenche automatiquement.

Une minute.

J'ai du mal à imaginer ce que je ferai si je ne le vois pas revenir. Aurai-je la force d'attendre que la police se déplace, prenant le risque de le laisser entre les mains du corbeau ?

Deux minutes.

Par les fenêtres, je vois le faisceau de la lampe torche passer de pièce en pièce. Être capable de suivre sa trajectoire me rassure, et c'est là-dessus que je décide de me concentrer.

Quatre minutes.

Si quelqu'un était à l'intérieur, des bruits de combat se seraient déjà fait entendre, non ? À moins que la personne, tapie dans l'ombre, n'attende de prendre Lennon par surprise au moment opportun ?

Et Voldi ? Mon cœur accélère encore quand je pense à mon fidèle compagnon. Lennon lui avait appris à donner l'alerte, alors pourquoi ne se manifeste-t-il pas ?

Six minutes.

Le faisceau lumineux disparaît. Mes mains se mettent à trembler. Je m'empare du téléphone de Lennon et le serre de toutes mes forces en espérant ne pas avoir besoin de m'en servir.

Huit minutes.

Allez, Lennon, reviens, s'il te plaît.

Neuf minutes.

Je pose une main sur la poignée de ma portière, prête à foncer vers la maison. Il m'est physiquement douloureux d'imaginer Lennon blessé et seul à l'intérieur.

Soudain, au moment où je suis sur le point de passer à l'acte, mon garde du corps apparaît, chargé de sacs de voyage et, surtout, portant Voldi dans ses bras.

– Oh, mon bébé !

Je fonds en larmes au moment où Lennon ouvre la portière et dépose mon chien sur mes genoux. Il jappe et se met à me lécher furieusement le visage.

– Ce petit gars était caché sous l'escalier, mais il semblerait qu'il ait laissé un souvenir à notre visiteur, m'indique mon bodyguard. J'ai retrouvé quelques gouttes de sang sur le sol du salon et la porte-fenêtre arrière était ouverte. C'est certainement par là que le corbeau s'est enfui.

– La maison était donc vide, dis-je en serrant Voldemort dans mes bras.

– Complètement.

– Pourquoi les alarmes ne se sont pas mises en route ? je m'enquiers en essuyant mes dernières larmes.

– Ça, je me le demande moi aussi… grogne Lennon en bouclant sa ceinture.

Sur ce, il jette les sacs de voyage sur la banquette arrière et démarre en trombe.

– Où est-ce qu'on va ? je l'interroge.

– Je ne sais pas encore, mais ce qui est sûr, c'est qu'on doit s'éloigner d'ici, décrète-t-il.

31
Dovie

– Dovie, réveille-toi.

J'ouvre les yeux, désorientée. La fatigue a dû me rattraper alors que Lennon et moi roulions dans la nuit… La dernière chose dont je me souviens, c'est de mon bodyguard passant des coups de fil en rafale, exigeant des réponses et finissant par expliquer en détail à Jaxon la mauvaise surprise que nous avons eue en rentrant chez moi.

Ma maison vandalisée… Le corbeau…

Les images de tout à l'heure me reviennent d'un coup et je me redresse, en panique.

– Hé, tout va bien, me dit Lennon, rassurant. On est arrivés.

– Où ça ? je lui demande, déphasée.

– Chez moi, répond-il avec un sourire.

Je m'apaise et me concentre enfin sur ce qui me fait face… Je dois avouer que j'en reste bouche bée. La demeure qui se dresse devant moi, majestueuse, me coupe le souffle. Pendant un instant, je suis incapable de prononcer un mot, mais les aboiements excités de Voldi qui bondit hors de la voiture lorsque Lennon lui ouvre m'aident à reprendre mes esprits.

– Ce château est à toi ? je demande à mon garde du corps en bafouillant.

– C'est un manoir, et il appartient à mes parents, me précise-t-il. Viens, ma famille nous attend.

– Ta famille ? je répète, ébahie.

– Mes frères, ma sœur et Jaxon sont là. Mon père est… avec ma mère.

– Tu aurais pu me prévenir qu'on allait les rencontrer, je proteste. J'aurais essayé d'être présentable.

Là, je n'ose même pas imaginer ma tête après avoir dormi dans la voiture…

– Je ne le savais pas moi-même, se défend Lennon, j'ai décidé de t'amener ici sur un coup de tête. Puisque le corbeau t'a retrouvée, il fallait nous éloigner de chez toi et te mettre en sécurité à tout prix. Ici, tu le seras, crois-moi. Quant à ton allure, tu n'as pas besoin de t'en inquiéter. Premièrement, tu es toujours magnifique.

Et une Dovie écarlate, une.

– Deuxièmement, personne dans cette maison ne te jugera, termine mon garde du corps.

Les larges marches de pierre que nous empruntons pour rejoindre la demeure sont tellement impressionnantes que Voldi et ses courtes pattes n'en mènent pas large. Derrière nous, une fontaine fait entendre son clapotis apaisant. La bâtisse compte un rez-de-chaussée et un étage, mais elle donne l'impression d'être immense.

Certainement parce qu'elle l'est. Après tout, c'est un manoir…

Sa façade de pierre et ses fenêtres noires lui donnent une allure folle. Et que dire de la pelouse qui, malgré les fortes chaleurs de ces derniers jours, est magnifiquement verte et coupée au millimètre près ?

– Ta famille est riche ! je murmure tandis qu'on se dirige vers la porte d'entrée.

Ce n'est pas une question, je l'affirme bel et bien. Vivre dans une telle demeure signifie avoir le train de vie qui va avec.

Avant que Lennon ait pu poser une main sur la poignée de la porte en fer forgé, celle-ci s'ouvre sur un homme dégarni avec une moustache grisonnante qui, pantoufles aux pieds et peignoir sur le dos, nous sourit amicalement.

– Lennon, comme je suis heureux de vous revoir, dit-il.

– Que fais-tu debout à une heure pareille, Michel ?

– J'ai entendu vos frères et sœurs s'agiter dans la maison. Vous savez comme j'ai le sommeil léger. J'ai donc décidé de préparer du thé pour tout le monde.

– Tu es un majordome parfait.

Michel rougit de plaisir tout en se redressant légèrement.

– Je te présente Dovie Bennett, enchaîne Lennon. Ma… cliente.

– Enchanté, mademoiselle. Et comment s'appelle votre compagnon ?

À mes pieds, Voldi remue la queue sitôt qu'il perçoit qu'on lui accorde de l'attention.

– Voldemort, dis-je en le prenant dans mes bras.

Michel cligne des yeux. À cet instant, mon bouledogue se met à grogner, dévoilant ses minuscules dents… et je vois dans les yeux du majordome une lueur de compréhension qui s'allume.

– Bienvenue à vous deux, déclare-t-il. Puisque vous êtes l'invitée de monsieur Westwood, considérez-moi à votre service pour toute la durée de votre séjour. Entrez, je vous en prie.

Nous pénétrons à l'intérieur du manoir. Alors que je découvre le marbre rutilant au sol ainsi que les hauts plafonds, je reste sans voix. La décoration, la modernité et la chaleur des lieux me procurent immédiatement une sensation de bien-être.

– Michel, est-ce que c'est… LENNY !

Une jeune femme à la chevelure noire fonce sur mon bodyguard. Il la rattrape d'un bras et la serre contre lui en déposant plusieurs baisers sur son front.

– On s'est vus il y a quelques semaines, Billie, fait-il remarquer. Je t'ai déjà manqué ?

– Tous les jours, répond la jeune femme en retrouvant le sol.

– Je te présente…

– Tu es Dovie, s'écrie Billie en m'attirant contre elle. Et tu es venue avec Voldemort. Oh, bon sang ! Je rêve de rencontrer ce chien depuis des mois.

Billie attrape la gueule de Voldi dans ses mains et lui gratte les oreilles. Au lieu de grogner comme il le fait habituellement, il tente de lécher le visage de sa nouvelle fan à grands coups de langue.

– Tu sais que tu es devenu une véritable star dans ma fac, toi ? fait la jeune femme en s'adressant au bouledogue.

– Comment ça ? je m'étonne.

– J'ai montré à presque tout le monde la photo que Lennon m'a envoyée. Elle est in-croy-able.

Sourcils haussés, je me tourne vers mon garde du corps, qui se gratte la nuque, mal à l'aise.

– Elle ne me croyait pas lorsque je lui ai dit que ton chien ressemblait à Voldemort… se justifie-t-il.

– Bon, ne restez pas là, déclare Billie. Tout le monde est au salon.

Puis elle ajoute à mon intention :

– Mes frères ont hâte de te rencontrer.

Mon ventre se noue d'appréhension tandis que nous débouchons sur une pièce de vie gigantesque. Cependant, je n'ai pas le temps de cogiter très longtemps : déjà, trois hommes se lèvent en m'entendant arriver. Je reconnais tout de suite Jaxon, mais je suis incapable de répondre à son salut de la main... parce que je reste bloquée sur les deux colosses qui se tiennent côte à côte et qui sont, à peu de chose près, des répliques de Lennon.

Cela a été prouvé, tous les frères et sœurs ne se ressemblent pas. Pendant la grossesse, le fœtus développe des caractéristiques physiques qu'il « emprunte » à l'un ou l'autre de ses parents, et il se peut que dans une fratrie les enfants soient tous très différents. Mais là, je peux affirmer après un coup d'œil seulement que les deux hommes qui se tiennent devant moi sont Sawyer et Cruz, les frères de Lennon. Ils ont tous les trois les yeux verts et les cheveux du même brun. De plus, c'est assez incroyable, mais ils semblent mesurer tous les trois la même taille... au centimètre près. C'est encore plus flagrant lorsque Lennon s'approche des deux autres pour les saluer.

À part ça, l'un a un visage carré et les cheveux courts, l'autre possède un grain de beauté sur la mâchoire et des cheveux en brosse. Lennon, lui, a des lèvres plus charnues que les deux autres. Tout comme il est le plus musclé – non pas que les autres soient en reste, ils sont simplement moins carrés.

Chacun arbore un style bien à lui, ce qui les distingue. Mais cette ressemblance... c'est comme s'ils étaient...

– Des triplés ? je lâche en les dévisageant.

Puis je me rends compte que je ne les ai même pas salués ni ne me suis présentée à eux. Je ne suis dans leur maison que depuis cinq minutes et je manque déjà cruellement de manières.

– Pardon, dis-je en posant Voldi à terre. C'est juste que...

– Pas de problème, intervient l'homme au grain de beauté, à la coupe en brosse et au charme brut. D'habitude, ça ne saute pas immédiatement aux yeux des gens. Ça nous plaît quand certains le détectent rapidement.

– Voici Sawyer, annonce Lennon en me montrant celui de ses frères qui vient de s'exprimer. Et lui, c'est donc Cruz.

Celui qui a le visage carré et les cheveux courts au style coiffé-décoiffé.

– Salut, Dovie, me lance-t-il avec un sourire séducteur, tout en attrapant ma main pour y déposer un baiser.

– Salut, je réplique, troublée.

Ce type dégage un tel charisme, c'est fou… Puisque je suis attirée par Lennon, il était évident que ses frères aussi allaient me faire de l'effet…

Oh, bon sang, et si je développais pour eux la même obsession que pour mon garde du corps ?

Impossible ! Si c'est bien son physique qui m'a séduite au départ, au fil des jours, mes sentiments se sont approfondis grâce à notre cohabitation, et aujourd'hui, ce que je ressens va bien au-delà d'une simple attirance. Je suis tombée amoureuse de chaque trait de la personnalité de Lennon, ceux qui me charment comme ceux qui m'exaspèrent. Je le veux parce qu'il est lui, incroyablement lui dans tout ce qu'il fait. Je ne suis pas intéressée seulement par son enveloppe corporelle.

– Nous allons rester ici pour le week-end, m'apprend-il. Michel va te conduire à ta chambre pour que tu puisses te reposer et prendre une douche. Si tu as envie de nous rejoindre ensuite, nous serons dans la salle à manger, à discuter de ce qui s'est passé ce soir.

– D'accord. Une douche semble une bonne idée, dis-je. Je n'en ai pas pour longtemps.

– Par ici, mademoiselle, m'indique Michel en me tendant son bras.

Je le prends avec plaisir et me laisse conduire à travers le dédale du manoir Westwood.

••••

Oh, mon Dieu…

Je ne suis pas certaine d'avoir un jour pris une douche aussi relaxante. Après m'avoir fait découvrir une chambre dans laquelle rentrerait sûrement l'entièreté du rez-de-chaussée de ma petite maison, Michel m'a montré la douche italienne attenante… et j'ai bien cru ne jamais trouver la force d'en sortir. Il faut dire que les vingt-deux jets me massent à la perfection…

Malgré tout, il faut savoir mettre un terme aux bonnes choses et, une serviette serrée autour de la taille, je me dirige vers mon sac de voyage posé sur le lit. Je me souviens alors que c'est Lennon qui l'a rempli avant que nous partions. Vu l'urgence dans laquelle il l'a fait, je me demande bien ce que je vais trouver à l'intérieur… Heureusement, j'y découvre principalement des jeans et des t-shirts – ainsi que mon pyjama NASA, que Lennon a pensé à prendre pour une raison obscure.

Une fois habillée, je quitte la chambre. Il me faut plusieurs minutes pour atteindre la salle à manger, après m'être perdue deux fois.

– … ne sais pas quoi te dire, Lenny, déclare une voix que je reconnais comme celle de Jaxon. Je ne comprends pas non plus pourquoi les alarmes ne se sont pas mises en route.

J'apparais à cet instant et, sans prononcer un mot, Lennon tire une chaise près de lui en guise d'invitation. J'y prends place avec plaisir et m'apprête à demander où se trouve Voldemort, lorsque j'aperçois ses pattes arrière qui dépassent près du fauteuil de Billie. En voyant le bras de la jeune femme qui disparaît dans sa direction, je comprends qu'il doit certainement recevoir plus de papouilles qu'il n'en mérite.

– Est-ce que tu sais s'il y a eu une coupure de courant dans le quartier, ce soir ? interroge Sawyer, poursuivant la conversation en cours.

– Non… Enfin, je ne crois pas, répond Lennon.

– Si c'est le cas, ce serait une sacrée coïncidence, j'interviens. Les coupures d'électricité qui font sauter les plombs de tout un quartier ne sont pas fréquentes. Ce serait quand même un sacré coup de pouce que le destin ferait au corbeau.

– Elle a raison, m'appuie Cruz. Je ne crois pas à la piste accidentelle. À mon avis, le coupable a bien préparé son coup. Attendons d'avoir le compte rendu de l'équipe qui a été dépêchée sur place.

– Ne t'en fais pas, Dovie, me dit alors Lennon. On a envoyé des collègues en urgence pour s'occuper des dégâts dans la maison. Quand on retournera chez toi dimanche soir, les fenêtres seront réparées, ta porte sera comme neuve et tous les dispositifs de sécurité auront été remis en état de marche… Ah, excuse-moi, j'ai un appel.

Il sort de sa poche son téléphone qui sonne et s'éloigne de quelques pas en direction du salon. Sa chaise laissée vacante est bientôt reprise par Cruz qui me dévisage, un sourire de conspirateur aux lèvres.

– Alors, Dovie, dis-moi tout, lâche-t-il.

– À propos de quoi ? je demande.

– Depuis quand es-tu amoureuse de mon frère ?

Mon corps tout entier se crispe. D'accord, Lennon est plus au moins au courant de ce que je ressens pour lui, mais l'entendre de la bouche d'un parfait inconnu… Waouh…

Est-ce si flagrant ?

– Mais… je bredouille.

– Fiche-lui la paix, Cruz, intervient Jaxon.

– Oh, j'espère ne pas t'avoir offusquée, ajoute l'intéressé. J'essaye simplement d'apprendre à te connaître.

– Non, non, je ne me sens pas offusquée, j'indique. Juste un peu… prise de court.

– Tu sais, si tu veux vraiment un Westwood dans ta vie, tu as l'embarras du choix…

– Vous êtes peut-être plusieurs Westwood mais il n'y a qu'un Lennon, je réponds, les joues en feu.

Jaxon éclate de rire tandis que Sawyer frappe l'épaule de son frère en s'esclaffant. Billie me fait un clin d'œil tout en continuant de dorloter Voldi.

– Ça, c'est une excellente réponse, admet Cruz, un sourire amusé aux lèvres.

– Bon, j'ai des nouvelles, lance Lennon en revenant près de nous. La coupure de courant ne concerne que la maison de Dovie. Dans ce genre d'habitation ancienne, le compteur électrique se trouve souvent à l'extérieur, et c'est le cas dans celle-là. Les premières analyses du flux des caméras montrent qu'elles se sont déclenchées, mais pas assez longtemps pour envoyer le signal à mon téléphone. Elles se sont éteintes presque immédiatement, au moment où l'intrus a fait disjoncter le compteur électrique. Une fois que ça a été fait, il ou elle a pu pénétrer dans la maison sans problème.

– C'est un dingue, dis-je en me passant une main dans les cheveux.

– Est-ce que tu veux un peu de thé, Dovie ? me propose poliment Billie.

– Non, merci, je lui réponds avec un petit sourire.

– Bon, je pense que tout le monde devrait aller se coucher, suggère Sawyer. Il est bientôt deux heures du matin et nous y verrons plus clair après une nuit de sommeil. Dès demain, nous t'aiderons à dégrossir tout ça, Lenny.

Mon garde du corps acquiesce d'un signe de tête. Nous quittons tous la table de la salle à manger et nous nous séparons en plusieurs groupes.

– Allez, viens, Voldi, j'appelle mon bouledogue.

– Dovie ? Est-ce qu'il peut dormir avec moi cette nuit ? me demande Billie, les yeux pleins d'espoir.

– Euh…

– Je laisserai la porte de ma chambre entrouverte pour qu'il puisse se balader dans la maison s'il le souhaite.

– Je ne sais pas… Il n'a jamais dormi avec quelqu'un d'autre que moi.

– Et moi, intervient Lennon.

– En plus, il ronfle bruyamment, j'ajoute.

– J'ai toujours voulu un chien, mais avec la vie que nous menons, mon père trouvait que ce n'était pas une bonne idée, donc j'ai renoncé, me raconte Billie. Je t'avoue que je suis en total transfert de ma frustration d'enfance sur ton Voldi. Et puis, question ronflements, j'ai déjà dormi avec Jaxon et j'ai survécu, alors…

– Hé, je t'entends ! s'exclame l'intéressé depuis le bout du couloir.

Je m'esclaffe puis me penche pour embrasser Voldemort sur la tête.

– Tu seras sage et tu n'embêteras pas Billie cette nuit, hein ?

Je prends son coup de langue sur ma joue comme un accord entre nous.

– Dans ce cas, je veux bien, dis-je.

– Génial ! s'écrie Billie. Allez, viens, Voldi. Tu auras le droit de dormir dans mon lit et à quelques friandises.

Mon chien s'élance à la suite de la jeune femme en tortillant des fesses. Après cela, Lennon et moi remontons le long couloir qui mène à l'escalier, que nous empruntons ensuite en silence. Arrivés à l'étage, nous nous dirigeons vers nos chambres respectives… que je trouve bien trop éloignées l'une de l'autre.

– Bon, eh bien, bonne nuit, je lâche en me balançant d'avant en arrière sur mes jambes.

Lennon me dévisage un instant, et l'espoir que nous reprenions là où nous nous étions arrêtés dans le bar renaît en moi… Mais il finit par me répondre :

– Bonne nuit, Dovie.

32
Dovie

– Lennon.

Le plus discrètement possible, je toque contre la porte de la chambre de mon garde du corps. Toute la maisonnée est calme, endormie, sauf moi. Après avoir passé une demi-heure à tergiverser dans mon lit, j'ai décidé qu'il ne servait à rien de râler et qu'il fallait agir.

J'ai beaucoup de mal à réaliser que j'ai enfin réussi à faire tomber les barrières de Lennon, à l'atteindre. Encore plus de mal à accepter que ce dont je rêvais depuis des semaines – l'embrasser, le toucher – s'est enfin produit et que si le corbeau n'avait pas tout fait foirer, nous serions certainement en train de passer la nuit dans les bras l'un de l'autre en ce moment même.

– Lennon ! je répète en frappant un peu plus fort contre le battant. C'est Dovie. J'ai besoin de te parler. Ouvre, s'il te plaît.

J'ai parfaitement conscience qu'il pourrait être profondément endormi, mais à cet instant, ce n'est plus mon esprit ni la logique qui me dirigent, ce sont la frustration, la détermination et l'excitation.

Je veux Lennon, je le veux plus que tout.

– Lennon… Je serai incapable de dormir tant qu'on n'aura pas discuté de ce qui s'est passé hier soir et…

– Salut, ravissante Dovie.

La stature, les yeux et même l'intonation de voix, tout correspond à Lennon… À cela près que ce n'est pas lui mais Cruz qui vient de m'ouvrir la porte en enfilant un t-shirt. J'ai d'ailleurs le temps de voir son torse et ses abdos et… waouh. Chez les Westwood, on ne rigole pas niveau musculature.

– Euh… Je suis désolée, je…

– Tu cherches mon frère, je crois.

– Oui. J'étais pourtant persuadée de frapper à la bonne porte. Excuse-moi de t'avoir réveillé.

– Je ne dormais pas, me répond Cruz avec un sourire éclatant. J'étais au téléphone avec… une amie.

Oh.

Oh !

Voilà qui explique pourquoi il était à moitié nu.

– Cruz, je suis désolée, je ne voulais surtout pas te déranger dans… ce que tu étais en train de faire, je bredouille.

Il s'esclaffe en refermant la porte de sa chambre, puis lâche :

– Pas de problème. Cette maison est un vrai labyrinthe pour un novice. Allez viens, je vais t'emmener à mon frère.

Gentleman, il me tend son bras, sous lequel je passe le mien.

– J'avais donc vu juste, fait-il remarquer. Il y a bien quelque chose entre mon frère et toi.

– Eh bien, non, je voulais simplement parler à Lennon de l'attaque d'hier soir, je prétends.

– Alors qu'on en a déjà discuté tous ensemble ? C'est bizarre, mais j'ai l'impression que la conversation que tu voulais avoir avec lui était beaucoup plus personnelle.

Je soupire et baisse la tête, espérant réussir à cacher mon visage rougi derrière mes mèches de cheveux.

– Ne t'inquiète pas, Dovie, je ne fais que te taquiner, ajoute Cruz avec sérieux.

Plus nous marchons, plus je me rends compte que je me suis rendue dans la mauvaise aile du manoir.

– Je suis amoureuse de Lennon, je finis par avouer dans un murmure.

L'admettre enfin me libère d'un poids.

– Je l'avais remarqué, réplique Cruz. Tu as une façon de le regarder… On dirait presque…

– Une psychopathe ? je hasarde du bout des lèvres.

– Exactement !

Je lève les yeux au ciel, lassée de la comparaison.

– Et voilà, mademoiselle, vous êtes arrivée à bon port, annonce mon guide en s'immobilisant.

– Merci, Cruz, et encore désolée pour ce que j'ai interrompu, je déclare.

– Pas de problème.

Tout à coup, il donne de violents coups de poing sur la porte de la chambre de Lennon, me faisant sursauter.

– Réveille-toi, petit frère, tu as de la visite, crie-t-il.

Horrifiée, je regarde Cruz éclater de rire, visiblement fier de lui. Le battant s'ouvre à la volée et Lennon apparaît, furieux.

– T'es malade ou quoi ? gronde-t-il.

– Je te rapporte cette jeune fille, qui s'était perdue dans les couloirs et réclamait un Westwood.

– Mais… je m'insurge.

– Malheureusement, même après lui avoir montré mes plus beaux atouts, ce n'était pas moi qu'elle voulait, termine Cruz. Allez, amusez-vous bien, les enfants.

Bouche bée, je le regarde s'éloigner en riant comme un imbécile. Pour ma part, je m'empresse d'assurer :

– Lennon, je te promets que je n'ai rien eu le temps de voir, à peine un peu de torse et de…

Je n'ai pas le temps de terminer ma phrase : déjà, mon garde du corps m'attire dans sa chambre et claque la porte derrière moi.

– Tu es allée taper à la chambre de mon frère ? demande-t-il en croisant les bras.

C'est là que je remarque qu'il est torse nu.

C'est l'uniforme réglementaire chez les Westwood, ou quoi ?

Ma respiration s'accélère et mon esprit me rappelle pourquoi je suis là.

– Je croyais que c'était la tienne…

– Et de quels atouts est-ce qu'il parlait ?

– De son torse… Ses abdos, en fait, et je dois dire qu'il est vraiment très…

Les yeux plissés, Lennon me dévisage.

– Enfin bref, je voulais te voir pour revenir sur ce qui s'est passé au bar et te dire que… Oh et puis merde, j'en ai marre de discuter.

Je fonce sur Lennon, attrape son visage, me hausse sur la pointe des pieds et dépose mes lèvres contre les siennes. Il répond aussitôt à mon baiser, entourant ma taille de ses bras et me soulevant du sol.

– Attends, souffle-t-il contre ma bouche.

– Non, je gémis. Je ne veux plus attendre.

– Moi non plus, Dovie. Je n'ai pas changé d'avis, j'ai toujours autant envie de toi.

Je déglutis en posant mes mains sur ses joues râpeuses alors qu'il ajoute :

– Je veux juste m'assurer que tu ne te jettes pas sur moi parce que tu es bouleversée par ce qui s'est passé et que tu veux trouver un moyen de te changer les idées.

– Évidemment que je suis bouleversée, mais je te veux depuis bien plus longtemps que cette nuit et tu le sais aussi bien que moi. Ne me fais plus attendre, Lennon, j'ai besoin de te sentir contre moi et…

Il m'est impossible de terminer ma phrase. Mon bodyguard plonge sur mes lèvres et me dévore la bouche avec impatience. Je sens qu'il me soulève ; bientôt, il me pose sur le bureau installé au fond de la pièce. Comme tout à l'heure au bar, il s'insère entre mes jambes et prend les rênes de notre étreinte. Je suis tremblante d'impatience, d'anticipation et d'excitation dans ses bras, et il le sent. Ses mains voyagent sur mon cou, ses doigts se faufilent sous les bretelles de mon débardeur.

– Je sais que tu en meurs d'envie, murmure-t-il entre deux baisers.

– Oui, je souffle, hypnotisée par son regard.

– Et j'en ai envie au moins autant que toi… mais je ne veux pas qu'on se précipite.

– Tu peux prendre tout le temps que tu veux, lui dis-je en ceinturant sa taille à l'aide de mes jambes. Du moment que je profite de toi le plus longtemps possible.

Mes doigts remontent lentement sur son torse. Pouvoir enfin le toucher me semble surréaliste. La douceur de son épiderme contraste avec la dureté de ses muscles que je sens sous mes caresses. Agrippée à ses épaules, je ne résiste pas à l'envie d'embrasser ses pectoraux, et je ne peux m'empêcher de gémir lorsque ma langue s'imprègne du goût de sa peau.

– Dovie, nom de Dieu, quand tu fais ce genre de bruits, tu me rends dingue.

Lennon me soulève dans ses bras et m'emporte près du lit, sur lequel il me lâche. Sans attendre, il s'allonge sur moi. Sentir son poids déclenche en moi un profond sentiment d'appartenance. Un bien-être total.

– Déshabille-toi, je souffle entre deux baisers. J'ai rêvé de toi pendant des semaines, il faut que je te voie nu, Lennon.

En riant, il se redresse et fait glisser son pantalon à ses pieds. Je me relève sur mes coudes pour l'observer.

Rien n'aurait pu me préparer à une érection si impressionnante.

Au moment où il passe les pouces sous l'élastique de son caleçon, mon estomac se serre et mon cœur rate un battement. Enfin, Lennon est complètement nu devant moi. Son corps est une véritable œuvre d'art. Une montagne sexy… qui est mienne désormais.

Même dans mes rêves les plus fous, je n'ai pas réussi à me représenter une telle perfection.

– Alors ? fait-il avec un sourire en coin.

– Pfiou… je ne sais même pas… tu es… c'est quelque chose !

Hilare face à mon bégaiement, Lennon bondit sur le lit et s'en prend immédiatement à mes vêtements.

– Tu crois que je n'ai pas rêvé de toi, moi ? me souffle-t-il. Si tu savais le nombre de fois où je t'ai imaginée nue et frissonnante entre mes bras, le nombre de matins où je me suis réveillé avec une érection douloureuse… Je crève d'impatience de te découvrir. Montre-moi, Dovie, montre-toi.

Prise d'une frénésie purement sexuelle, j'arrache presque mes habits et les jette à travers la pièce. Lennon me tend alors la main et m'incite à me redresser. Une fois nue, debout au pied du lit, je le laisse me passer au crible de son regard intense. Les joues en feu, je déglutis péniblement face à son silence, pendant qu'il tourne autour de moi à la manière d'un prédateur. Il s'immobilise dans mon dos, et même s'il ne me touche pas, je sens l'ombre de sa silhouette imposante m'envelopper. Enfin, il glisse ses doigts entre les miens avant de se pencher et de murmurer à mon oreille :

– Tu es exactement comme je t'avais imaginée... Magnifique et incroyablement bandante.

Mes mains toujours coincées dans les siennes, il commence à me prodiguer des caresses le long de mon ventre. Il inspire profondément alors qu'il remonte vers ma poitrine. Ce qui est fou, c'est que ce sont mes propres paumes qui sont posées sur ma peau, mais comme c'est Lennon qui mène la danse, qui décide de l'endroit, du geste, de la caresse à me donner, je ne sens que son toucher.

– Tu sais qu'après ça, il n'y aura pas de retour en arrière possible pour toi et moi ? me prévient-il tout en frottant doucement ses hanches contre mes reins.

– Je ne veux pas retourner en arrière, je réponds en redressant la tête. Je veux qu'on aille de l'avant.

Je pivote et l'embrasse voracement. Lennon me rend chaque coup de langue, me dévore avec la même intensité que celle qui me consume, et c'est là qu'il décide de faire voyager nos mains jointes jusqu'à mon sexe. Du bout des doigts, il effleure mon clitoris, m'arrachant un sifflement.

– On va faire ça ensemble, ronronne-t-il en mordillant mon lobe d'oreille.

– Je ne comptais pas le faire sans toi, je réplique, la voix tremblante. Je ne veux plus jamais faire quoi que ce soit sans toi, Lennon.

Nos regards se croisent, le sien est concentré, rivé sur mon visage, mes lèvres. Il analyse mes mots et j'espère de tout cœur qu'il ne prendra pas peur.

Lentement, il se penche et dépose un baiser sur mes lèvres avant de reporter son attention sur mon corps. La façon dont nos mains entourent mon sexe, dont nos doigts me caressent, me fait fermer les yeux. Ma tête repose sur l'épaule de Lennon, qui profite de mon lâcher-prise pour embrasser et suçoter mon cou. Les petits cercles qu'il effectue sur mon clitoris m'envoient des décharges de plaisir dans les cuisses, m'obligeant à me coller d'autant plus contre lui pour ne pas perdre l'équilibre. Dans le creux de mes reins, son érection est énorme. Il baisse la tête pour prendre mon sein entre ses lèvres et je gémis, incapable de me retenir.

– Eh merde… gronde Lennon en déposant une guirlande de baisers sur mon cou.

Avant que j'aie eu le temps de lui demander ce qui ne va pas, il m'incite à grimper sur le lit. Sans attendre, il s'allonge sur moi, glisse ses doigts entre les miens et remonte mes bras au-dessus de ma tête.

– Tu m'excites beaucoup trop pour que je continue à prendre mon temps, me dit-il.

Nos bouches se dévorent, nos corps se frottent d'impatience l'un contre l'autre… L'euphorie envahit mon esprit. Quant à mon cœur… J'étais déjà amoureuse de Lennon bien avant qu'il se soit passé quoi que ce soit entre nous, et je sais qu'après cette nuit, je le serai encore plus.

– Prends-moi, Lennon, je n'en peux plus, je laisse échapper.

– J'y compte bien.

Il tend une main en direction de la table de chevet et en sort un préservatif. À genoux au bout du lit, il déroule le morceau de latex sur son sexe impressionnant. Puis il agrippe mes chevilles et me rapproche de lui. À l'instant où il me pénètre, il rive son regard au mien… et la sensation est incroyable.

Sans attendre, parce que nous en sommes tous les deux incapables, il entame un va-et-vient rapide, bestial et dévastateur. Chaque coup de reins m'envoie un peu plus dans les affres du plaisir. Les mains de Lennon agrippent mes hanches, lui assurant une prise pour accélérer le rythme. Sans cesser de bouger, il s'allonge sur moi et entrelace à nouveau nos doigts. Nos visages sont à un centimètre l'un de l'autre, nos souffles erratiques se mélangent, nos yeux se dévorent. Mes seins sont pressés contre son torse et mes jambes enserrent ses hanches pour le garder… le retenir. Sans que j'aie besoin de le lui demander, Lennon accélère encore le rythme, déclenchant un grincement de lit entêtant.

Soudain, son corps tout entier se crispe. Il glisse une main entre nos corps et, me prenant de court, pince mon clitoris. À cet instant, je ne suis rien d'autre qu'une immense boule de plaisir, perdue dans les bras de Lennon qui jouit en moi sans me lâcher une seconde du regard.

Et alors je sais que j'ai eu raison de m'accrocher à lui et de le bousculer. Parce que j'ai la certitude que nous n'avons pas couché ensemble.

Non…

Lennon et moi avons fait l'amour.

33
Lennon

Mon pouce passe sur la joue de Dovie, glisse sur son menton et descend jusque sur sa poitrine. Doucement, je relève la couverture pour dévoiler son corps.

Magnifique.

Encore endormie, elle respire tranquillement, ses cheveux roux étendus autour d'elle. Un rayon du soleil qui filtre à travers la baie vitrée illumine son visage si doux… Allongé dans ce lit à côté d'elle, j'ai conscience d'avoir transgressé toutes mes règles, mais je n'en éprouve aucun remords. Parce que, Dieu m'en soit témoin, j'ai tout fait pour résister à l'attraction qu'exerce Dovie sur moi, jusqu'à m'épuiser d'ériger constamment des barrières entre nous.

Alors j'ai fini par céder, et je m'autorise enfin à la découvrir, la goûter.

Ma main continue de caresser sa peau laiteuse, de tracer le contour de ses hanches, de son nombril, de ses seins… Elle se met à bouger et, enfin, je croise son regard unique. Plonger dans les yeux de Dovie est une sensation qui ne ressemble à aucune autre. J'ai chaque fois l'impression d'être aspiré dans son monde merveilleux.

– Salut… je murmure.

– Salut, répond-elle en souriant.

Sa main se pose sur ma joue, me caresse tranquillement, puis ses doigts glissent dans mes cheveux et elle m'attire tout contre elle. Nos nez frottent l'un contre l'autre avant que nos bouches se rencontrent. Le baiser que nous échangeons n'a rien de précipité. C'est bon de sentir la douceur de la langue de Dovie et de son corps nu sous le mien.

– Bien dormi ? je lui demande.

– Comme un bébé, répond-elle en enroulant ses bras autour de ma nuque. Grâce à toi.

– Avec plaisir.

Elle m'embrasse à nouveau puis me fait basculer sur le dos. La vision que j'ai d'elle à cet instant, à califourchon au-dessus de moi, est incroyable. Ses longs cheveux roux tombent en cascade sur sa poitrine, recouvrant ses seins généreux. Je ne résiste pas à l'envie de prendre ceux-ci dans mes mains. Aussitôt, le regard mutin de Dovie et son sourire enjôleur réveillent mon érection.

Mais avant…

– J'ai un petit cadeau pour toi, je lui annonce.

– Si je me fie à ce que je sens entre mes cuisses, je dirais plutôt que c'est un très gros cadeau.

Je joue des sourcils, ce qui nous fait rire.

– En quel honneur ? reprend Dovie.

– Eh bien… c'est quelque chose de spécial que j'ai acheté il y a quelque temps déjà. Mais je te propose de découvrir d'abord ce que c'est, ensuite je t'expliquerai tout.

Elle tape dans ses mains, tout excitée.

– Vas-y, montre-moi.

Je me penche pour attraper ma veste qui gît sur le sol et j'en sors un petit pochon en soie. Dovie s'en empare avec précaution et l'ouvre au ralenti. Je ne perds pas une miette de sa réaction.

– Lennon... elle est magnifique, murmure-t-elle en détaillant la broche en or qu'elle vient de tirer du pochon.

– Et elle est parfaite pour toi, j'affirme. Viens là.

Je bascule en position assise et je rattroupe quelques mèches de cheveux de Dovie pour les retenir grâce au bijou en forme de planète, incrusté de petits diamants.

– C'est... incroyable, souffle-t-elle.

– J'aimerais que tu me promettes de ne *jamais* la retirer.

– Évidemment que je vais la garder, elle est si...

– Non, Dovie, tu ne comprends pas. Cette broche doit constamment rester sur toi.

Elle fronce les sourcils et penche la tête sur le côté.

– Je me suis procuré ce bijou peu de temps après la soirée chez Bobby, j'explique. Il est... spécial. Il y a un GPS caché à l'intérieur, relié à mon téléphone.

Je plisse les lèvres en attendant qu'elle réagisse. Ce qui ne tarde pas :

– Tu veux me pister ?

– Je veux te savoir en sécurité, je rectifie. Et ce qui s'est passé hier soir me confirme que j'ai raison de prendre autant de précautions. Je serai toujours près de toi mais... si un jour, pour une raison quelconque, on venait à être séparés, je veux pouvoir te retrouver.

– Lennon, c'est...

– S'il te plaît, ne dis pas que c'est liberticide. Je n'utiliserai jamais ce traceur pour te surveiller, je n'y aurai recours que si tu es en danger, je te le promets.

Tendrement, je fais glisser mon pouce sur le petit pli soucieux entre les sourcils de Dovie, avant d'ajouter :

– Fais-moi confiance. Tout ce que je veux, c'est te protéger. Laisse-moi faire, s'il te plaît.

Elle passe une main sur la broche, puis elle croise mon regard et sourit tendrement.

– D'accord, je te promets de ne jamais m'en séparer, déclare-t-elle.

– C'est tout ce que je voulais entendre.

J'agrippe ses hanches et la bascule soudain sur le dos avant de m'allonger sur elle.

– Maintenant, viens par ici et montre-moi à quel point tu es heureuse de m'avoir enfin pour petit ami !

34
Dovie

Au moment où je pénètre dans la salle à manger du manoir, je tombe nez à nez avec un homme d'une cinquantaine d'années à l'allure soignée et au regard pétillant. Présidant la table sur laquelle trône un petit déjeuner digne d'un palace, il sirote une tasse de café tout en tournant les pages d'un journal.

– Bonjour, mademoiselle Bennett. Oscar Westwood, se présente-t-il. Je suis ravi de vous rencontrer enfin en personne.

– Moi aussi, monsieur, je réponds.

– Venez, installez-vous.

Lennon tire une chaise, sur laquelle je prends place sans attendre. Il me sourit discrètement sans pour autant tenter un geste tendre et je comprends que, devant sa famille, il préfère garder notre relation secrète pour l'instant. Je l'accepte tout à fait : jusqu'à hier, je n'avais pas pensé que nous puissions entamer une histoire tous les deux, alors autant y aller doucement.

– Où sont les autres ? je demande.

– Sawyer avait un cours à donner à l'institut, et Cruz a été appelé au parc automobile, répond monsieur Westwood. Quant à Jax et Billie, ils sont allés faire une balade avec… Voldemort. Ils vont bientôt nous rejoindre.

Je plisse les lèvres pour me retenir de rire. Le nom si loufoque de mon chien dans la bouche d'un homme si distingué, c'est quelque chose…

Au même moment, la porte d'entrée claque et la voix de Billie retentit :

– Et voilà, mon grand, on est de retour.

L'aboiement familier de mon fidèle compagnon me fait sourire. Voldi s'élance sur le marbre du hall, dérapant tant il ne maîtrise pas sa vitesse, puis fonce dans mes jambes en grognant bruyamment.

– Te voilà, mon Voldi, je l'accueille. Tu as passé une bonne nuit ?

– Un véritable petit ange, m'indique Billie.

– Maman est fière de toi.

Après m'avoir saluée d'un clin d'œil, Jaxon s'attable et s'empare de viennoiseries encore chaudes. De son côté, Oscar referme son journal et lance à la cantonade :

– Quel est le programme du jour pour vous tous ?

– J'ai un nouveau client à rencontrer aujourd'hui, nous apprend Jaxon.

– Et moi, j'ai prévu d'aller faire un peu de shopping, annonce Billie. J'ai officiellement terminé mes partiels et même si j'ai encore quelques cours avant la fin de l'année, je peux enfin prendre du temps pour moi.

– Qu'est-ce que tu étudies ? je lui demande en prenant le petit pain que Lennon me tend.

– La psychologie, me répond la jeune femme.

– Tu as déjà une idée du domaine dans lequel tu veux te spécialiser ?

– Figure-toi que oui. Je me sens à l'aise en pédopsychologie. Et je crois qu'aider les enfants ou les adolescents à surmonter des traumatismes est vraiment ce qui me correspond.

– C'est super.

– Et toi ? m'interroge Jaxon. On sait que tu es inscrite à l'université des petits génies, mais Lennon ne nous a pas dit en quoi.

Après avoir pris une gorgée de thé, je réponds :

– Je suis toutes sortes de cours. Mais l'astronomie est ma véritable passion.

– Quel cursus valides-tu cette année ? enchaîne Billie en donnant discrètement un morceau de brioche à Voldemort.

– Un doctorat, répond Lennon à ma place.

Sa sœur me dévisage avec de grands yeux tandis qu'il redresse la tête et s'esclaffe :

– J'adore voir la tête des gens quand ils apprennent que tu en es là à seulement vingt et un ans.

– Eh bien, réagit Oscar, c'est impressionnant.

– Merci, dis-je en rougissant et en détournant le regard.

Le petit déjeuner se poursuit dans cette ambiance légère, entrecoupé de conversations et de rires. Je le sais, je fais partie des chanceuses : j'ai eu deux parents aimants qui m'ont toujours soutenue, quoi que je fasse. Mais en tant que fille unique, j'ai parfois ressenti un peu de solitude. Voir les Westwood interagir ensemble me donne l'impression de faire partie de leur famille, et cela me fait chaud au cœur.

– Bien, le devoir m'appelle, finit par annoncer Oscar. Michel, préparez ma voiture, s'il vous plaît.

– Bien sûr, monsieur.

– J'ai été heureux de vous rencontrer, mademoiselle Bennett. Quant à vous, ajoute monsieur Westwood à l'adresse de ses enfants et de Jaxon, tâchez de ne pas faire de bêtises.

– On n'a plus dix ans, papa, fait remarquer Billie.

– C'est drôle, parce que c'est parfois l'impression que vous me donnez. À ce soir.

Dès qu'Oscar disparaît, Lennon attrape ma main sous la table et la serre dans la sienne.

– Ça te dirait, une petite balade sur la plage ? me propose-t-il.

– Oui, je réponds, l'estomac noué par le désir.

– On se retrouve dans dix minutes sur la terrasse sud ?

– La terrasse…

– Celle-ci, me précise-t-il en montrant l'esplanade sur laquelle donne la pièce de vie, un sourire amusé aux lèvres.

– Avec plaisir.

••••

Quitter la maison climatisée est presque douloureux tant il fait chaud aujourd'hui. Mon short et mon débardeur me donnent l'impression de porter une combinaison moulante et, même si j'ai veillé à me tartiner de crème solaire, j'ai peur que ma peau ne survive pas à cette journée. Heureusement, de temps à autre, une petite brise se lève et me rafraîchit un peu…

Comme convenu, Lennon et moi nous retrouvons sur la terrasse, qu'il m'invite à longer. Au bout, nous empruntons un petit escalier de pierre qui nous donne directement accès à la plage. Lennon prend ma main et nous progressons dans le sable fin en regardant Voldi courir jusqu'à l'eau.

– Viens, on va s'installer ici.

Il me désigne un ponton que nous remontons avant de nous asseoir au bout, les jambes pendant dans le vide. Naturellement, Lennon passe son bras autour de moi et m'attire près de lui. Je me blottis contre son torse en fermant les yeux et en respirant son odeur.

– Je n'arrive pas à croire que j'ai réussi à t'avoir, lui dis-je dans un gloussement.

– Tu t'es donné tellement de mal, je ne pouvais pas continuer à me refuser à toi.

Je lève les yeux au ciel et le bouscule gentiment alors qu'il rit comme un idiot. Pendant quelques secondes, je joue avec ses doigts, puis je porte mon attention sur sa chevalière. Un détail me revient alors.

– Vous en avez tous une, je réalise.

– De quoi tu parles ?

– La chevalière. Vous portez tous la même, toi, Cruz, Sawyer, Billie, Jaxon et même ton père.

– C'est vrai ! confirme Lennon. C'est un cadeau que nous ont fait nos parents. Chaque fois qu'un Westwood atteint dix-huit ans, il reçoit ce bijou. Mon père et ma mère ont eu cette idée quand ils ont décidé d'avoir des enfants. Ils voulaient que chaque membre de cette famille puisse posséder quelque chose d'identique, qui nous rappellerait toujours que, quoi qu'on fasse, où qu'on soit et quelles que soient les erreurs qu'on commet, nous ne sommes pas seuls. *Face à l'adversité, ensemble, toujours.*

– C'est un peu comme un serment, en fait, je devine.

– Tu as tout compris.

Le torse de Lennon se gonfle lentement puis, pendant un moment, nous nous contentons de regarder le rivage en silence, d'écouter le bruit des vagues et les aboiements de Voldi qui ne cesse de sauter dans l'eau.

– Oscar n'est pas mon père biologique, lâche soudain Lennon.

Je lève la tête dans sa direction et le dévisage, surprise.

– Oscar et Ellen, ma mère, sont stériles, ils n'ont jamais pu avoir d'enfants, poursuit-il. Ils se sont donc tournés vers l'adoption et ils nous ont trouvés dans un orphelinat, Sawyer,

Cruz et moi. Des triplés, nouveau-nés qui plus est, ça aurait fait peur à plus d'une personne, mais pas à eux. Ils n'arrivaient pas à concevoir de nous séparer. Cinq ans plus tard, ils ont voulu agrandir la famille, alors ils y sont retournés et ont décidé d'adopter Billie.

Bon sang… Aucun des enfants Westwood ne l'est biologiquement ?

Et pourtant, s'il y en a bien qui incarnent ce qu'une famille doit être, ce sont eux.

– Nous avons été abandonnés par nos parents quelques semaines à peine après notre naissance, me révèle Lennon.

– Vous n'avez jamais su qui ils étaient ?

Il secoue la tête puis ajoute :

– Ils n'ont jamais cherché à nous retrouver, alors j'imagine qu'on ne loupe rien. De toute façon, ma famille, ce sont ceux qui habitent ici. Ellen et Oscar m'ont offert plus de possibilités et d'amour que j'en aurais jamais eus avec mes parents biologiques.

– Je comprends pourquoi tu es si fier d'être un Westwood. Et tu as de quoi.

Il dépose un baiser sur le haut de ma tête. Je lui demande :

– Pourquoi est-ce que tu as décidé de me raconter ça ?

– Parce que j'ai réalisé que tu avais raison, me répond-il. J'ai plusieurs coups d'avance sur toi, je connais beaucoup de choses sur ta vie, et jusqu'à maintenant, je ne me suis jamais confié à toi. Je te devais bien ça… et puis, j'ai envie que tu saches qui je suis et d'où je viens.

– Alors je serai heureuse de t'entendre encore, peu importe ce que tu as à me dire. Penses-tu que ta mère m'appréciera ? Elle doit être très protectrice envers ses fils, non ?

– Tu ne la rencontreras pas !

Je me fige face au changement de ton soudain de Lennon. Il se décompose et soupire :

– Désolée, c'est juste que… ma mère…

Je vois bien que ce qu'il a à me dire est douloureux, ce qui me pousse à poser une main sur son visage pour lui apporter un peu de réconfort.

– Ma mère est dans le coma depuis trois ans, m'avoue-t-il enfin. Il y a eu un accident un jour où Sawyer devait la conduire à sa fête d'anniversaire surprise. Un paparazzi les a pris en chasse et ne les a pas lâchés… jusqu'à ce que la voiture finisse dans le décor et que notre monde vole en éclats. Sawyer s'en est sorti indemne, mais pas notre mère.

Figée contre Lennon, je l'écoute m'ouvrir son cœur, me raconter la peine qu'il a ressentie, qu'il ressent encore quand il pense à elle et qu'il lui rend visite. Lorsqu'il termine son histoire, je quitte la chaleur de ses bras pour le regarder droit dans les yeux, puis j'agrippe tendrement son menton.

– C'est pour ça que tu as eu si peur quand j'ai commencé à te dire que j'avais des sentiments pour toi ? je souffle. Parce que ton père était le garde du corps de ta mère et qu'il n'a pas réussi à la protéger ?

Lennon ferme les yeux, soupire, puis rive son regard sur l'étendue d'eau salée qui nous fait face.

– Pendant des mois, il s'en est voulu de ne pas avoir été au volant de cette voiture, déclare-t-il. Je sais qu'aujourd'hui encore il ne cesse de se répéter qu'il aurait certainement pu éviter l'accident. Et en même temps, il est conscient que Sawyer a fait son possible. C'était une journée normale, un fils et sa mère en route pour une fête d'anniversaire, personne n'aurait pu anticiper un tel désastre. Sauf que ça s'est produit et que notre famille en est sortie définitivement meurtrie.

Lennon se tourne vers moi et caresse doucement ma joue.

– Tu comprends pourquoi je ne voulais pas te laisser t'approcher ? conclut-il.

– Parce que tu as peur qu'il m'arrive un jour quelque chose et que tu ne sois pas là pour l'empêcher.

Il hoche doucement la tête.

– J'ai protégé des dizaines de personnes dans ma vie en veillant chaque fois à garder une barrière émotionnelle entre nous… Mais toi…

– Hé…

Je passe mes bras autour de son cou et l'attire contre moi.

– Tu ne peux pas continuellement te fermer aux sentiments, tu ne peux pas repousser les émotions, je lui affirme. La seule personne à blâmer pour ce qui est arrivé à ta mère, c'est cet enfoiré de paparazzi. Ni Sawyer, ni ton père, ni toi, ni personne d'autre ne doit se sentir coupable. Et si un jour je me retrouve en danger, ce sera la faute du corbeau, certainement pas la tienne.

– Je ne veux pas qu'il t'arrive quoi que ce soit, je veux tout faire pour te garder saine et sauve.

– Lennon…

– Je te l'ai dit hier soir, il n'y aura pas de retour en arrière. J'ai tout fait pour que ça n'arrive pas, mais tu es quand même entrée dans ma vie. Et aujourd'hui, je ne veux plus que tu en sortes.

– Je ne prévois d'aller nulle part, je lui assure en déposant un baiser dans son cou.

Puis je le regarde dans les yeux et lui renvoie :

– Et toi ?

– Quoi, moi ? lâche-t-il en haussant les sourcils.

– Est-ce que tu vas rester avec moi ? Quand toute cette histoire sera terminée, quand ta mission touchera à sa fin… est-ce que tu vas t'envoler, disparaître ?

– Pourquoi est-ce que je ferais une chose pareille ? Si je n'envisageais pas un avenir pour nous deux, on ne serait pas en train d'avoir cette discussion et je ne t'aurais pas non plus emmenée ici, chez moi, pour te présenter à ma famille. Parce que tu es celle qui m'a fait du rentre-dedans la première, tu as l'air de penser que je ne suis pas autant attaché à toi que tu l'es à moi, Dovie… mais c'est faux. Alors, quand tout ça sera terminé, on pourra commencer une belle histoire, toi et moi. Qu'est-ce que tu en dis ?

Sous le charme, je hoche vigoureusement la tête avant qu'il ne plonge sur mes lèvres.

C'est alors que des ronflements résonnent près de nous, brisant notre moment de complicité, mais nous accueillons Voldi et ses pattes mouillées en riant, emplis par la certitude qu'une vie à deux s'offrira bientôt à nous.

35
Dovie

Mon estomac se serre tandis que, de retour à Boston, nous entrons dans mon quartier résidentiel. Ma rue est déserte à l'exception d'une Mercedes blanche garée le long du trottoir.

Les lieux sont toujours les mêmes, et pourtant j'ai l'impression que tout a changé ici.

Retourner chez moi après l'attaque du corbeau est loin d'être facile. Et quitter le manoir Westwood ne l'a pas été non plus. J'ai dû promettre plus d'une fois à Billie que je reviendrais – avec Voldi, cela va de soi.

Lennon se gare et nous déchargeons nos affaires avant de remonter l'allée qui mène chez moi. Comme il me l'avait assuré, plus aucune trace de vandalisme n'est visible sur la façade. C'est comme si rien ne s'était passé…

Voldi, trop heureux de retrouver sa Bella, s'élance sur le côté de la maison pour rejoindre la terrasse.

– N'oublie pas que tu n'as pas le droit d'aller sur la route, mon grand, je m'écrie.

Mon fidèle compagnon aboie et disparaît à travers le grillage des voisins. Lennon et moi atteignons ma porte, qu'il déverrouille avant de s'exclamer :

– *Home, sweet home !*

Après avoir déposé nos affaires, nous nous faisons livrer un repas, que nous partageons devant la télé. Mener une activité aussi normale m'apaise un peu… et je dois dire que c'est assez fou de faire quelque chose d'aussi simple avec un homme aussi complexe que Lennon. Me blottir contre lui sur le canapé, c'est une sensation magique.

– Est-ce que tu veux regarder quelque chose en particulier ? me demande-t-il.

Comme je ne réponds pas, il se tourne dans ma direction… avant de lever les yeux au ciel et de soupirer.

– Tu recommences avec ton regard de psychopathe, Dovie.

– Avoue que tu aimes quand je t'observe de cette manière.

Je me redresse et m'installe à califourchon sur ses genoux. Mes doigts glissent sur sa nuque et remontent dans ses cheveux.

– J'ai envie de te montrer quelque chose, je murmure en pressant mes ongles contre sa peau.

– Je t'en prie, montre-moi tout, réplique-t-il d'une voix rauque tandis que ses yeux se perdent dans la contemplation de ma poitrine.

Je ris, quitte ses genoux et lui tends la main.

– Je crois qu'il est temps que je te dévoile l'un de mes secrets, je déclare.

– L'un d'eux ? relève-t-il en m'emboîtant le pas. Combien est-ce que tu en as ?

Pour toute réponse, je me contente de hausser les sourcils, ce qui le fait sourire.

– Hm… J'adore le fait que ce secret soit dans ta chambre, murmure-t-il d'une voix rauque de désir à mon oreille lorsque nous pénétrons dans la pièce.

Je lâche sa main et me dirige vers mon lit, que je pousse sans effort.

– Qu'est-ce que tu fais ?

Sans rien révéler, j'attrape le long crochet caché sous mon sommier, puis je le place dans la petite fente au plafond, dissimulée par l'énorme système solaire que j'ai dessiné. Lennon regarde, ébahi, une trappe s'ouvrir et une échelle en descendre.

– Tu viens ? lui dis-je.

– Mais c'est quoi, ça ? fait-il en s'approchant.

– Mon sanctuaire, je réponds en commençant à grimper.

Dès qu'il pose un pied au grenier, le regard de Lennon s'écarquille.

– Tu ne t'es jamais demandé pourquoi je m'enfermais autant dans ma chambre ? je lui lance.

– Ne me dis pas que tu étais là-haut tout ce temps, en fait ?

– Si. Et je pense que tu peux comprendre pourquoi. C'est mon point d'observation. J'ai passé des heures à regarder les étoiles, à observer les planètes ici.

– Pendant que je culpabilisais de te savoir confinée chez toi, tu vivais en fait comme une reine ?

– Exactement. Viens, j'ai plein de choses à te montrer.

Je l'attire en attrapant sa main et je règle le télescope à sa hauteur avant d'annoncer :

– Lennon Westwood, je te présente Jupiter. Jupiter, je te présente mon colosse à moi.

Lennon ricane tout en regardant à travers la lunette.

– Ici, j'ajoute en effectuant un réglage, nous avons Saturne.

– Salut, toi, dit Lennon de sa voix de séducteur.

– Je n'ai pas besoin de te présenter la Lune…

– Effectivement, je l'ai déjà vue une ou deux fois au cours de ces vingt-six dernières années.

– Et là, nous avons Vega et Altaïr.

– Je suis presque certain de ne jamais avoir entendu parler de ces planètes.

– Parce que ce sont des étoiles, je réplique en riant.

Je ne sais pas pourquoi je me sens si excitée à l'idée que Lennon observe l'univers avec moi à cet instant. Peut-être parce que, soudain, j'ai l'impression qu'il pénètre totalement dans mon monde et que ça me réjouit.

– Viens par là…

Il m'attire devant lui et me positionne face au télescope.

– C'est toi le petit génie, alors j'aimerais que tu regardes là-dedans et que tu me dises ce que tu vois, ajoute-t-il.

Il colle doucement son corps contre le mien et passe ses bras autour de ma taille. Je place à mon tour l'œil contre la lunette et déclare :

– Très bien, alors… Là, il y a la Grande Ourse. De ce côté, on peut trouver Mars.

Tandis que je parle, les mains de Lennon quittent ma taille pour remonter sur mon ventre et se faufiler sous mon t-shirt.

– Euh… Ici, c'est Vénus, ma planète préférée.

Le mouvement de ses paumes soulève mon vêtement et dévoile ma peau. Tranquillement, Lennon englobe mes seins et les serre doucement.

– Continue, murmure-t-il au creux de mon oreille.

– La Voie lactée est absolument… absolument… oh, Lennon.

Sa bouche se pose sur mon cou, y déposant de tendres baisers. Ses mains, elles, poursuivent leur exploration. L'une reste agrippée à ma poitrine tandis que l'autre glisse effrontément au sud. D'un doigt, Lennon dégrafe le bouton de mon short en jean, qui glisse à mes pieds, puis il passe l'index sous le tissu fin de ma culotte pour effleurer mon intimité.

– Continue, insiste-t-il dans un souffle.

– Je ne peux pas, dis-je, transportée par ses caresses.

– C'est dommage, parce que j'adore t'entendre parler.

– Et moi, j'adore que tu me touches.

Lennon retire mon t-shirt et fait glisser mes sous-vêtements au sol. Je me retrouve complètement nue et frissonnante au milieu de mon petit grenier, face à mon télescope et au ciel lumineux.

– Est-ce que je t'ai déjà dit à quel point tu m'excites, Dovie Bennett ? me chuchote Lennon.

– Pas explicitement, mais je l'ai déjà remarqué, dis-je en passant une main dans mon dos pour la refermer sur le renflement de sa braguette.

– Lève les bras, s'il te plaît, me demande-t-il, séducteur.

Totalement en confiance, je m'exécute. Lennon entreprend alors de caresser l'intégralité de mon corps. Ses doigts glissent de mes poignets jusqu'à mes aisselles, puis le long de mes côtes, me chatouillant. Mon cou, mon ventre, mes fesses, mes cuisses… Il s'agenouille devant moi et refait le chemin de ses mains en les remplaçant par sa bouche. Plus il s'approche de mon intimité, plus il m'incite à écarter les jambes. Les yeux dans les siens, je regarde le bout de sa langue lécher mon aine, remonter sur mon ventre, contourner mon nombril, puis repartir plus bas… jusqu'à mon clitoris.

Mon premier réflexe lorsqu'il l'atteint est de me retenir au télescope pour ne pas basculer. La bouche de Lennon, intraitable, aspire mon sexe avec une passion qui fait trembler mes membres. J'agrippe le chignon au-dessus de sa tête et je défais ses cheveux, qui lui tombent sur les épaules. L'air sauvage que cela lui donne fait augmenter mon excitation d'un cran.

– Oh mon Dieu, Lennon.

Ses grandes mains empoignent mes fesses pour me maintenir en place tandis que sa bouche accélère la cadence.

Emportée par le plaisir, je ferme les yeux et rejette la tête en arrière, gémissant.

Soudain… plus rien. Je rouvre les yeux à temps pour voir Lennon se dresser devant moi.

Grand.

Fort.

Bestial.

Incroyable.

À la façon dont il se déshabille, je peux deviner que ce qui va suivre va être mémorable. Il prend son temps, ne me lâche pas une seconde du regard, et je suis dans tous mes états.

Lentement, il me contourne et prend place derrière moi. Il m'invite à prendre appui sur le bord du télescope et, après avoir écarté mes jambes, il se colle tout contre moi. Dans cette position, je sens le moindre muscle, le moindre creux de son corps… et surtout, son érection impressionnante qui se loge contre mon intimité.

Pendant quelques secondes, Lennon se contente de frotter nos sexes l'un contre l'autre, provoquant nos soupirs de plaisir.

Puis, enfin, il me pénètre.

Oui!

– Dovie! réagit soudain Lennon. Le préservatif…

– Non, ne bouge pas, dis-je en plaquant mes mains contre son dos pour le retenir. Je veux que tu restes en moi.

– Mais…

– Je prends une contraception, et pour le reste… Je sais que ça fait un an que tu as rompu avec Eleanor. Est-ce que tu as eu d'autres aventures après ça?

– Non!

– De mon côté, tu es le premier homme avec qui je couche depuis huit mois. Je te fais confiance. Et toi?

– Évidemment!

– Alors continue, je t'en prie.

Il ne se le fait pas dire deux fois. Agrippant mes hanches, il entame un va-et-vient qui n'a rien de doux. Je ne sais pas si c'est l'endroit, la position ou l'idée de ne pas avoir de préservatif entre nous, mais je sens que nous sommes tous les deux au comble de l'excitation et qu'il ne nous faudra pas longtemps avant d'atteindre l'orgasme. J'en suis d'autant plus convaincue lorsque Lennon m'attire contre lui et me garde serrée entre ses bras. Accrochée à sa nuque, je me laisse porter, emmener loin, haut… aussi haut que les étoiles sur lesquelles je rive mon regard.

– Dovie.

– C'est trop bon, je gémis.

Les coups de reins de Lennon se poursuivent, encore. Plus vite, toujours. Jusqu'à ce que ni lui ni moi ne soyons capables de nous retenir plus longtemps. Il suffit d'une toute petite caresse de son index sur mon clitoris pour me faire exploser entre ses bras. Et il lui suffit de me voir en plein orgasme pour que cela déclenche le sien.

Mes oreilles bourdonnent, ma tête tourne, j'ai même l'impression de perdre la vue pendant quelques secondes.

C'est fort.

C'est intense.

C'est incroyable.

C'est nous.

36

Dovie

– Tu es fier de toi, hein ? dis-je à Lennon, essoufflée.

Son sourire goguenard me fait lever les yeux au ciel. Incapable de tenir sur nos jambes après l'orgasme qui nous a balayés, nous nous sommes écroulés sur les couvertures disposées au sol dans le grenier.

– Tu as de quoi l'être, j'admets en posant ma tête contre le torse de mon garde du corps. J'ai eu l'impression d'être une superdovie l'espace de quelques secondes.

– Une quoi ?

– L'inverse d'une supernova. Une supernova, c'est une étoile qui implose en laissant échapper une intense lumière. Eh bien moi, j'ai explosé, et j'ai aperçu les lueurs du paradis pendant quelques minutes.

Lennon éclate d'un rire bref, puis nous retombons dans le silence.

– Puisqu'on en est à se confier nos petits secrets, je crois que c'est le bon moment pour t'avouer que j'ai caché des armes partout dans ta maison, finit-il par dire.

– Quoi ? je m'écrie en me redressant.

– Si un jour la maison est attaquée, j'ai besoin de trouver une arme pour nous défendre, quelle que soit la pièce dans laquelle je suis à ce moment-là.

– Lennon, c'est complètement dingue.

– Sécuritaire !

– Je n'en reviens pas. Où en as-tu caché ?

– À la cave, dans un tiroir de la cuisine, derrière le meuble de la salle de bain, sous un coussin du canapé…

– Qu'est-ce que tu as caché dans mon canapé ? je m'exclame, ahurie.

– Un couteau automatique. Petit, discret, mais avec une lame mortelle.

Ces bodyguards appartiennent vraiment à un autre monde…

– Comment est-ce qu'on a les yeux vairons ? enchaîne Lennon comme si de rien n'était.

– Sérieusement ? Tu vas juste détourner la conversation après m'avoir avoué que ma maison est devenue une forteresse bourrée d'armes meurtrières ?

– C'est ça.

Je lève les yeux au ciel, puis je l'éclaire :

– Le terme scientifique pour désigner ce phénomène est l'hétérochromie. Ça veut dire que l'un de mes yeux a développé trop ou pas assez de mélanine. Ça ne m'a jamais posé de problème de vue ni gênée dans mon quotidien, à part quand je rencontre des gens pour la première fois. Ils ont toujours une réaction à retardement. « Est-ce que j'ai bien vu ? Ses yeux n'ont pas la même couleur ? » C'est assez drôle, en fait. Même si je détestais ma différence quand j'étais petite, aujourd'hui j'en suis extrêmement fière.

– Ton regard est incroyable, confirme Lennon en caressant doucement mon épaule du bout des doigts. Il me fascine.

– Et nous sommes très peu à avoir cette particularité. C'est bien plus courant chez les animaux que chez l'homme. Je suis heureuse de sortir du lot.

Mon attention dérive sur mes cheveux roux étalés sur la peau dorée de Lennon. Mon estomac se serre. Le corps de cet homme a été taillé par les dieux, c'est la seule explication que je suis capable de donner face à tant de perfection.

Je me redresse et pose mon menton sur son torse. Sa main caresse ma nuque avec tendresse et son regard plongé dans le mien me transperce.

– T'es si belle… murmure-t-il.

Mon cœur se réchauffe et, en le dévisageant, je comprends que c'est le bon moment pour lui avouer ce que je ressens réellement.

– Tu te souviens, après l'incident à la fête de Bobby, lorsque tu m'as demandé si j'étais déjà tombée amoureuse ?

Lennon hoche la tête.

– Je t'ai répondu que oui, je poursuis. Deux fois.

– Le fameux Adam complexé par ton cerveau incroyable…

– Oui. Et je t'ai aussi dit que la seconde fois, mes sentiments n'étaient pas réciproques.

Concentré, Lennon me regarde, patient. J'inspire, puis me lance dans un souffle :

– Je parlais de toi. Je t'aime, Lennon.

Sa main se fige dans mes cheveux. Il ouvre la bouche mais, terrifiée à l'idée de ce qu'il peut dire, je plaque ma main contre ses lèvres.

– Tu n'es pas obligé de répondre, je m'empresse de lui assurer. Tu me connais, maintenant, tu sais que je n'ai pas de filtre et que je dis toujours ce que j'ai envie de dire au moment où j'en ai envie. Et ça fait des semaines que je sais que je t'aime. Mais je comprendrais que ce soit encore trop tôt pour toi et que tu préfères attendre un peu avant de faire du grand déballage. J'avais juste besoin que tu saches ce que tu représentes pour moi. Je ne me déclare pas pour que tu le fasses à ton tour. Pas de pression.

Lennon hoche doucement la tête, et je retire ma main plaquée sur sa bouche… qu'il ouvre, prêt à parler.

Mais il n'a pas le temps de le faire. Brusquement, l'alarme de la maison se met en route, nous poussant à nous couvrir les oreilles tant le bruit est strident. Et puis les grognements et les aboiements féroces de Voldi nous parviennent depuis l'extérieur.

Avant que je comprenne ce qui se passe, Lennon est déjà debout, en train d'enfiler ses vêtements. Il saute par la trappe du grenier et atterrit dans ma chambre en une seconde. Dehors, j'ai l'impression de reconnaître le bruit de pneus qui dérapent sur l'asphalte, ainsi que celui d'un moteur qui rugit.

Je me sens si lente à cet instant, presque inutile. Mais enfin, je passe mon t-shirt et j'enfile mon short, avant de quitter le grenier et de foncer au rez-de-chaussée. En descendant l'escalier, je découvre la porte d'entrée grande ouverte. Au départ, je ne comprends pas ce que je regarde… et puis tout s'éclaire.

– NON !

Je fonce sous le porche, dévale les marches et me précipite sur la route, au milieu de laquelle gît le petit corps de Voldi.

– Non, non, non.

En m'apercevant, Lennon, qui était accroupi près de mon chien, se relève pour s'élancer à la poursuite d'une ombre qui s'enfuit dans la nuit. Les yeux de Voldemort clignent doucement et je sens mes larmes dévaler mes joues à une vitesse folle.

– Accroche-toi, mon grand, ça va aller.

Les gémissements que pousse le bouledogue me brisent le cœur. Délicatement, je le soulève dans mes bras, rassurée de ne voir aucune trace de sang sur lui.

Ça ne veut pas dire qu'il va bien…

Au loin, j'entends des bruits de lutte, pas bien longtemps cependant. Bientôt, Lennon revient en traînant quelqu'un derrière lui. Les yeux embués, je ne réalise pas tout de suite qui se tient devant moi. Jusqu'à ce que…

– Professeur Fernandez ? je m'étrangle.

– Dovie, ce n'est pas ce que tu…

– La ferme ! crache Lennon, hors de lui.

À quelques rues de là, une sirène retentit, et bientôt, des voitures de police se garent près de nous.

– Les alarmes envoient un signal à la gendarmerie, m'explique Lennon en resserrant sa prise autour du col de mon directeur de thèse.

– Dovie, il faut que tu m'écoutes, plaide ce dernier.

– Non ! je hurle, en larmes, tout en serrant mon chien contre moi.

Ensuite, tout est flou. Lennon parle avec des policiers, Fernandez est menotté et emmené loin de moi. Rapidement, mon garde du corps me rejoint et m'aide à me redresser.

– Allez, monte dans la voiture, me presse-t-il. On n'a pas de temps à perdre, il faut emmener ce petit gars chez le vétérinaire.

••••

Voldi va s'en sortir.

C'est la phrase que je ne cesse de me répéter depuis que le vétérinaire me l'a dite. Je devrais le croire sur parole – après tout, c'est son métier de prendre soin des animaux –, seulement, voir mon fidèle compagnon allongé sur sa table de réveil me pousse à craindre le contraire. Cela fait deux heures que nous sommes dans le cabinet et nous venons seulement d'être autorisés à le voir.

– Saleté de chauffard, grogne le vétérinaire en revenant près de nous, un dossier en main. Je ne suis pas surpris qu'il ne se soit même pas arrêté. C'est ce que la plupart font.

– Comment va Voldi ? demande Lennon avec impatience.

– Ça ira, répète le médecin. Ses pattes arrière ont pris un très mauvais coup, d'où l'intervention chirurgicale. Il faudra du temps et certainement un peu de rééducation pour le remettre d'aplomb, mais il n'y a ni hémorragie, ni traumatisme ou séquelles irréversibles. Sa petite taille lui a certainement sauvé la vie, il a dû rouler sous la voiture après avoir tapé…

– Nous nous passerons des détails, merci, intervient Lennon. Quand est-ce qu'il peut rentrer à la maison ?

– Il serait plus judicieux qu'il passe la nuit ici. Il est seulement en train d'émerger de l'anesthésie.

– Je veux le ramener chez moi, je décrète en essuyant mes larmes.

– Vous n'aurez qu'à venir le chercher demain matin.

– Il rentre ! décide Lennon.

Le vétérinaire nous dévisage tour à tour avant d'abdiquer.

– Comme vous voulez. Surveillez son réveil. Lorsqu'il sera plus conscient, il essayera de marcher, mais il ne faut surtout pas qu'il s'appuie sur ses pattes pendant les prochaines heures, alors assurez-vous qu'il reste immobile. S'il y a un problème, appelez-moi.

Lennon et moi remontons en voiture, Voldi dans les bras. Dans un état de semi-conscience, mon petit chien a les yeux vitreux, ses pupilles sont dilatées, et il tourne son regard de droite à gauche dans l'espoir de reconnaître quelque chose.

– Je ne comprends pas, dis-je dans un sanglot. Pourquoi ? Pourquoi est-ce que le professeur Fernandez a fait ça ?

Comme il n'est pas plus avancé que moi, Lennon ne trouve rien à répondre. Nous rentrons à la maison en silence. Là, j'allonge Voldi sur le canapé et je m'assieds près de lui. À cet instant, le téléphone de Lennon se met à sonner. Il décroche, échange quelques phrases avec son interlocuteur, puis se tourne vers moi.

– Les flics vont l'interroger, ils me demandent si je veux être présent.

– Vas-y, ne t'inquiète pas. Je dois rester près de Voldi, je ne bougerai pas d'ici.

– Te laisser seule est contraire à tous les engagements que j'ai pris…

– Sauf que là, tu n'as pas le choix. Vas-y, Lennon. Tout va bien se passer.

Il se passe furieusement une main sur le visage, puis il se précipite vers moi, caresse tendrement la tête de Voldi et se penche pour déposer un baiser sur mes lèvres.

– Je fais vite, me promet-il.

Sur ce, il quitte la maison en trombe et démarre la voiture à vive allure. De mon côté, je m'allonge auprès de mon compagnon à quatre pattes et j'attends qu'il revienne enfin à lui.

37
Lennon

– A-t-il dit quelque chose ?

– À part qu'il n'a rien fait et qu'on commet une erreur ? Rien.

Le policier à côté duquel je me tiens, les mains dans les poches, braque son regard sur le miroir sans tain de la salle d'interrogatoire.

– Vous dites que vous avez entendu des crissements de pneus ? me demande-t-il.

– C'est exact.

– Mais que monsieur Fernandez s'enfuyait à pied ?

– Encore exact.

– Si vous voulez mon avis, y'a un truc qui cloche.

– Je suis d'accord avec vous, sauf que pour l'instant, cet homme est le seul suspect qu'on a. Je vous rappelle qu'il se trouvait devant la maison de ma cliente, dont l'adresse est tenue secrète.

Le flic soupire. Je me tourne vers lui.

– Est-ce que je peux lui poser des questions ? je m'enquiers.

– Écoutez, je sais que vous êtes un bodyguard et que vous avez quelques passe-droits, mais mener un interrogatoire n'en fait pas partie.

– J'en suis conscient. Seulement, il faut essayer de faire parler notre suspect.

– Qu'est-ce qui vous dit qu'il acceptera de se confier à vous ?

– Rien… mais cela ne coûte rien de tenter le coup, non ?

Après un autre soupir et un moment de silence, le policier finit par hocher la tête. Juste une fois. Sans attendre, je pousse la porte qui mène de l'autre côté du miroir.

– Ah, Lennon, écoutez, commence aussitôt Fernandez, tout ça n'est qu'une…

– La ferme, je le coupe en prenant place sur la chaise face à lui. Ne commencez pas à essayer de vous justifier, je vous ai trouvé en train de prendre vos jambes à votre cou après que le chien de Dovie a été renversé.

– Je sais de quoi ça a l'air, mais je vous assure que je n'ai rien à voir là-dedans.

– C'est bizarre, parce que quand on y pense, tout est relié à vous. Dovie reçoit des lettres de menace parce qu'elle travaille avec *vous*, quelqu'un utilise *votre* neveu comme bouc émissaire, et c'est *votre* voiture qui renverse le chien de ma cliente… Oui, j'ai eu le temps de la voir avant qu'elle ne disparaisse dans la nuit. Une Mercedes blanche de collection comme celle-là, c'est très reconnaissable.

– Mais justement, vous ne trouvez pas ça étrange que, comme par hasard, tout pointe vers moi ? Vous avez vu ma voiture s'enfuir, mais je n'étais pas au volant !

– Vous avez sûrement un complice.

Visiblement épuisé, Fernandez fourre sa tête entre ses mains en gémissant.

– Quelqu'un en a après moi ! proteste-t-il. Quelqu'un voulait que je me trouve dans votre rue pile à ce moment-là.

– Qui ça ? je demande.

– Je n'en sais rien. J'ai trouvé un mot glissé sous la porte de mon bureau à l'université. Il me donnait rendez-vous devant la maison de Dovie, à l'heure précise où son chien a été percuté.

Je fronce les sourcils.

– Un mot ?

– Je l'ai remis à la police. Il était écrit avec des coupures de journaux.

Comme les lettres de menace précédentes…

– Admettons que ce soit vrai… Comment vous êtes-vous rendu chez Dovie ? j'enchaîne.

– En taxi… On m'a volé ma voiture il y a deux jours.

– Évidemment.

– Je vous le jure ! Je suis allé au commissariat porter plainte.

Putain, mais c'est quoi ce délire ?

Fernandez me dévisage avec intensité, puis il ajoute :

– Écoutez, vous avez le droit de ne pas me croire, mais vous devriez faire attention à Dovie, parce que maintenant que nous sommes tous les deux ici, celui qui lui veut du mal a le champ libre.

••••

Celui qui veut du mal à Dovie a le champ libre.

Putain, c'est pas vrai… Toute cette histoire est en train de me rendre dingue. C'est bien la première fois que je n'arrive pas à associer entre eux les éléments d'une enquête. Il est maintenant clair que Dovie comme son professeur sont des cibles… mais de qui ? Qu'est-ce qui peut bien les relier tous les deux, outre leurs recherches scientifiques ?

Qu'est-ce que j'ai loupé ? Bon sang, qu'est-ce que je n'ai pas compris ?

J'ai eu beau passer et repasser au crible les fiches de renseignements que Dimitri m'a fournies, je n'ai rien trouvé qui puisse me donner le début d'une piste. Las, je sors du commissariat et remonte en voiture. Pas une seule fois au cours de la soirée Dovie n'a quitté mon esprit. Ni Voldi, d'ailleurs. J'espère vraiment que ce petit gars va s'en sortir…

Pendant le trajet de retour à la maison, mon esprit est en surchauffe. Les pièces du puzzle dansent devant mes yeux sans que je parvienne à les emboîter les unes dans les autres. C'est à en devenir complètement dingue et ça me donne envie de…

Un bip sonore et répétitif résonne soudain dans l'habitacle de la voiture. Un bip que je redoute d'entendre depuis des semaines… Celui qui annonce le déclenchement des alarmes chez Dovie.

Mes mains se crispent sur le volant, mon cœur rate un battement.

Non…

J'appuie brutalement sur l'accélérateur, projetant le véhicule en avant.

Je savais que je n'aurais pas dû la laisser seule, je le savais !

Je pousse la voiture à sa vitesse maximale, si bien que les dix dernières minutes de route sont divisées par deux. Une fois arrivé, je m'empare du pistolet dans la boîte à gants et n'attends même pas que la berline soit totalement à l'arrêt pour en sauter et me précipiter vers la maison.

Je pâlis lorsque je remarque la porte d'entrée grande ouverte. Je coupe les alarmes et je pénètre à l'intérieur de la bâtisse comme un possédé.

Tout est sombre.

Tout est calme.

Soudain, un gémissement plaintif retentit et je me précipite en direction du canapé. Voldi, les yeux bien ouverts désormais, couine doucement, les yeux rivés dans ma direction.

– Ça va aller, mon grand, je lui souffle. Dovie ? Dovie, où es… Oh non !

La table basse du salon est renversée, le vase qui était posé dessus gît au sol, brisé en mille morceaux. Il y a eu lutte ici, c'est évident.

Je tente de ne pas céder à la panique. Peut-être Dovie a-t-elle pu se cacher quelque part dans la maison… mais soudain, je découvre un détail qui me glace le sang.

Le nœud blanc en soie avec lequel elle avait attaché ses cheveux est abandonné là, par terre, ce qui signifie que la confrontation a été violente.

– Oh non, Dovie !

Même si la terreur s'installe en moi, je m'oblige à ne surtout pas perdre pied. Si je veux avoir une chance de retrouver Dovie, je dois agir vite. Elle a forcément été emportée ailleurs… mais où ?

Sa broche !

Je me précipite sur mon téléphone et ouvre l'application de localisation reliée au bijou. Pendant que la connexion tente de s'établir, mon cœur bat, bouillonnant d'espoir, tandis que mon esprit se remplit des images du doux visage de Dovie.

Enfin, un point s'affiche sur la carte de Boston, dans un endroit que je connais bien.

L'observatoire du MIT…

38 Dovie

Calme-toi, Dovie, respire…

Le bâillon qui recouvre ma bouche m'oppresse, et je lutte avec peine contre le stress qui explose dans tout mon corps. Je déteste être retenue ici, dans cet observatoire que j'aime tant et qui était jusque-là l'un de mes lieux favoris au monde…

Je lève mon regard vers le fou furieux qui fait les cent pas devant moi. Je tente de l'appeler ; mes cris, étouffés, parviennent à attirer son attention. Il s'approche de moi et me crache :

– Je vais te retirer ton bâillon, Dovie. Ce n'est pas la peine de te mettre à hurler parce que personne ici ne peut t'entendre. C'est compris ?

Je hoche vigoureusement la tête. D'un geste rapide, il détache le nœud derrière ma tête et fait tomber le morceau de tissu.

– Bobby, qu'est-ce qui se passe ? je lui demande aussitôt. Qu'est-ce que tu fais ?

– Pourquoi est-ce que tu n'as pas écouté mes mises en garde ?

– C'est toi qui m'as envoyé toutes ces lettres de menace ?

Bien sûr, qu'il m'ait kidnappée constituait déjà un gros indice, mais ma stupeur est telle que j'ai du mal à réfléchir correctement.

– Mais bon sang, qu'est-ce que je t'ai fait ? j'enchaîne. On se connaît à peine.

– Oh, la ferme, s'écrie-t-il. Ce n'est pas toi qui m'intéresses. Toi, t'es juste une victime collatérale.

– Une victime collatérale ? Mais…

– Oui, oui, je vais tout te raconter. Laisse-moi juste finir de préparer un petit quelque chose.

Bobby contourne l'un des bureaux et ouvre un tiroir, duquel il sort une seringue qu'il place à hauteur de ses yeux. Mes muscles se crispent.

– Qu'est-ce que c'est ? je demande d'une voix tremblante.

– Ça ? fait Bobby. Du GHB. Toi et moi, on va avoir une petite discussion, et si à la fin tu me donnes la réponse que je veux, je ne m'en servirai pas. En revanche, si tu refuses de coopérer, cette molécule finira dans ton sang. Tu sais qu'on ne peut pas prédire les effets qu'elle aura sur quelqu'un, n'est-ce pas ? Perte de connaissance, coma, tachycardie… Je me demande ce que ça provoquera chez toi.

Un frisson me parcourt, mais je m'oblige à reprendre la parole :

– Pourquoi est-ce que tu t'en prends à moi, Bobby ?

Il s'installe sur une chaise et soupire :

– Tu as deux pères, c'est bien ça ?

Je hoche la tête. Il poursuit :

– Eh bien, tu vois, moi, je n'en ai pas. Évidemment, j'ai un géniteur, comme tout le monde… mais un père, non.

Dans d'autres circonstances, je lui ferais remarquer que cela ne me concerne pas vraiment, mais là, je préfère me taire.

– Je me suis toujours demandé en quoi tu pouvais être si spéciale, pour qu'il préfère t'accorder tout son temps, plutôt qu'à son propre fils.

– De qui tu parles, Bobby ?

– Vraiment, Dovie, tu ne vois pas ? On m'a pourtant dit que tu es très intelligente. Essaye de remettre toutes les pièces du puzzle ensemble, je suis sûr que tu vas comprendre.

Je n'ai pas envie de jouer à son petit jeu, mais je n'ai pas le choix. Alors je me repasse tout en mémoire, je cherche, j'assemble… Les menaces visant mon travail et mes recherches, l'implication d'Adrian Hawkins, Voldi renversé… Plus j'y pense, plus je réalise qu'une autre personne que moi peut être reliée à tous ces événements.

– Fernandez ? je conclus. C'est lui, ton père ?

– Bravo ! s'esclaffe Bobby, grinçant.

– Mais il ne m'a jamais dit qu'il avait un fils…

– Oh, je sais ce que tu penses : pourquoi est-ce que ton modèle, ton mentor, ne t'a jamais confié une chose pareille ? Tout simplement parce que la personne que tu adules est en réalité un véritable salopard.

Tout en jouant avec la seringue, Bobby ajoute :

– Le jour où je suis né, il avait déjà pris la fuite. Quand il a appris que ma mère était enceinte, il a décidé qu'il n'avait aucune envie de faire partie de notre vie… et il s'est barré. Pendant toutes ces années, il n'a jamais cherché à me retrouver. Alors que moi… moi, j'avais besoin de savoir qui il était, à quoi il ressemblait. Tu n'imagines pas ma surprise quand j'ai compris que non seulement il était devenu prof, mais qu'en plus, il aidait bénévolement les enfants comme toi, les petits génies. Qu'il les aidait à aménager leur scolarité pour qu'ils puissent s'épanouir pleinement. Tu ne trouves pas ça dingue, Dovie ?

Oh si. Tu es complètement dingue, mon pauvre Bobby.

– S'il avait tellement envie de s'occuper d'enfants, il n'avait qu'à revenir auprès du sien, tu ne penses pas ? gronde-t-il. Mais ça m'a donné de l'espoir. J'ai commencé à me dire que si je devenais plus futé, plus intelligent, il s'intéresserait à moi. Tu n'imagines pas comme j'ai bossé dur pour intégrer le MIT… juste pour être avec lui. Sauf que là encore, j'ai été très déçu, et tu sais pourquoi ? Parce que j'ai réalisé qu'il avait fait de toi sa fille de substitution. Tous ces cours qu'il t'a donnés par plaisir pendant dix ans, toutes ces fois où vous vous retrouviez dans cet observatoire, les opportunités qu'il t'offrait, tes recherches qu'il a encadrées… En fait, il n'avait pas besoin de retrouver son fils, parce qu'il m'avait remplacé… par toi !

– C'est faux, Bobby, ce n'est pas…

– Laisse-moi terminer, m'interrompt-il, étrangement calme.

Beaucoup trop pour que ce soit rassurant, d'ailleurs…

– Tu vas trouver ça idiot, mais j'ai toujours eu l'espoir qu'il me reconnaisse… qu'il croise mon regard et qu'il se dise : « c'est lui, c'est mon fils ». Mais ça n'est jamais arrivé. J'ai pourtant essayé de me faire remarquer, mais même en me montrant assidu, mes capacités intellectuelles ne l'ont pas impressionné. Alors j'ai commencé à organiser des fêtes, toujours plus folles, plus marquantes, dont il entendrait forcément parler. Ça ne l'a pas non plus fait réagir.

– Pourquoi ne pas être allé le trouver pour lui dire qui tu es ?

– C'est ce que tu aurais fait, Dovie ? Ce type s'est barré en apprenant que j'allais naître, il n'a jamais cherché à me retrouver et tu aurais voulu que je me jette à ses pieds ? Que je rampe devant lui, l'homme qui m'a rejeté ?

– Alors pourquoi vouloir qu'il te remarque, si tu le méprises tant ?

Bobby fait tourner la seringue de GHB entre ses doigts, ricane, puis lâche :

– C'est fini, ça : je ne veux plus qu'il me remarque. Je veux qu'il souffre.

Je déglutis tout en triturant discrètement mes poignets pour essayer de me détacher. Dans le même temps, pour détourner l'attention de mon ravisseur et continuer à le faire parler, je lui demande :

– Pourquoi avoir mêlé Adrian à ça ?

– Il fallait bien que je détourne les soupçons sur quelqu'un d'autre, me répond-il. Quand j'ai compris que ce Lennon qui s'est mis à te suivre partout était en fait un garde du corps, je me suis dit qu'il était temps de brouiller les pistes… J'ai tout de suite pensé à utiliser Adrian. C'était l'occasion parfaite de faire souffrir une personne à laquelle mon père tient.

– Et pour le reste ? Pourquoi avoir…

Les larmes embuent mes yeux. Je déglutis, puis j'articule :

– Pourquoi t'en être pris à mon chien ?

– Alors ça, ce n'était pas prévu, me révèle Bobby. Ton clébard s'est précipité vers la voiture au moment où je démarrais. Je ne voulais pas lui faire de mal, même s'il aurait bien mérité que je me venge après le coup de crocs qu'il m'a donné le jour où j'ai vandalisé ta maison.

Mon ravisseur remonte la manche de son pull, découvrant une cicatrice parfaitement visible et encore rose.

– C'était donc toi, je souffle, de plus en plus accablée.

– Eh oui ! J'avais besoin de savoir comment fonctionne le système de sécurité que ton armoire à glace a installé. Alors je vous ai observés, et quand vous êtes partis, j'ai tenté ma chance. Ensuite, j'ai attendu le bon moment pour te mettre la main dessus.

– Pourquoi Fernandez se trouvait-il devant chez moi ce soir ?

– Attends, tu vas trop vite, laisse-moi tout t'expliquer en détail…

Va te faire foutre, espèce de malade.

– Récemment, j'ai compris que je ne pourrais pas continuer mon petit jeu encore longtemps, j'ai donc décidé de mettre à exécution la dernière partie de mon plan, à savoir faire coffrer mon père pour un délit qu'il n'a pas commis.

Bobby ricane, visiblement amusé par ses actes.

– J'ai volé sa voiture il y a deux jours puis je suis venu stationner dans ta rue en attendant ton retour. Quand Lennon et toi êtes arrivés, j'ai donné rendez-vous à mon père chez toi. Après ça, il ne m'a suffi que d'une petite ruse pour déclencher le détecteur de mouvements, puis j'ai pris la fuite en laissant mon père se faire embarquer.

– Puisque tu as eu ce que tu voulais, pourquoi m'avoir enlevée ?

Bobby se lève et s'approche de moi, sa seringue toujours en main.

– Les flics n'auront pas assez de preuves pour garder mon père : je veux donc que, au moment où il sera relâché, il n'ait plus rien. C'est là qu'on en arrive à ma fameuse proposition.

Il s'accroupit, plante son regard dans le mien et m'assène :

– Je veux que tu lâches mon père, et que tu abandonnes ta thèse.

Non… Mes recherches… Je ne peux pas sacrifier toutes ces années de travail…

– Si tu refuses, poursuit Bobby, je serai obligé de t'injecter ce produit. Comprends bien que, d'une manière ou d'une autre, je serai gagnant. Dans les deux cas, mon père te perdra, et ça lui fera un mal de chien. Mais je te laisse le choix de la souffrance que toi, tu veux endurer. Une déception professionnelle ? Ou bien prendre le risque d'y rester ?

– Tu es complètement fou.

– Ce n'est pas du tout la réponse que j'attends.

Évidemment, je n'ai pas envie qu'il m'injecte son poison dans le corps… Toutefois, l'idée de lui céder m'est inconcevable. Il fait de ma vie un enfer depuis bientôt un an. À cause de lui, j'ai dû renoncer à mon quotidien tel que je le connaissais. À cause de lui, les gens que j'aime ont souffert… Je refuse de le laisser gagner à nouveau en lui donnant ce qu'il veut. Je rassemble mon courage et cingle :

– Tu veux une réponse, Bobby ? Va te faire foutre !

– Comme tu préfères.

Il se redresse et pose sur moi des yeux menaçants. Je tente de reculer, mais je suis malheureusement bloquée sur la maudite chaise à laquelle il m'a attachée. À mon grand désarroi, il agrippe mon bras et, avec bien plus de hargne que nécessaire, plante la seringue dans mon épaule, me faisant hurler de douleur. Je commence à sangloter en sentant le produit se répandre dans mon corps.

– Tu es fou, je répète d'une voix étranglée, complètement fou.

– Peut-être… mais c'est sa faute !

– Espèce de fils de pute !

Incrédule, je regarde Bobby être soudain projeté de l'autre côté de l'observatoire. Devant moi se tient une véritable apparition divine : Lennon. Je fonds en larmes lorsque mon regard croise le sien, lorsqu'il attrape mon visage et m'embrasse.

– Oh, Dovie, bon sang, qu'est-ce que…

– Attention !

Armé d'une barre en métal, Bobby fonce droit sur Lennon, mais ce dernier est trop bien entraîné pour être pris de court. Il lui donne un coup de poing magistral dans la mâchoire, puis il sort un couteau de sa poche arrière et l'enfonce dans sa cuisse, le poignardant jusqu'au manche.

– Maintenant, tu vas fermer ta grande gueule et tu vas rester bien sagement ici, gronde Lennon.

Son intervention provoque une violente satisfaction en moi… pendant quelques secondes seulement.

Parce que je sens ma tête tourner, mes yeux me brûler et mon esprit s'embrumer.

Les effets du GHB.

La fatigue qui s'empare de moi est soudaine et écrasante.

– Dovie… reste éveillée, me supplie Lennon.

– Len… Lennon ! je l'appelle, ma propre voix me paraissant lointaine.

Mes yeux se ferment, je m'oblige à rester concentrée, mais je n'y tiens plus : ma tête tombe en avant.

– Dovie, reste avec moi, reste avec moi !

Je dois m'assoupir quelques instants, parce que quand je rouvre les paupières, je ne suis plus ligotée, Lennon me tient dans ses bras et plusieurs policiers ont investi l'observatoire.

– Il ne faut surtout pas que tu t'endormes, d'accord ? me presse-t-il.

– Je suis trop fatiguée…

– Dovie, s'il te plaît ! Les secours sont en chemin, ils vont te prendre en charge mais tu dois tenir jusqu'à leur arrivée.

– Trop fatiguée…

– Dovie !

– Je t'aime.

– Non… Non !

Et je sombre.

39
Dovie

Je flotte parmi les planètes. Vénus, Saturne, Mercure… même Pluton est là. Je n'ai jamais été d'accord avec l'idée de lui retirer son statut. Elle est peut-être plus petite que les autres, mais je trouve injuste qu'elle ait été déclassée.

Je crois que je vais me faire floquer un t-shirt #JusticePourPluton…

Non, mais qu'est-ce que je suis en train de raconter ? Et pourquoi est-ce que j'ai l'impression que mon corps pèse autant que deux ânes morts ?

Pourquoi suis-je fatiguée… si fatiguée…

••••

– Quand pensez-vous qu'elle va reprendre connaissance, docteur ?

– Le GHB peut faire effet entre une et six heures. À ce stade, la seule chose qu'on puisse faire, c'est attendre, monsieur Bennett.

Du GHB?

– Un homme à l'accueil demande à rendre visite à votre fille, est-ce que…

Je sombre à nouveau.

••••

– Je ne crois pas que ce soit une bonne idée, Trevor…

– Peu importe, je l'ai fait. Et pour l'instant, je ne reviendrai pas sur ma décision.

Mes paupières papillonnent et s'ouvrent doucement. Immédiatement, mes parents se taisent et je sens des mains prendre les miennes.

– Ma chérie, enfin, soupire Arnold.

Je regarde mes pères et leur souris pour tenter de les rassurer.

– Comment tu te sens? demande Trevor.

– Complètement déphasée, j'articule. Mais ça pourrait être pire.

– Dans ce cas, je vais chercher le médecin pour qu'il t'examine.

Trevor embrasse mon front et quitte la chambre. J'en profite pour demander à Arnold:

– De quoi est-ce que vous parliez? Qu'est-ce que papa a fait?

– Rien de bien important, ma colombe. Ce qui compte, là, c'est que tu te concentres sur toi et rien d'autre.

Trevor revient quelques minutes plus tard accompagné d'un médecin.

– Heureux que vous soyez de retour parmi nous, mademoiselle Bennett, déclare-t-il.

Il braque ensuite une petite lampe sur mes pupilles, ce qui me fait cligner des yeux.

– Les premiers résultats semblent encourageants. Voyons voir comment fonctionne la mémoire.

Il m'aide à me mettre en position assise puis enchaîne :

– Mademoiselle, je vais vous poser quelques questions, est-ce que vous êtes prête ?

Je hoche la tête.

– Comment vous appelez-vous ?

– Dovie Bennett, je réponds d'une voix rauque.

– Quel âge avez-vous ?

– Vingt et un ans.

– Quelle est la date du jour ?

– Nous sommes le jeudi 10 juillet.

Les questions s'enchaînent ainsi pendant plusieurs minutes. Enfin, après une énième vérification de mes constantes, le médecin quitte la pièce et je me retrouve seule avec mes parents.

– Si tu savais comme on a eu peur, ma chérie ! s'exclame Trevor en me serrant doucement contre lui.

– On t'aime tellement, ma colombe, renchérit Arnold.

– Je vous aime aussi.

Plus mon esprit s'éveille, plus les souvenirs de ces dernières heures me reviennent. Et alors, je m'empresse de demander :

– Comment va Voldi ?

– Très bien. Nous avons décidé de le garder chez nous le temps de ton séjour ici, m'informe Arnold.

– Combien de temps vais-je rester à l'hôpital ?

– Quelques jours, jusqu'à ce que les médecins soient certains que tu es de nouveau en pleine forme.

– Qu'est-ce qui va se passer pour Bobby ? Et comment va le professeur Fernandez ?

– Eh bien, en ce qui concerne ce cinglé de Bobby Hoffmann, entre le kidnapping, la séquestration et le fait qu'il t'a droguée, il va prendre très cher, et heureusement, grogne Trevor.

– Quant à Fernandez, il va bien – compte tenu de la situation, évidemment, enchaîne Arnold. Il est sonné, secoué et triste de voir les dégâts que son absence a eue sur son fils. Mais il a compris que Bobby avait aussi un très grave problème. À ce qu'il m'a dit, il va prendre un peu de vacances et s'éloigner du MIT pour un petit moment. Il restera joignable si tu as des questions en vue de ta soutenance de thèse, cependant.

– Je comprends. Le pauvre, j'espère que ça ira… Et Lennon ? Est-ce qu'il va bientôt venir me rendre visite ?

Mes deux pères échangent un coup d'œil en silence, puis Trevor me dit :

– La police avait quelques questions à lui poser quant aux événements de ces derniers jours. Peut-être plus tard.

Rassurée, je ferme les yeux et me rendors.

40
Lennon

Je me gare sur le parking de l'hôpital puis sors de ma voiture, fébrile. J'espère qu'aujourd'hui je pourrai enfin voir Dovie. Cela fait vingt-quatre heures qu'elle est ici et je n'ai toujours pas été autorisé à entrer dans sa chambre. Je comprends que les médecins aient besoin d'effectuer des examens et qu'ils aient interdit les visiteurs à l'exception de la famille pendant ce temps-là, mais ça commence à faire long.

Dovie me manque. Son visage, son sourire, ses yeux… Elle.

En arrivant devant l'entrée du bâtiment, j'ai la surprise de découvrir mes frères ainsi que Jaxon qui m'attendent. Je m'approche d'eux, sourcils froncés, perdu.

– Qu'est-ce que vous faites ici ? je leur lance.

– On est là pour toi, me répond mon meilleur ami.

– Merci, mais je dois aller rendre visite à Dovie. On se voit plus tard ?

Alors que j'amorce un pas en avant, Cruz se décale et se plante devant moi.

– Qu'est-ce que tu fais ? je m'étonne.

– Il ne vaut mieux pas que tu rentres là-dedans, me dit-il.

– Pourquoi ?

Cruz jette un regard en biais à Jaxon et Sawyer. Comme lui, ils affichent un visage impassible.

– Bon, qu'est-ce qui se passe, là ? je m'impatiente. Peu importe ce que vous avez à me dire, crachez le morceau, pour que je puisse enfin aller voir Dovie. Elle doit se demander pourquoi je ne me suis pas encore manifesté.

– Lennon, mon pote… commence Jaxon.

– Tu ne peux pas aller voir Dovie, termine Sawyer.

Je hausse les sourcils.

– Et pour quelle raison ?

– Parce que tu as été viré, m'annonce abruptement Cruz. Tu n'es plus son bodyguard. Ses parents ont mis fin au contrat.

– Comment vous savez ça, vous ?

– Papa a reçu une lettre de Trevor Bennett hier, répond Sawyer. Il préférait qu'on te l'apprenne de vive voix.

Le coup est rude. En six ans, je ne me suis jamais fait renvoyer une seule fois et mon ego en souffre. Mais soit…

– OK, je ne suis plus le garde du corps de Dovie, mais ça ne m'empêche pas d'aller prendre des nouvelles de ma copine ! je m'exclame.

J'amorce un nouveau pas en avant, mais Cruz m'empêche encore une fois d'avancer, allant jusqu'à poser une main sur mon torse.

– Putain, quoi encore ? je gronde.

– Non seulement ses pères t'ont viré, mais ils ont aussi décidé de t'éjecter de la vie de leur fille, m'explique Jax. Ils ont fait parvenir une ordonnance restrictive à l'agence et t'ont interdit l'accès à l'hôpital.

– Quoi ? C'est ridicule, j'éructe. Laissez-moi passer.

– Si tu mets un pied dans cet hôpital, la sécurité va te tomber dessus en un rien de temps, mon frère, insiste Cruz. Alors oui, tu pourras certainement t'en débarrasser sans problème, mais ça ne fera que te causer d'autres ennuis.

Je me passe une main dans les cheveux, incapable de réaliser que je suis désormais *persona non grata* auprès de Dovie.

– T'es en train de me dire que je ne peux pas aller réconforter ma petite amie, qui s'est fait kidnapper, agresser et droguer ? j'enrage. Qu'elle va devoir rester toute seule dans sa chambre d'hôpital, à croire que je l'ai rayée de ma vie ?

– Désolé, mon pote, souffle Jaxon.

– Putain !

Je commence à faire les cent pas sur le trottoir, tentant de maîtriser la colère qui monte en moi.

Impossible, je ne peux pas laisser faire ça…

D'un coup, je m'élance en direction de l'entrée du bâtiment et, comme je le craignais, je me heurte au corps de Cruz. Il me repousse de toutes ses forces tandis que Jaxon et Sawyer lui viennent en aide, formant un rempart devant moi.

– Lâchez-moi, bordel ! je m'écrie.

– Lennon, ne fais pas de connerie ! lance Sawyer.

– Hé, arrête ça ! Lenny, arrête !

La main de Cruz s'abat sur ma nuque, et il cogne son front contre le mien.

– Calme-toi, me dit-il d'une voix grave. Si tu pètes un câble maintenant, tu vas tout foutre en l'air. Tu veux avoir une chance de retrouver Dovie ? Éloigne-toi un peu. Laisse ses parents encaisser, laisse-la se remettre et elle reviendra vers toi.

– Allez, mon frère, respire, renchérit Sawyer, apaisant. On a compris, tu es fou d'elle, mais il va falloir un peu de temps pour que la situation s'arrange. Viens.

Jaxon, Cruz et Sawyer m'attirent en direction de ma voiture et, impuissant, je me laisse faire.

– Allons boire un verre tous les quatre, propose Jax. Ça nous fera du bien.

La mort dans l'âme, je m'éloigne de l'hôpital en espérant que, malgré les apparences, Dovie comprenne que je ne l'ai pas quittée.

41

Dovie

– Excusez-moi ? Est-ce qu'un homme très grand et musclé avec un petit chignon au-dessus de la tête aurait demandé à me voir ?

L'infirmière remballe son matériel de prise de tension et me regarde en souriant.

– Pas que je sache, mais avec une description pareille, croyez-moi, je vais ouvrir les yeux pour vous, me répond-elle.

– Merci.

Je me demande bien ce qui retient Lennon de venir me rendre visite. Après tout, cela fait déjà plus de vingt-quatre heures que je suis hospitalisée…

J'espère qu'il n'a pas eu trop de problèmes avec la police…

De toute façon, j'ai confiance en lui. S'il ne s'est toujours pas présenté, il doit y avoir de bonnes raisons à ça. Et je sais que demain, à mon réveil, je verrai son beau visage.

••••

Mais les jours passent, et toujours aucune trace de Lennon. L'angoisse et la tristesse commencent à me paralyser. Pour m'empêcher de vriller, je me force à me souvenir de la discussion que nous avons eue tous les deux au manoir Westwood :

« Et toi ?

– Quoi, moi ?

– Est-ce que tu vas rester avec moi ? Quand toute cette histoire sera terminée, quand ta mission touchera à sa fin… est-ce que tu vas t'envoler, disparaître ?

– Pourquoi est-ce que je ferais une chose pareille ? Si je n'envisageais pas un avenir pour nous deux, on ne serait pas en train d'avoir cette discussion et je ne t'aurais pas non plus emmenée ici, chez moi, pour te présenter à ma famille. Parce que tu es celle qui m'a fait du rentre-dedans la première, tu as l'air de penser que je ne suis pas autant attaché à toi que tu l'es à moi, Dovie… mais c'est faux. Alors, quand tout ça sera terminé, on pourra commencer une belle histoire, toi et moi. Qu'est-ce que tu en dis ? »

Il m'a promis qu'il ne me quitterait pas, je dois le croire…

Sauf que le jour de ma sortie de l'hôpital, il n'est pas là pour m'attendre ou me raccompagner chez moi. Alors, la mort dans l'âme, j'admets enfin ce que je redoutais tant : Lennon a bel et bien disparu de ma vie.

42

Dovie

Norwood, Massachusetts, une semaine plus tard

– Bien dormi, ma colombe ?

Je prends place à la table de la cuisine, sur laquelle trône un monticule de nourriture.

– De mieux en mieux, je réponds. Je retrouve un peu plus de forces tous les jours.

– Magnifique. Un petit pain ? me propose Arnold. Je les ai cuisinés moi-même.

Il papillonne autour de moi comme un vrai papa poule, cherchant à me satisfaire par tous les moyens. Il remplit mon assiette de viennoiseries, me sert quelques fruits dans une coupelle et beurre même des toasts pour moi.

– Papa, est-ce que tu voudrais bien t'asseoir un peu, s'il te plaît ? je lui demande. Tu me donnes le tournis, là.

– Encore une petite minute…

Il ouvre le four et en sort une brioche parfaitement dorée qui me met l'eau à la bouche.

– Et voilà ! s'exclame-t-il.

– Est-ce qu'on a des invités ?

– Pas du tout, pourquoi ?

– Parce qu'on pourrait nourrir tout Norwood avec ce que tu as préparé.

Il balaie ma protestation d'un geste de la main tout en se servant du café.

– Au fait, où est Trevor ? j'enchaîne.

– Il avait rendez-vous avec un client à Boston, mais il sera de retour pour le déjeuner. Alors, qu'est-ce que tu voudrais faire aujourd'hui ?

– Eh bien, étant donné que ma soutenance de thèse est pour bientôt, je pense la travailler encore un peu, histoire d'être fin prête.

– Tu le seras, ma chérie, sans aucun doute.

Le silence retombe entre nous jusqu'à ce que je reçoive plusieurs messages à la suite. Felix, Viola et Zack me bombardent de photos de leurs visages épuisés par les dernières heures de travail avant le grand jour, mais souriants. Comme j'aimerais être à l'université avec eux… Cependant, ma convalescence passe avant tout : je dois être parfaitement remise lorsque je passerai devant mon jury de thèse. Et au moins, mes amis m'envoient des SMS tous les jours… pas comme Lennon, qui ne m'a pas donné signe de vie depuis plus d'une semaine.

Je ne comprends toujours pas pourquoi il s'est volatilisé juste après m'avoir sauvée des griffes de Bobby. Si encore il était venu me rendre visite à l'hôpital… mais non, silence radio. J'ai du mal à croire que nous sommes passés d'un couple à… ça. L'indifférence la plus totale.

– Qu'est-ce qui te tracasse, ma colombe ? me demande Arnold.

En remuant mon thé, je secoue la tête et avoue :

– Je ne comprends pas pourquoi Lennon m'a quittée du jour au lendemain. On était bien tous les deux… On avait réussi à trouver un équilibre. Je ne sais pas ce qui s'est passé, mais cette absence de nouvelles ne lui ressemble pas.

Mon père pose sa main sur la mienne et me glisse :

– Tu sais, ma chérie, l'amour est souvent bien plus complexe que simple.

– Pas avec Lennon. À partir du moment où on a décidé de se donner une chance, ça a été… magique.

Les larmes me montent aux yeux. Je n'ai pas la force de les combattre.

– Je n'ai jamais aimé quelqu'un comme je l'aime, je poursuis. Il me manque tellement… et je ne sais même pas ce que j'ai fait de mal.

– Rien du tout, Dovie. Je t'assure, tu n'as rien à te reprocher.

– Ce n'est pas l'impression que j'ai.

– Pourquoi n'essayes-tu pas de l'appeler au lieu d'attendre qu'il te contacte ?

– C'est déjà fait, mais il bascule mes appels sur messagerie dès la seconde sonnerie.

Je soupire et me passe les mains sur le visage.

– Je crois que je vais monter me reposer un peu avant de me mettre au travail, j'annonce. Désolée, papa, je ne suis pas de bonne compagnie en ce moment.

– Tu n'as pas à t'excuser, ma chérie, je comprends. Prends tout le temps qu'il te faut, ton père et moi serons là à ton réveil.

Je dépose un baiser sur la joue d'Arnold puis je quitte la cuisine et me réfugie dans ma chambre.

43
Lennon

– Le planning de la semaine vient d'être affiché dans le hall. Cet après-midi, il y a un cours de conduite et un entraînement à l'arme blanche. Vous serez séparés en deux groupes, mais sachez que vous passerez tous obligatoirement par ces deux sessions. Bonne journée.

Les recrues me saluent après mon pitch et je quitte le réfectoire pour me rendre dans l'aile est, au bureau de mon père. Lorsque je glisse mon pass dans la fente et ouvre la porte, il sursaute et s'empresse de refermer un dossier avant de redresser la tête et de me sourire.

– Lennon, je suis content de te voir, mon grand.

– Tout va bien ?

– Bien sûr. Je m'apprêtais justement à partir. Tu m'accompagnes jusqu'à ma voiture ?

– Avec plaisir. Je voulais te parler de nouvelles armes qui viennent de faire leur apparition sur le marché. Je sais que nous sommes bien équipés de ce côté-là, mais c'est toujours important d'avoir des moyens de défense à la pointe de la technologie.

– Je suis d'accord.

– Tant mieux, parce que j'ai pris rendez-vous avec une société d'armement pour qu'ils nous fassent une démonstration de leurs nouveautés ici, en toute sécurité.

– Quand doivent-ils venir ?

– Dans trois jours.

– Tu les recevras seul.

– Pardon ?

Mon père s'arrête, se tourne vers moi et affirme :

– J'ai une confiance totale en toi, Lennon. Si tu penses qu'il nous faut de nouvelles armes, alors soit. Je me fierai à ton jugement pour ce qui est de faire une sélection.

– Merci, papa. Bon, je te laisse, je dois aller donner son planning de la semaine à Sawyer.

– Attends une seconde.

Je hausse les sourcils, attendant qu'il poursuive.

– Comment vas-tu ? me demande-t-il finalement.

– Bien.

Mon père penche la tête sur le côté en plissant les yeux.

Oscar Westwood et sa faculté à lire l'âme de ses enfants… Il me surprendra toujours.

– As-tu tenté de joindre Dovie ? insiste-t-il.

– C'est inutile. Elle n'a pas besoin de moi dans sa vie.

– C'est elle qui te l'a dit ou c'est toi qui l'as décidé pour elle ?

Je passe une main dans mes cheveux lâchés et soupire :

– Tu sais que les relations amoureuses ne sont pas faites pour nous. Elles ne sont pas compatibles avec notre métier.

– Pas vraiment. Il constitue un obstacle, je l'admets, mais il n'y a que toi qui le transformes en interdiction.

Je fronce les sourcils, agacé, avant de rappeler :

– Tu nous as toujours répété de ne jamais mélanger travail et vie privée.

– Sauf que les sentiments ne se contrôlent pas. Regarde-nous, ta mère et moi. J'étais son garde du corps lorsqu'elle n'était encore qu'une actrice débutante et nous sommes tombés fous amoureux l'un de l'autre… Nous le sommes toujours.

– Et tu la pleures tous les jours depuis trois ans, je lâche.

Puis je prends conscience de la cruauté de mes paroles, et j'ajoute, penaud :

– Excuse-moi, papa. C'est juste que je ne sais pas quoi faire. J'ai envie d'être avec Dovie, mais je n'arrive pas à accepter le fait que j'ai échoué deux fois à la protéger.

– Rectification, tu l'as sauvée deux fois de situations périlleuses.

Mais tout ce à quoi je suis capable de penser à cet instant, c'est à ma petite amie sombrant dans l'inconscience et emmenée sur une civière, parce que je n'ai pas réussi à démasquer son corbeau assez tôt.

– Elle est encore en vie grâce à toi, Lennon, déclare mon père. Et elle doit se demander aujourd'hui pourquoi tu n'es plus à ses côtés. Est-ce que tu as conscience de briser le cœur de cette jeune fille ?

– Bien sûr que oui !

– Alors dans ce cas, pourquoi est-ce que tu n'arranges pas la situation ? Tu l'aimes, c'est évident.

– Ce n'est pas aussi simple.

– Pour quelle raison, fils ? m'interroge mon père en posant sa main sur mon bras. Qu'est-ce qui peut bien t'empêcher d'aller retrouver la femme que tu aimes ?

Dépité, je secoue la tête et lâche :

– La loi !

44
Dovie

Norwood, Massachusetts, trois jours plus tard

– TREVOR !

Je dévale les escaliers, furieuse comme je l'ai rarement été.

– TREVOR !

Incapable de réfléchir correctement, je traverse la maison en coup de vent à la recherche de mon père.

– Qu'est-ce qui se passe, Dovie ? s'exclame Arnold en débarquant dans le couloir en courant.

– Où est Trevor ? je me contente de lui demander en grinçant des dents.

– Dans le jardin. Pourquoi est-ce que…

Je me précipite sur la porte et m'élance au-dehors. Je file droit vers mon père, écrasant la pelouse dans ma rage.

– Ah, ma chérie…

– COMMENT AS-TU OSÉ ?

Je suis animée d'une telle colère que je suis incapable de m'exprimer autrement qu'en criant.

– De quoi est-ce que…

– Tu as demandé une mesure d'éloignement contre Lennon ! POURQUOI ?

Pétrifié, Trevor me regarde sans prononcer un mot.

– Mais enfin, est-ce que quelqu'un va m'expliquer ce qui se passe ? s'écrie Arnold en arrivant près de nous.

– T'étais au courant ? je crache en me tournant brusquement vers lui.

– Au courant de quoi ? me renvoie-t-il, perdu.

– J'étais dans le bureau de papa, en train de chercher de quoi écrire une lettre à Lennon, puisqu'il m'est impossible de communiquer avec lui d'une autre façon, quand je suis tombée sur ça ! Une mesure d'éloignement. C'est pour ça que Lennon m'ignore et ne répond à aucun de mes appels. Parce que s'il le fait, il risque gros.

Arnold s'empare du papier que j'ai dans les mains pour le lire. Pendant ce temps, je pivote vers Trevor et lui lance :

– J'attends toujours tes explications, papa !

– Trevor… murmure Arnold. Tu as vraiment fait ça ?

Acculé, mon père lâche la pelle qu'il tenait dans les mains et avoue :

– Oui, j'ai demandé cette mesure d'éloignement.

– Mais pourquoi ? je m'écrie, des larmes de colère me serrant la gorge.

– Parce que j'ai eu peur, déclare-t-il. Je suis terrifié depuis des mois à l'idée qu'il t'arrive quelque chose, Dovie. Au départ, j'ai cru qu'un garde du corps serait la solution à nos problèmes, mais quand j'ai compris que l'attirance que vous ressentiez l'un pour l'autre l'empêchait d'avoir les idées claires et de te protéger correctement, j'ai décidé de rompre le contrat et de faire en sorte qu'il ne puisse plus jamais t'approcher… Il faut me comprendre : j'étais en colère, perdu, terrifié.

– Comment as-tu eu le droit d'établir le document en mon nom ? je gronde.

– Tu étais à l'hôpital, inconsciente… Les autorités ont conclu que tu n'étais pas en mesure de prendre de décisions par toi-même.

– Parce que toi, si ? Tu n'as pas réfléchi une seule seconde, je gronde. Lennon a toujours été consciencieux et très compétent. Il m'a protégée comme jamais personne ne l'avait fait auparavant et il m'a permis de continuer à vivre aussi normalement que possible. C'est comme ça que tu le remercies d'avoir risqué sa vie pour moi ? En le traitant en paria ?

– Mais Dovie, tu ne te rends pas compte, plaide Trevor. Tu es amoureuse d'un homme dont le métier est de servir de gilet pare-balles. Il risque sa vie pour des inconnus.

– Ah, nous y voilà. Ce qui te dérange, en fait, c'est que je l'aime. Oui, tu as peur, papa, mais pas de ce qui pourrait m'arriver : tu as peur de me perdre… que je m'éloigne.

Pétrifié, Trevor m'écoute sans broncher. Je lui assène :

– Je ne suis plus une enfant, papa, et je ne compte pas rester célibataire ma vie entière. J'aime Lennon, je *veux* Lennon et personne ne pourra m'empêcher d'être avec lui, surtout pas toi.

– Tu réalises que tu peux le perdre à tout moment ? tente-t-il d'argumenter. Je ne veux pas que tu souffres !

– Mais c'est toi qui me fais souffrir, là. C'est toi qui m'as séparée de lui. Est-ce que tu réalises que toute cette histoire t'a rendu dingue ? Je ne te reconnais plus !

– Parce que je suis ton père et que je t'aime, éructe-t-il en avançant d'un pas. Tu n'as pas encore d'enfants, tu ne peux pas comprendre ce que c'est que de savoir que la personne qui t'est la plus chère au monde est en danger.

– Trevor ! intervient Arnold. Je savais que tu voulais laisser un peu de distance entre eux après l'agression de Dovie et j'ai accepté que tu empêches Lennon de venir lui rendre visite à l'hôpital, parce que je me disais que ça t'aiderait à te calmer, mais je n'imaginais pas que… Ce que tu as fait est extrêmement grave et je t'ordonne d'aller réparer ton erreur. Immédiatement.

– Mais, chéri…

– Tout de suite ! insiste Arnold.

Je dévisage mes parents tour à tour, et soudain, quelque chose m'apparaît clairement : parce qu'il a le plus fort caractère, Trevor passe pour celui qui mène la danse dans leur couple. Mais c'est en réalité Arnold, la force tranquille, qui est le capitaine de leur navire. Il s'approche d'ailleurs de son mari et pose une main sur sa joue avec douceur.

– Tu dois laisser Dovie faire ses choix, souffle-t-il. Elle n'est plus une petite fille, Trevor. Elle n'est plus notre bébé.

Voir les yeux de mon père se remplir de larmes me touche au plus haut point.

– Je vais aller retrouver Lennon, lui dis-je, ma colère apaisée face à son désarroi. Et lorsqu'il sera de retour dans ma vie, j'espère que tu auras l'intelligence de t'excuser pour ce que tu as fait.

45
Dovie

Après avoir passé des jours à tenter de joindre Lennon, je me suis rendue à l'évidence : il faut que je le voie, que nous nous parlions en face à face. Alors j'ai contacté directement l'agence de bodyguards pour être certaine d'être reçue par quelqu'un, et c'est Jaxon qui a décroché.

La pièce dans laquelle il vient de me conduire a le sol recouvert de tapis épais : il s'agit d'une salle d'entraînement, c'est évident. L'institut est tel que je me l'étais imaginé : une immense bâtisse qui donne l'impression d'être inattaquable… Un peu comme le clan Westwood, finalement.

Je regarde ma montre : déjà six minutes que je suis ici.

Et si Lennon refusait de me voir ?

Alors je l'y obligerai. Il est hors de question que je rentre chez moi sans que nous nous soyons réconciliés.

Tout à coup, des voix d'hommes résonnent dans le couloir. La poignée de la porte de la salle s'abaisse, et je l'entends…

– … t'ai dit que je ne voulais plus de contrats de ce genre, peu importe qui…

Lennon se fige en pénétrant dans la pièce. Je croise son regard qui m'a tant manqué, et soudain, toutes mes inquiétudes s'envolent. Je ne saurais pas vraiment expliquer la raison qui me pousse à être si confiante, mais ce dont je suis certaine, c'est que tous les deux, nous sommes faits pour être ensemble et que rien ne se mettra plus en travers de notre chemin.

Je suis bien déterminée à le lui faire comprendre, quoi qu'il m'en coûte.

– Dovie ?

– Salut.

– Je vous laisse, lance Jaxon.

Il me fait un clin d'œil, puis s'éclipse. Je reporte mon attention sur Lennon. Instinctivement, nous avançons tous les deux l'un vers l'autre… avant qu'il ne s'arrête.

– Tu ne devrais pas être là, proteste-t-il, on ne devrait pas…

– Se trouver à moins de deux cents mètres l'un de l'autre ?

J'ouvre mon sac à main et en sors l'ordonnance restrictive, que je déplie devant lui… avant de la déchirer en plusieurs morceaux.

– Oups.

– Ce n'est qu'un bout de papier, réagit Lennon. Peu importe que tu le déchires : la mesure est toujours en vigueur.

Je fais un pas de plus en affirmant :

– Plus maintenant. Mon père l'a officiellement retirée.

Lennon hausse les sourcils.

Son petit chignon au-dessus de la tête, sa bouche si pleine et son visage si beau… Comment ai-je fait pour vivre tant de jours sans lui ?

– C'est gentil de sa part… mais il n'aurait pas dû, souffle-t-il, torturé.

– Bien sûr que si, et tu le sais.

– Non. J'y ai réfléchi, et il avait raison. J'ai failli à mon devoir, Dovie.

– Au contraire. Je suis ici, debout devant toi, en vie. Ça veut dire que tu as réussi ta mission haut la main.

Lennon ferme les yeux. J'en profite pour me planter devant lui et clamer :

– Je t'aime.

– Dovie…

– Je sais que tu as peur qu'un jour ton métier nous sépare. Je suis terrifiée à l'idée de te perdre et tu es terrifié à l'idée de ne pas réussir à me protéger.

La pomme d'Adam de Lennon tressaute dans sa gorge puis, d'une voix rauque, il me confie :

– J'ai décidé de prendre officiellement ma retraite en ce qui concerne les missions de protection rapprochée. J'avais déjà ralenti le rythme au moment où ton contrat s'est présenté, mais aujourd'hui… je me sens incapable de protéger qui que ce soit d'autre que toi.

Son aveu me touche profondément et me donne envie de me jeter dans ses bras. Mais à la place, je répète :

– Je t'aime.

Il ferme les yeux et baisse la tête. Lorsqu'il la redresse quelques secondes plus tard, je peux voir à quel point il tente de combattre ses émotions. Ses yeux émeraude brillent pour moi, pour nous, et je lui dis encore une fois :

– Je t'aime.

– Pourquoi est-ce que tu répètes ça ? s'étonne-t-il.

– Parce que je veux que tu le comprennes, que tu l'intègres. Je suis tombée amoureuse de toi le jour où j'ai ouvert la porte de ma maison et que je t'ai vu si grand, si imposant dans l'encadrement. Je ne m'étais jamais trouvée face à quelqu'un comme toi, et ton visage…

Je caresse ses joues du bout de mes pouces tout en lui souriant à travers mes larmes.

– … ton visage s'est gravé en moi ce jour-là, Lennon.

– Bon sang, Dovie.

– Arrête de tergiverser. Si tu les laisses gagner, tes peurs vont nous séparer pour de bon. Je ne veux pas te perdre. J'ai vécu sans toi ces dernières semaines et je ne veux plus jamais revivre ça… Ne nous l'inflige pas, s'il te plaît.

Il attrape mon menton dans sa grande main et écrase ses lèvres contre les miennes. Sans attendre, je me pends à son cou et je réponds à son baiser.

– Je t'aime aussi, murmure-t-il contre ma bouche. Je t'aime depuis que tu as sauté de ta fenêtre droit dans mes bras. J'aime tes yeux si spéciaux, tes cheveux sublimes, ta peau douce… J'aime ton chien. J'aime ton rire, tes sourires… J'aime ton esprit, ta douceur… J'aime tout ce qui fait que tu es toi.

– Je sais, je réponds contre ses lèvres.

Nous rions tous les deux en nous embrassant de nouveau. Soudain, Lennon nous fait basculer sur un tapis et je me retrouve allongée, agréablement entourée de ses bras qui me protègent si bien.

– Dis-moi que ça va aller pour nous, maintenant ! je lui demande.

Mon colosse me sourit, ses yeux détaillant mon visage.

– Tu sais à quel point j'aime ma famille ? me renvoie-t-il.

– Évidemment.

– Je ferais tout pour elle, je n'hésiterais pas une seconde à me sacrifier.

– Quel rapport avec ma question ?

Le nez de Lennon vient un instant caresser le mien, puis ses lèvres se posent sur mon front.

– Tu fais partie de ma famille, désormais, Dovie Bennett, me murmure-t-il. Tu es mon tout, ma raison d'être, et il n'y a rien que je ne ferais pas pour toi, pour te protéger. Alors, à ton avis ? Est-ce que tu penses que ça ira bien entre nous ?

– J'en suis sûre, je réponds avant de passer mes jambes autour de sa taille et de l'attirer dans un baiser qui scelle le début de notre avenir ensemble.

ÉPILOGUE

Lennon

Manoir Westwood, quelques semaines plus tard

– S'il vous plaît, j'aimerais porter un toast !

Toute la tablée se retourne lorsque je me lève, un verre de petrus à la main. En voyant tous les visages souriants qui m'observent, mon cœur se réchauffe. Mon père, Sawyer, Billie et Jaxon, Arnold et Trevor, Voldemort affublé d'un mécanisme à roulettes sur son arrière-train pour aider à la rééducation de ses pattes… et, évidemment, la plus belle femme sur laquelle il m'ait été donné de poser les yeux : Dovie. Elle me couve d'un regard pétillant, les joues rosies par le bonheur et le champagne.

Seul Cruz manque à l'appel – enfin, pour l'instant. Il m'a promis qu'il serait là pour cette fête en l'honneur de ma petite amie, et je sais qu'il tiendra parole.

– À Dovie, je m'écrie en levant ma coupe. Officiellement docteure en astrophysique, future scientifique de renom et accessoirement la femme la plus intelligente de l'État… voire du pays.

– À DOVIE ! répète l'assistance en chœur.

– À moi! déclare-t-elle avant d'avaler une gorgée de champagne.

Tandis que je me rassieds, Trevor se lève à son tour.

– Loin de moi l'idée de faire de ce moment un plaidoyer larmoyant, mais j'aimerais remercier Oscar de nous avoir invités dans sa magnifique demeure… et surtout, j'aimerais remercier Lennon.

Je hausse les sourcils, étonné, alors qu'il poursuit:

– Grâce à mon mari et à ma magnifique fille, j'ai compris que je t'avais mal jugé. Merci d'avoir été là pour Dovie à chaque instant, d'avoir tout fait pour la protéger et de le faire encore, à ce que je vois…

Il désigne mon bras passé autour des épaules de sa fille. Je la tiens tout contre moi, et se blottir à mes côtés semble lui plaire au plus haut point.

– Je crois que tu es un homme bien, Lennon, et j'ai hâte d'en avoir la certitude en apprenant à te connaître. À toi!

Touché, je lève ma coupe dans la direction de monsieur Bennett. Sur ce, Michel nous rejoint pour déposer toutes sortes de plats sur la table. Il y en a pour tous les goûts, c'est un vrai festin qui se dresse devant nous.

– Bon appétit, mes amis, clame mon père. Régalez-vous.

Le tintement des couverts se joint rapidement aux conversations. J'adore dîner ici, sur la terrasse. L'air marin vient me chatouiller les narines, le bruit des vagues qui s'écrasent contre le rivage en contrebas berce le repas, tout est parfait… Enfin presque.

Bon sang, mais où est Cruz?

Soudain, alors que je suis en train de remplir l'assiette de Dovie de plus de nourriture qu'elle ne sera capable d'en manger, un bruit de roulettes fracassant retentit.

– Voldemort! s'exclame ma petite amie.

Je baisse la tête et découvre Voldi sur le dos, les quatre pattes en l'air, ses roulettes encore en mouvement. La pauvre bête jappe et grogne, espérant attirer l'attention sur son malheur. Sa maîtresse se précipite et le replace sur ses pattes. Pas plus ému que ça, le bouledogue, en véritable bolide, repart à pleine vitesse sur la terrasse.

– Au fait, comment s'en sont sortis Felix, Viola et Zack ? demande Arnold à Dovie.

– Eux aussi ont soutenu leur thèse avec succès. Du coup, Viola et Zack ont décidé de s'offrir un voyage en amoureux pour fêter ça. Quant à Felix… je suppose qu'il va profiter de cet été pour draguer un maximum de filles. En tout cas, il a reçu une proposition d'embauche de la part du département de biologie moléculaire d'Harvard.

– Mais Dovie n'est pas en reste, j'interviens. Dis-leur qui t'a contactée.

D'abord gênée, elle finit par annoncer, surexcitée :

– La NASA ! Ce n'est qu'une demande d'entretien pour l'instant, mais je croise les doigts pour qu'elle débouche sur un poste.

– La NASA ? réagit Billie. Elle est installée en Floride, non ?

Je me suis fait la même réflexion lorsque Dovie m'a annoncé la nouvelle, et cela m'a terrorisé. Nous séparer ? Inimaginable. Et pourtant, je ne veux en aucun cas être un frein pour sa carrière. Mais heureusement…

– L'entretien concerne le GISS à New York, pas la base principale, répond Dovie, joyeuse.

– Le G quoi ? demande Sawyer.

– Le *Goddard Institute for Space Studies*. C'est un laboratoire de recherche spécialisé dans l'étude des exoplanètes. Ils ont entendu parler de mes travaux, et apparemment, ils pensent que je pourrais mettre mes découvertes en application pour faire progresser leurs programmes. Si tout se passe bien, je vais décrocher le job de mes rêves !

– Tu vas y arriver, ça ne fait aucun doute, je lui assure.

– Et en prime… je resterai près de toi, ajoute-t-elle plus bas.

Elle dépose un tendre baiser sur ma joue. Je pousserai toujours Dovie à faire ce que lui dicte son cœur, mais je ne peux pas cacher le fait que cette perspective d'emploi à New York me soulage. En semaine, nous ne serons séparés que par quelques heures de route et nous pourrons nous voir tous les week-ends.

– Si un jour tu envoies une fusée sur la Lune, tu lui donneras mon nom ? demande Jaxon.

– Je prends note de la demande, répond Dovie.

Un petit gloussement en bout de table attire notre attention. Billie tapote sur l'écran de son smartphone avant de le reposer… et de réaliser que nous la dévisageons tous.

– Qui est-ce qui t'écrit ? lui demande Jax.

– Un ami, répond ma sœur en haussant les épaules.

– Un ami qui te fait glousser, apparemment, la taquine Sawyer.

– Je le connais ? s'enquiert Jaxon nonchalamment.

– Je ne crois pas, répond ma sœur. Il s'appelle Austin et il est arrivé dans mon université il y a un an. Au départ, je lui donnais des conseils pour les cours et puis finalement, on s'est rapprochés.

– C'est bizarre, tu n'as jamais parlé de lui jusqu'à maintenant, insiste Jaxon.

– C'est quoi le problème ? je lui lance en fronçant les sourcils.

Mon meilleur ami hausse les épaules, prend une gorgée de vin puis lâche :

– Il n'y en a pas.

– Allez, cessez vos gamineries, dit mon père.

Les conversations reprennent, le repas aussi. Le téléphone d'Oscar sonne soudain et il nous demande de l'excuser pour aller décrocher.

– Dovie, est-ce que tu penses qu'on pourrait organiser une garde alternée pour Voldemort ? demande Billie.

– Pourquoi pas. Mais je préfère te prévenir, il coûte cher en nourriture. En plus…

Je me détache de la discussion et repose mes couverts. Juste comme ça, je n'ai plus d'appétit. En fait, une boule aussi lourde qu'un roc vient de me tomber dans l'estomac sans que je sache pourquoi. Immédiatement, je tourne la tête en direction de Sawyer… qui me dévisage déjà. À son regard, je comprends que lui aussi le ressent, ce sentiment d'oppression, cet instinct qui nous dit que quelque chose ne va pas.

Je suis presque certain que cela concerne notre frère.

C'est à cet instant que notre père réapparaît, les traits tirés… Tous mes sens se mettent aussitôt en alerte. Livide, il annonce :

– Cruz vient d'être admis à l'hôpital.

Les conversations cessent brusquement.

Je le savais. On le savait. Sawyer et moi l'avons senti.

– Qu'est-ce qui s'est passé ? demande Billie, devenue très pâle.

Jaxon lui prend la main et la serre dans la sienne, tandis que notre père déclare :

– Je n'en sais pas beaucoup pour le moment, mais il semblerait qu'il ait subi une agression à l'arme blanche. Les médecins veulent qu'on vienne le plus vite possible.

Une vague d'effroi s'abat sur notre petit groupe… avant que nous ne retrouvions tous nos esprits et que nous nous levions d'un même mouvement pour nous mettre en route afin de rejoindre Cruz à son chevet.

Si un Westwood a besoin d'aide, c'est le clan entier qui vient à sa rescousse.

À SUIVRE

N'HÉSITEZ PAS À SUIVRE LAURA S. WILD SUR SES RÉSEAUX SOCIAUX OU À LUI ÉCRIRE PAR MAIL POUR LUI PARTAGER VOTRE AVIS SUR SES ROMANS !

Instagram : laurawild10

TikTok : laurawild10

Facebook : Laura S. Wild

Mail : mywildworldlsr@gmail.com